KB021663

자연 속 숲길을 찾아서 Ⅱ

자연과 하나 되는 숲 나들이

자연 속 숲길을 찾아서 II

(경상도, 전라도 편)

임석원 지음

생각나눔

차례

2부 전라도

책을 내면서

우리나라는 옛날부터 삼천리금수강산(三千里錦繡江山)이라고
했다. 한반도가 시작되는 백두산에서부터 땅끝마을까지 3천 리가 비
단에 수를 놓은 것처럼 아름다운 산천이라는 말이다.

나는 은퇴 후, 특히 지난 4년 동안 삼천리금수강산 곳곳을 여행하
였다. 유네스코에 등재되어 인류의 후손에게 물려주어야 할 세계적인
자연유산과 문화유산을 찾아보고 유명한 유적지와 명승지에 가보았
다. 우리나라 국토의 70%가 산이다. 유네스코에 등재된 세계유산뿐
만 아니라 돌아볼 만한 여행지 대다수가 산속 또는 산 가까이에 붙어
있다.

이 책은 산속이나 산 아래 여행지의 숲길을 걸으면서 보고 느낀
경이로움을 쓴 여행기다. 보통 여행자의 시각으로 보고, 여행지에서
궁금했던 것들을 집에 돌아와 찾아보고, 소회를 적은 책이다. 많이
알려진 곳이라 하더라도 도시나 마을, 사람들을 유혹하는 인공물을
세운 여행지에 대하여는 쓰지 않았다.

경상도와 전라도의 여행지 중 가까운 곳은 당일치기로 다녀왔다.
먼 곳은 여행 루트를 따라 또는 한 지역에 숙소를 정하고 며칠씩 묵
으면서 여행했다. 짧게는 1박 2일, 길게는 9박 10일까지도 숙박하면
서 여행을 다녔다. 해외에 나가 렌터카를 빌려 자유여행 하듯이 자차
를 운전하여 우리나라 곳곳을 여행하였다.

누구나 시간만 내면 산천경개 좋은 곳에 찾아가 자연의 혜택을 누릴 수 있다. 지구의 생성 이후 대대로 온갖 생명체의 고향인 자연 속에 들어가 숲길을 걸어보자. 경관 좋은 곳을 만나면 시간을 잊고 앉아서 자연 속에 흠뻑 빠져들어 그 일부가 되어보자. 심신이 힐링되고 생기가 충전되리라. 역사적인 여행지에 가서 선현들을 만나보자. 그분들의 삶을 돌아보면 나름 내가 살고자 하는 인생관이 조금씩 명료해지리라.

이 여행기가 평생 수고하고 열심히 살아온 선배들과 동료들 또 후배들의 삶의 여정에 도움이 되기를 바란다. 이 책을 읽고 같은 여행지에 가면 크게 도움이 되리라 믿는다. 이 책을 읽는 분들 모두가 알차고 아름답고 멋진 삶을 살기를 바라는 마음 간절하다.

지난해 봄에 낸 1권 여행기(서울과 경기도, 충청도, 강원도 편)에 사진이 제대로 준비되지 않아 개인적인 사진을 다소 넣을 수밖에 없었던 점이 마음에 쓰였다.
2권은 독자들 앞에 내놓는 책다운 모습을 갖추도록 노력했다.

1권과 2권 다 감수와 교정을 함께해준 아내에게 감사한다.
부족한 글을 흔쾌히 책이 되도록 해준 생각나눔의 이기성 대표님과 교정하고 편집하여준 관계자 여러분에게 감사한다.

2023년 4월
책 읽고 여행하고 글 쓰는 사람 임석원

자연 속 숲길을 찾아서 Ⅱ

1부

경상도

문경 새재

    1월 초, 첫 토요일 서울과 경기지역에 사는 한음회 친구 일곱 사람이 신년 나들이로 문경 새재에 가기로 했다. 9시에 용인 후배네 집 주차장에서 만나 후배 차 스타렉스 한 대로 출발하였다. 새재(조령)는 문경과 충주 수안보를 연결하는 고갯길이다. 영남지방에서 한양으로 오가는 길로 1414년(조선 태종 14)에 개통되었다. 신라 때에 만들어진 하늘재(계립령)와 죽령이 있었지만, 새재가 개통된 후 사람과 물자의 교통량이 대거 새재를 이용하게 되었다.

새재가 개통되기 전에는 부산에서 한양으로 가는 데 통상 15~16일이 걸렸다. 새재를 이용하면 다른 길, 하늘재나 죽령, 추풍령을 넘어가는 것보다 40km쯤 짧아 하루나 이틀이 단축되었다. 또 여행자에게 필수품인 물이 새재 길옆 계곡에 풍족하게 흘러 더 없이 유용했다. 새재라는 이름은 날아다니는 새도 넘어갈 때 쉬어야 하는 고갯길이라고 해서 그렇게 이름 붙여졌다고 한다.

19세기 말~20세기 초 우리나라에 현대문명의 교통수단인 자동차와 기차가 등장하였다. 1904년 경부선 철도가 개통되어 기차가 다니게 되고 1925년 이화령이 확장되어 자동차가 늘어나기 시작했다. 새재를 이용하는 사람과 물자의 교통량이 급감하였다. 현대화에 밀려나 잊히는 길이 되는가 했는데 1981년 도립공원으로 지정되어 새롭게 태어났다. 길과 계곡이 잘 정비되어 현재 문경새재는 우리나라에서 가장 걷기 좋은 길이라고 한다.

우리는 주차장에 차를 세우고 새재를 향해 걷기 시작했다. 제1관문 주흘관을 지나 올라가다가 좌측으로 흐르는 계곡 물을 건너 미로공원에 들렀다. 미로공원 한 편에 햇볕이 잘 들고 바람이 불지 않는 따뜻한 장소를 발견했다. 그곳에 잠시 앉아서 커피를 마시며 이야기를 나누었다. 어느새 한 해가 지나고 또 한 살을 더 먹다니, 모두 60살이 넘었다. 세월이 정말 빠르게 간다. 언제 죽음의 문턱에 이를지 모른다. 다들 이제는 의식적으로 하루하루를 잘 살아야 한다.

미로공원에서 나와 제2관문 조곡관을 향해 본격적으로 걷기 시작했다. 겨울인데도 계곡에 흐르는 물의 양이 많아 크게 들리는 물소리가 청량감을 더해 주었다. 조금 올라가다 보니 오른편에 지방 행정관들의 선정비(이 지방에 근무했던 관리들의 공덕비)가 즐비하게 서 있었다. 기릴 만한 공덕이 없는데도 권력에 아부하는 아랫사람들이 전례에 따라 민초들이 피땀 흘려 모은 돈을 거둬 세운 공덕비도 적지 않았다고 한다. 그런 공덕비는 그 관리가 떠나자마자 대부분 훼손되었다고 한다.

새재를 지나는 사람들의 숙식장소였던 조령원터를 지나 조금 더 올라가니 교귀정 소나무와 교귀정(交龜亭) 건물이 있었다. 교귀정은 신·구 경상감사가 업무를 인계인수하던 교인처(交印處)였다고 한다. 실상은 업무 인계인수 후 신임 감사가 떠나는 감사를 위해 송별연을 베풀던 장소가 아니었을까? 이곳은 계곡의 멋진 풍광이 내려다보이는 장소다. 여덟 선녀가 내려와 놀았다는 팔왕폭포(지금의 용추폭포)가 바로 앞에 있으니 연회를 즐길 만한 위치다. 옛날이나 이 시대나 백성들로부터 거둔 세금으로 관리들이 연회를 즐기는 잘못된 관례(규정?)는 언제쯤 없어질까?

더 올라가니 '산불됴심'이라고 표기된 돌판이 서 있었다. 한자로 쓰인 비석들만 보다가 오래된 한글 맞춤법으로 쓰인 '됴심'이라는 낱말을 대하니 정겹게 느껴졌다. 조금 더 오르니 오른편 산 위에서 흘러내리는 폭포가 있었다. 꽤 높은 3단 폭포였다. 겨울인 이날은 흐르는 물이 고드름으로 주렁주

렁 얼어붙어 있었다. 하지만 여름에는 이 길을 걷는 사람들에게 쏟아
져 내리는 폭포 소리와 함께 시원한 물바람을 쐐 주리라.

겨울이지만 숲속에서 뿜어져 나오는 신선한 공기를 한껏 들이마시며
걸었다. 나무들 사이로 지나는 바람 소리와 간간이 들리는 겨울 새소
리가 들렸다. 계곡에 우뚝 솟은 바위와 얼음 사이로 쏴 하며 내려가는
물소리와 작은 돌들 사이로 재잘거리며 흐르는 물소리도 들렸다. 계곡
바닥이 훤히 들여다보이는 깨끗한 물을 바라보니 우리의 마음도 정화
되는 듯하였다. 길 양옆에 도열한 듯 거리를 맞추어 심긴 나무들과 그
위로 보이는 파란 겨울 하늘도 산뜻한 기분을 돋워주었다.

이 모든 상쾌함은 숲이 모든
생명체에게 주는 선물이다. 시간
을 내 찾아오기만 하면 누구나
누릴 수 있다. 산속 숲길이 주는
혜택을 도시의 공해 속에서 다
른 사람들과 경쟁하여 벌어들이
는 경제적인 이득에 어떻게 비교
할 수 있겠는가? 정이 흠뻑 든
친구들과 이야기 나누며 숲길을
걸으니 이보다 더 좋은 시간이
어디 있겠는가?

우리 한음회 친구들은 문경에 뻔질나게 다녔다. 서울 선배가 문경
에서 오랫동안 근무했기 때문이다. 서울 선배가 근무하던 6여 년 동
안 1년에 서너 번은 문경에 가지 않았을까? 봄과 여름에는 신록이 우
거진 새재 길을 맨발로 걷기도 했다. 걷다가 계곡물로 내려가서 손발

을 씻고 싸온 도시락을 펼쳐 놓고 점심을 먹었다. 산림이 울창하게 우거진 천혜의 자연 속에 흐르는 맑은 물가에 모여 앉아 먹고 마시며 노니 천국이 따로 없었다.

가을에 열리는 문경 사과축제 때는 주차장에 마련된 행사장에서 여러 가지 사과 맛을 보고 사과를 샀다. 또 문경 약돌 한우 축제 때는 맛있는 문경 한우도 먹었다. 구운 한우를 싸먹을 상추와 깻잎을 깔끔을 떠느라 집에서 아예 씻어 갖고 오기도 했다. 문경에서 1박 2일도 몇 번이나 했다. 서울 선배가 혼자 살던 작은 아파트에 10여 명이 모여— 남자 방과 여자 방으로만 구분하여 —먹고 자고 하면서 정이 든 우리들이다. 새재 길을 걸으며 즐겼을 뿐만 아니라 주위에 있는 산, 이화령과 조령산, 주흘산 주봉과 영봉, 부봉과 마패봉(마역봉), 신선봉 등에도 올랐다.

주차장에서 제1관문인 주흘관까지 500여m, 제1관문에서 제2관문 조곡관까지 3km다. 주차장에서 제2관문까지 갔다 오면 걷는 거리가 7km쯤 된다. 제2관문에서 제3관문 조령관까지도 3.5km다. 주차장에서부터 제3관문까지 왕복하면 14km다. 문경새재에 왔다 하면 거의 매번 제3관문 조령관까지 걸어 올라갔다 왔다. 조령관을 넘으면 충북 수안보다. 수안보 쪽으로 넘어가면 아기자기한 공원이 조성되어 있다. 사진 찍고 놀기 좋은 장소다. 더 내려가면 조령산 자연휴양림이 나온다.

7km를 걸어올라 충북으로 넘어가서 놀다 내려오는 때는 날이 저물어 언제나 빠른 걸음이 되었다. 내려오는 길을 걷는데도 속보로 걸으니 땀이 났다. 올라갈 때는 서너 번을 쉬었지만 7km를 내려올 때는 한 번이나 쉴까? 해는 지고 점점 어두워지는 숲길을 걸어 새재 길

입구, 족욕 하는 장소에 도착하면 완전히 캄캄해졌다. 그래도 신발과 양말을 벗고 발을 찬물에 담그고 종아리를 주물러 발의 피로를 풀었다. 그렇게 밤이 되어서야 내려온 적이 한두 번이 아니다.

이날은 괴산 연풍성지에 들르기로 해서 제2관문 조곡관까지만 오르고 내려왔다. 서울 선배, 용인 후배와 나, 남자 셋은 운동량이 부족했다. 내려오다가 제1관문 주흘관 직전에서 주흘산으로 올라가는 길로 여궁폭포까지 올라갔다 왔다. 높이 20m의 여궁폭포는 바위 사이로 여전히 세찬 물줄기를 만들며 떨어지고 있었다.

영주 소백산 희방옛길

7월 중순 아내와 나는 3박 4일 일정으로 소백산 여행을 갔다. 첫날에는 희방옛길을 걸었다. 희방옛길은 희방사 역에서 희방사로 오르는 길이다. 편도 3.6km, 왕복 7.2km이니 걷기 딱 좋은 거리다. 희방사 역 광장에 차를 세우고 희방옛길 이정표를 따라 마을로 내려갔다.

마을은 계곡물 건너 왼편에 있는데, 몇 가구 되지 않는 작은 마을로 보였다. 계곡물 오른편 길을 따라 걷기 시작했다. 계곡물에서 벗어나 조금 오르니 계곡물과 옛길 사이에 '소백산 희방 전통 된장'이라는 간판이 붙은 집이 있었다. 된장을 담가 파는 집인가 보다. 그 집 안쪽을 쳐다보니 장독이 수를 셀 수도 없이 줄을 맞춰 놓여 있었다.

아내와 나는 1년 전 전라도 여행을 하면서 순창에 간 적이 있다. 그때 순창에서 생산되는 된장, 고추장의 맛이 좋은 이유는 그 지방의 물이 좋기 때문이라고 했다. 이곳에 된장을 만드는 집이 들어선 이유도 소백산 물이 좋아서인가 보다. 고 노무현 대통령 재임 시절 소백산 자락 단양 대강리에서 생산되는 대강 막걸리를 갖다가 청와대 만찬주로 사용했다고 한다. 대강 막걸리도 소백산 물로 만들어 좋은 맛을 내는가 보다.

마을을 벗어나 산 쪽으로 가면서 사과밭이 나타났다. 영주(소백산 자락)에서는 사과가 많이 생산된다. 사과밭을 지나고 다시 계곡을 만났다. 계곡을 건너는 데 물 위로 올라와 있는 돌들을 징검다리 삼아 건너기도 하고, 멋진 나무다리를 건너기도 했다. 오르는 길은 온통 녹음에 둘러싸여 있었다. 마치 깊은 산속에 들어와 있는 느낌이었다. 내려오는 사람이 없고 오르는 사람도 우리 둘뿐이었다.

어? 그런데 이게 웬일인가? 숲이 걷히더니 하늘이 보이고 어설픈 돌계단을 오르자 큰 주차장이 나타났다. 아니, 옛길 중간에 주차장이 있다니? 희방사까지 쭉 아기자기한 숲길이 아니란 말이네. 이정표를 보니 희방사역에서 1.5km 올라왔고, 희방사까지는 2.1km 남아 있었다. 주차장을 지나 도로를 따라 올라가니 오른쪽으로 식당가로 가는 길이 있었다. 그 길을 지나치자 거의 4~5시 방향으로 급격히 우회전하여 희방사로 오르는 길이 있었다.

희방사로 가는 도로를 따라 얼마쯤 가니 오른편으로 작은 주차장과 희방 탐방지원센터가 나왔다. 바로 그 위 길 왼편으로 '희방계곡 자연관찰로'로 들어가는 아치형 문이 보였다. 포장도로를 벗어나 희방계곡 자연관찰로, 흙길로 들어갔다. 길옆에 서 있는 이정표를 보니 희방폭포 1km, 희방사 1.2km였다. 원시림 같은 숲길이 시작되었다.

아스팔트 길을 벗어나 숲속에 들어왔으니 길가 바위 위에 자리를 잡고 앉았다. 물을 마시고 좀 쉬었다. 다시 일어나 올라가는데 중간중간 길 위에 크지도 작지도 않은 하얀 꽃이 여기저기 떨어져 있었다. "이게 무슨 꽃이지?" 했더니 아내가 노각나무 꽃이란다. 아내와 나는 몇 년 전부터 부쩍 야생화에 관심을 갖게 되었다. 산길에서 이름 모르는 꽃을 보면 이름을 찾아보고 외우곤 한다. 새소리를 듣고 그 소리를 내는 새의 이름을 알아보고 외운다. 하지만 다음에 그 꽃을 보고, 그 새소리를 들어도 이름을 잘 기억해내지 못한다. 확실히 나이가 들었나 보다.

희방사 입구에 도착하니 크지는 않지만 또 주차장이 있었다. 희방사에 가는 사람들을 위해 만든 주차장인 듯했다. 희방폭포와 희방사를 거쳐 연화봉과 비로봉, 국망봉으로 등산하는 사람들도 이곳 주차장을 이용하지 않을까? 희방사 방향으로 들어가서 이정표를 보니 희방폭포 0.2km, 희방사 0.4km, 연화봉까지는 2.8km 이었다. 우리는 희방사로 가는 포장도로가 아닌, 희방폭포를 거쳐 '연화봉 가는 길' 자연 그대로의 흙길로 올라갔다.

드디어 1차 목표지점인 희방폭포에 도착했다. 이 폭포는 해발 700m 산속에 위치한, 높이 28m에 달하는 멋진 폭포다. 소백산 줄기에서 솟은 해발 1,383m의 연화봉에서 발원한 물줄기가 여기서 폭포를 이루며 우렁찬 물소리를 내며 떨어진다. 조선 전기 학자이자 문인이었던 서거정(徐居正, 1420~1488)이 이 폭포를 보고 '꿈에서나 볼 수 있는, 또는 상상으로나 그려볼 수 있는, 하늘이 내린 멋진 폭포'라고 했단다.

폭포를 지나자 철제 계단이 길게 이어졌다. 폭포 위로 올라가야 하니 높은 절벽을 계단으로 만들 수밖에 없었던가 보다. 올라가면서 길옆에 있는 국가지점번호 위치 말뚝의 표시를 보니 해발 758m이었다. 정말 높은 위치에 있는 폭포다. 아내와 나는 폭포로 흘러가는 계곡물 위에 놓인 다리를 건너 희방사로 올라갔다.

드디어 우리의 최종 목적지 희방사에 도착하였다. 희방사는 작은 사찰이었다. 대웅보전 좌우에 건물이 한 채씩 있었다. 오른편 작은 전각에 희방사라고 쓰인 현판이 보였다. 오른쪽으로 작은 다리를 건너 범종각과 두 채의 전각이 또 있었다. 아내와 나는 아무도 없는, 머무는 스님도 보이지 않는 조용한 사찰을 돌아보았다.

내려올 때는 걷기 편한 도로로 내려왔다. 오후 늦은 시간이어서 희방사로 올라오는 차나 내려가는 차가 한 대도 없었다. 우리가 걷는 도로 왼편은 산이고 오른편은 골짜기였다. 조금 내려가자 왼편 산은 말할 것도 없고 오른편 골짜기도 나무들로 꽉 차 있었다.

7월의 짙은 녹음 속에 지그재그로 난 도로 위로 뚫린 가느다란 공간에는 파란 하늘과 희뿌연 구름만이 보였다. 길의 방향이 바뀌면서 나무들의 윤곽이 나타나는 초록색의 가까운 산과 짙은 녹음으로만 보이는 중간 산들, 저 멀리 거무스레한 산봉우리가 파노라마를 이루며 펼쳐지기도 했다. 늦은 오후에 깊은 산속의 운치를 오롯이 느끼며 걷는 시간이었다.

우리를 실망시킨 첫 주차장에서부터는 다시 옛길로 들어섰다. 이미 해는 서쪽으로 기울어 가까운 산에 가려 보이지 않았다. 좁은 오솔길 양옆으로 나무들이 우거진 곳에서는 하늘이 보이지 않아 어둡기까지 했다. 과수원 가까이 내려오자 하늘이 열렸다. 계곡물이 선명하게 보이자 아내가 발 좀 담그고 내려가자고 했다. 우리는 계곡에서 앉을 만한 큰 돌을 찾아 앉고 등산화와 양말을 벗고 차가운 소백산 물에 발을 담갔고, 발과 종아리를 주무르고 피로를 풀어주었다. 여유를 부리며 계곡물에서 놀다 보니 어느새 어둠이 슬금슬금 밀려왔다. 어둑어둑해지는 호젓한 옛길을 걸어서 희방사 역으로 돌아왔다. 동네 길가에 가로등이 다 켜져 있었다.

영주 소백산 죽령옛길

　　더운 여름이 가고 선선한 가을바람이 불기 시작한 9월 초 아내와 나는 소백산 죽령옛길을 걸으러 갔다. 죽령옛길은 희방사역에서 출발하는 소백산 자락길 3구간(11.4km)의 일부다. 죽령은 경북 영주(풍기)와 충북 단양 사이에 있는 고갯길이다. 158년(신라 아사달왕 5)에 개통되어 조선 말, 1900년대 초까지도 사람들이 넘나들던 길이다.

　죽령고개를 넘는 이 길은 일제 강점기를 거치고 근대에 들어오면서 다른 도로와 교통수단에 밀려 옛길이 되었다. 1941년에 개통된 중앙선 철도가 죽령 아래 터널로 지난다. 현대에 와서 죽령을 따라 5번 국도(죽령로)가 개설되고, 2000년에는 죽령 아래 터널로 지나는 중앙고속도로가 개통되었다. 21세기 들어서 옛길은 더이상 사람들이 통행하지 않는 길이 되어버렸다.

　다행히 1999년 영주시에서 이 길을 도보여행 길로 복원하고 2007년 문화재청에서 자연유산의 명승지로 지정하였다. 그 후 많은 사람들이 즐겨 찾는다. 보통 사람들이 걷는 죽령옛길은 희방사역에서 출발하여 죽령고개까지 2.8km다. 왕복하면 5.6km다.

오전 9시, 집을 나서 산에서 점심으로 먹을 김밥을 사 갖고 출발했다. 평일이어서 도로가 막히지 않았다. 중간에 천등산 휴게소에 들러 잠깐 쉬고 희방사역 앞 주차장에 11시 좀 넘어 도착하였다. 차를 세우고 (마을을 등지고) 역을 바라보면서 오른쪽으로 조금 가니 높은 교각이 나타났다. 교각 위의 도로가 중앙고속도로다.

현대 문명의 길인 철도와 고속도로를 뒤로하고 산 쪽으로 계속 가니 왼편에 동그란 표지판 '소백산 자락길'이 있었다. 조금 더 가니 오른편에 '죽령옛길' 방향을 알려주는 이정표가 있었다. 길의 초입이 넓고 깔끔했다. 포장되지 않은 흙길 위에 마사토를 깔고 다진 길이어서 걷기에 좋았다.

길옆 물이 흐르는 계곡은 콘크리트로 넓게 확장하였다. 장마철 수해방지 목적으로 정비하였는데 콘크리트 시설물이 눈살을 찌푸리게 하였다. 자연 속에 인공적인 시설을 하려면 자연미를 살려서 할 수는 없는가? 안타까웠다. 자연과 조화되게 계곡을 정비하는 방법이 나왔으면 좋겠다.

조금 더 올라가니 길 양옆이 사과밭이었다. 소백산 자락에는 사과 농사가 잘되는가 보다. 사과밭의 울타리가 변변찮았다. 울타리가 저렇게 엉성해도 이 길을 걷는 사람 중 사과에 손대는 사람은 없는가 보다. 달리 해석하면 이 길을 걷는 사람 누구도 남의 사과를 탐내지 않으니 울타리가 있는 둥 마는 둥 한 것 아닐까? 그만큼 우리나라 국민의 윤리의식이 높아졌다는 증거다. 이렇게 생각하니 우리나라 사람들이 자랑스러워지고 기분이 좋아졌다.

사과밭을 지나 드디어 숲길로 들어섰다. 길 양편으로 녹음이 우거지고 골짜기에는 작은 개울물이 흐르니 완전히 자연 속으로 들어왔음을 느꼈다. 나무에 넝쿨이 감고 오르고 서로 엉켜 있는 자연 그대로의 모습이 마치 원시림처럼 보였다. '아!' 감탄의 소리가 저절로 나왔다. 나뭇잎을 스치며 지나는 바람 소리와 계곡물 소리, 새소리와 벌레 소리만이 들려왔다.

점점 더 깊은 숲속으로 들어갔다. 산길이 험한지 길 위에 코코넛 매트를 깔아놓았다. 환상적인 숲길을 조금 더 올라가니 옛 주막터가 나왔다. 지금 주막은 없지만 쉬어갈 수 있는 평상이 마련되어 있었다. 그다지 쉴 만큼 걷지는 않았어도 잠시 평상에 앉았다. 물을 마시며 둘러보니 주위는 온통 침엽수림이었다.

일어나 다시 오르기 시작했다. 조금 올라가니 코코넛 매트를 깔아 놓은 완만한 길이 고무매트를 깔아 놓은 덱 계단 길로 바뀌었다. 덱 계단이 끝나고 지그재그로 경사진 오르막길이 시작되었다. 더 이상 걷기 좋은 길이 아니었다. 다리에 무리가 가지 않도록 스틱을 짚으며 올라가야 했다.

더 오르니 긴 돌계단이 나오고 멀리 죽령루가 보였다. 목적지가 멀지 않으니 호흡이 가쁘고 땀이 쏟아졌지만, 힘을 내어 올라갔다. 희방사 역에서 죽령루까지 2.8km이니 그다지 먼 거리는 아니다. 다만 걷기 쉬운 길로 예상했는데 후반부 1km 정도는 꽤 경사진 오르막길이었다. 죽령루에 올라 우리가 올라온 길을 조망하고 잠시 쉬었다.

죽령옛길에 얽힌 이야기를 적어놓은 게시판들이 옛길과 죽령루 근처에 있었다. 그중 죽령을 지나는 행인들의 돈과 귀중품을 갈취하는 도적 떼를 소탕케 한 죽령산신 다자구 할머니의 설화가 재미있었다. 옛길을 걸으면서 이런저런 이야기를 읽는 재미도 쏠쏠하다.

점심 먹을 장소를 찾는데 마땅한 곳이 보이지 않았다. 연화봉 쪽으로 오르다가 산속에서 점심을 먹기로 했다. 죽령루 앞 도로로 나와 왼쪽, 소백산국립공원 죽령분소 방향으로 갔다. 100m쯤 가니 오른쪽에 연화봉으로 오르는 죽령 탐방로가 있었다. 우리는 이미 계획한 죽령 옛길을 걸었기에 무리하지 않고 천천히 올라갔다. 조금 오르니 죽령탐방지원센터가 있었다. 1시쯤 탐방지원센터를 통과하였다. 하절기에는 오후 2시, 동절기에는 오후 1시까지 이곳을 통과하여야 한다. 이후에는 올라가지 못하게 한다.

얼마쯤 올라가니 왼편에 편백나무 숲속 이야기 쉼터가 있었다. 그 쉼터에서 과일과 김밥으로 점심을 먹었다. 한참을 쉬고 더 갈 수 있는 데까지 올라가기로 했다. 잣나무 쉼터를 지나 혜성 쉼터까지(약 2km) 올라갔다. 혜성 쉼터에서 쉬다 보니 세 시 반이 넘었다. 내려갈 길이 멀다고 아내가 그만 내려가자고 했다. 아니, 조금만 더 올라가면 천왕성 바람고개 전망대인데…. 아쉽지만 어쩌겠는가? 아내가 내려가자는데.

다음에 소백산에 올 때는 죽령주차장에 차를 세우고 소백산 천문대가 있는 연화봉까지 7km를 오르고 싶다. 왕복 14km다. 길이 잘 닦여 있어서 아내와 내가 무리하지 않고 다녀올 수 있을 것 같다. 혹시 안 되면 4.5km 위에 대피소가 있는 제2연화봉까지만 올라갔다 와도 좋다. 거기까지만 갔다 와도 왕복 9km이니 괜찮은 산행이다. 걷는 것도 좋지만 자연 속에서 놀아도 좋으니까.

영주 소백산 달밭골 / 부석사

10월 하순 토요일 분당-용인-광교 지역에 사는 한음회 친구들 다섯이 소백산 단풍구경을 갔다. 아침 8시에 모여 출발했지만, 가을 단풍놀이 가는 사람들이 많아 영주 초암 주차장에는 11시쯤 도착했다. 이날은 국망봉이나 비로봉 정상에 오르지 않고 소백산 자락길 1구간 중 산속 숲길(초암주차장-초암사-달밭골-비로사)만 왕복하며 단풍을 즐기기로 했다.

차에서 내려 화장실에 다녀오고 각자 배낭을 메고 산 쪽으로 오르기 시작했다. 주차장 바로 위에 있는 죽계구곡(竹溪九曲) 중 4곡 용추(龍湫, 죽계계곡에서 소(沼)가 가장 깊다는 곳)와 3곡 척수대(滌愁臺, 세속의 근심을 씻는다는 곳)에 들렀다. 두 곳 다 계곡의 바위와 흐르는 물과 어우러진 단풍의 아름다움이 일품이었다.

조금 오르니 오른편에 사과밭이 있었다. 빨갛게 익어가는 사과가 탐스러웠다. 우리가 어릴 적 학교 다니던 때에는 우리나라 사과의 주산지가 대구였다. 그런데 요즘은 '대구사과'라는 말을 듣지 못한다. 50여 년의 세월이 지나는 사이 우리나라 평균기온이 올라서인지? 재배방법이 바뀌어서인지? 현재 경상북도 사과 생산지는 문경과 영주, 안동과 청송이다.

우리는 '소백산 초암사(小白山 草庵寺)'라고 쓰인 일주문 앞에서 계곡 쪽 아랫길로 갔다. 죽계 2곡 청운대(靑雲臺, 푸른 소백산에 흰 구름이 비친다는 곳)에 가보기 위해서였다. 우뚝 서 있는 바위와 바위 아래를 휘감아 흐르는 맑은 물이 자연이 만든 또 하나의 작품이었다. 그 앞 다리 위에 서서 청운대를 바라보는 세 여자의 모습이 단풍과 어우러져 천상의 여인처럼 우아하게 보였다.

더 위로 올라가니 초암사가 나왔다. 신라 때 의상대사(625~702)가 부석사를 짓던 때 이 자리에 초막을 짓고 기거하였다고 한다. 그 후 이곳에 절을 짓고 이름을 초암사(草庵寺)라고 했다는데 전해지는 기록은 없다. 1935년, 이곳에 사찰이 세워졌는데 1950년 6·25 한국전쟁 때 소실되었다. 전쟁이 끝난 후 1955년 3칸의 법당이 세워지고, 1982년 비구니 보원 스님이 주석하면서 대웅전, 대적광전 등을 세워서 현재의 사찰 모습이 되었다.

초암사를 둘러보고 산 쪽으로 나오니 '달밭골 국망봉 가는 길' 아치문이 나왔다. 그 문을 통과하여 조금 오르니 왼편으로 흐르는 계곡 아래 죽계구곡 중 1곡 금당반석(金堂盤石)이 있었다. 금당반석은 계곡에 흐르는 맑은 물 아래 넓은 화강암을 가리킨다. 금당은 절에서 석가모니불을 모시는 건물이다. 세상에서는 화려한 집을 금당이라고도 한다. 의상대사가 부석사를 창건하던 때 종종 이곳에서 시간을 보냈다고 한다.

초암사에서 비로사까지 3.4km인데 이 길 주위가 달밭골이다. 달밭골은 달뙈기만 한 밭들이 다닥다닥 붙어 있는 골짜기라는 뜻이다. 달밭골은 정감록에 나오는 십승지(十勝地) 중 일승지다. 십승지란 흉년, 전염병, 전쟁이라는 3가지 큰 악재가 들어올 수 없는 우리나라 10군데 지역을 말한다. 그런 지역을 삼재불입지지(三災不入之地)라고 한다. 전술한 3가지 악재가 세상에 난무하여도 산이 높고 험하여 그 악재가 들어오지 못하는 안전한 지역을 가리키는 말이다. 세상과 차단되어 교류가 없어도 물과 농사지을 땅이 있어서 그 안에 있는 사람들이 먹고사는 데 어려움이 없는 지역이다.

조선 영조 때 이중환(1690~1752)은 『택리지』에서 태백산과 소백산을 병란을 피하는 데 제일 좋은 지역, 한반도에서 제일 안전한 땅으로 꼽았다. 실제로 6·25 한국전쟁 때 북한에서 월남한 사람 중 상당수가 이곳에 모여 살았다고 한다.

초암 주차장에서 초암사까지 0.6km다. 비로사까지 갔다 오면 편도 4km, 왕복 8km다. 걷기 딱 좋은 거리다. 조금 더 올라가니 국망봉으로 올라가는 길에서 왼쪽 비로사로 가는 길이 갈라지는 삼거리가 나왔다. 비로사 가는 길로 접어들었다. 조금 가니 등산객 두 팀이 골짜기의 전망 덱에 자리를 펴고 점심을 먹고 있었다. 울긋불긋 물든 단풍 아래서 원색의 등산복을 입고 모여 있는 사람들의 모습이 참으로 정겨워 보였다.

시계를 보니 12시가 지났다. 각 집에서 싸온 도시락으로 점심을 배불리 먹고, 점심 후 커피를 마시며 주위를 둘러보았다. 계곡의 이편과 저편에 심긴 나무들의 단풍이 그야말로 불붙은 듯 휘황찬란했다. 완전히 선경 속에 앉아 있는 듯했다. 그렇게 노닥거리며 한참을 쉰 후 일어났다. 가벼워진 배낭을 메고 다시 걷기 시작했다. 계곡 좌우에 빨간 단풍이 황홀하게 빛나는 나무다리 위에서, 또 빨갛고 노랗고 갈색 톤의 단풍과 연녹색의 잎이 어우러진 숲길에서 울긋불긋 아름다운 가을 풍경을 사진에 담기도 했다.

오르막을 올라 달밭재에 이르니 아래로 잣나무 숲이 펼쳐졌다. 잣나무의 울창한 침엽수림을 내려다보며 벤치에 앉아 물을 마시고 땀을 닦으며 잠시 쉬었다. 시간은 1시 반을 지나 2시를 향해 달리고 있었다.

4시에는 부석사 입구에서 문화관광해설사를 만나 해설을 듣기로 예약해 놓았다. 부석사까지 차 타고 가는 시간과 절까지 걸어 올라가는 시간을 고려하면 3시 15분에는 초암 주차장에서 출발하여야 한다. 남은 시간은 1시간 반 정도였다. 용인 후배와 나만 비로사까지 1km쯤 되는 거리를 서둘러 내려갔다 오기로 하고, 세 여자는 잣나무 숲에서 놀다가 먼저 초암 주차장으로 내려가기로 했다.

비로사로 가는 길에 달밭골 마을이 있다. 소백산 깊은 산골 마을

인 이곳에서 민박도 가능하고 사면이 산으로 둘러싸인 카페에서 차나 커피를 마실 수도 있다. 주변 산들이 다 가을 색으로 병풍을 친 듯했다. 집 앞에 빨간 단풍나무를 예쁘게 가꾸어 놓은 집도 있었다. 조용하고 아늑한 자연 속 마을이었다.

마을에서 비로사로 내려가는 탐방로는 도로와 구분하여 숲 가장자리에 만들어져 있었다. 덱 길과 낮은 계단이어서 걷기에 좋았다. 오후 2시가 넘으니 비로사 위로 올라오는 사람이 없는지 아무도 보이지 않고 우리 두 사람만 단풍 속 숲길을 걷고 있었다. 계절별로 다른 자연의 경이로움을 만끽할 수 있다는 건 큰 축복이다. 이 또한 함께 어울릴 좋은 친구가 있기에 가능한 것 아니겠는가? 감사할 뿐이다.

전에 비로사에 와본 적이 있다. 비로사는 680년(신라 문무왕 20)에 의상대사가 창건하였다고 전해지나 실제로는 그의 열 제자 중 한 사람인 진정 스님이 창건하고 주석하였다고 한다. 통일신라 말~고려 초에는 진공 스님이 주석하면서 고려 태조를 불교에 귀의하게 해 유명해진 절이라고 한다. 1592년 임진왜란, 1907년 갑오경장, 또 6·25 한국전쟁 때 이 절은 화재로 소실되고 중창을 거듭하였다. 전각 10채 가까이 되는 현재의 모습은 1994년부터 중창한 것이다.

전에 사찰 구경을 다 했기에 절에는 들어가지 않았다. 일주문까지만 올라가 보고 화장실에 들렀다가 초암 주차장으로 향했다.

초암 주차장에서 오후 3시 반쯤 부석사로 출발했다. 부석사로 가는 도로의 어느 지점에서부터인가 가로수가 은행나무였다. 차도 양옆에 쭉 늘어선 은행나무의 노랗게 물든 잎들이 나무 위에 풍성하게 달려서 온몸을 흔들며 우리를 반겨주는 듯했다. 일찍 물든 노란 은행잎들은 떨어져 나무 아래 쌓여 우리가 가는 길을 환하게 비춰주는 듯했다. 주말이어서 차가 많았다.

주차장에 차를 세우고 올라가는데 주차장 앞에서 영주사과 축제를 하고 있었다. '노란 단풍 부석사 영주사과 축제'라는 현수막을 걸고 하얀 천막을 친 부스가 많이 모여 있었다. 부석사로 올라가는 길 양 옆에도 사과를 파는 노점상들이 주욱 늘어서 있었다.

4시가 다 되어 가는 시간인데도 내려오는 사람들보다 부석사로 올라가는 사람들이 더 많았다. 매표소에서 표를 끊는데 매표창구가 네 개나 열려 있고, 사람들이 네 줄로 길게 늘어서 있었다. 문화재 구역 입장료를 내고 조금 올라가니 은행나무의 노란 단풍 길이 시작되었다. 이 아름다운 노란 단풍 길은 '태백산 부석사'라고 쓴 일주문을 지나서도 길게 이어졌다. '가을에는 노란 단풍이 아름다운 부석사'라더니 말 그대로였다. 일주문의 안쪽 현판에는 '해동화엄종찰'이라고 써놓아 부석사가 우리나라 화엄종의 본찰임을 알리고 있었다.

천왕문을 지나고 회전문을 지나 경내에 들어가 우측 돌탑 앞에서 문화관광해설사를 만났다. 우리 다섯 사람은 다른 그룹 15명과 함께 부석사의 창건 이야기(설화)와 사찰의 주요 전각들— 범종루와 안양루, 무량수전과 조사당 등 —에 대하여 문화관광해설사의 설명을 들었다.

부석사(浮石寺)는 의상대사(625~702)가 676년(문무왕 16)에 창건하였다. 부석사의 초기 모습은 지금 보는 것처럼 큰 사찰이 아니었다. 창건 당시 부석사는 제자들과 의상이 기거하는 초가집 몇 채가 전부였다. 부석사를 창건하던 때 문무왕이 농토를 하사하고 노비를 보내겠다고 했지만, 의상대사는 받지 않았다. 그는 불법(佛法)에서는 지위의 높고 낮음이나 신분의 귀천이 없으니 받을 수 없다고 했다. 의상대사가 소유한 것은 입는 옷과 물병과 밥그릇(발우), 세 가지뿐이었다. 의 상대사의 수제자 열 사람도 기독교 예수 그리스도의 열두 제자처럼 사회의 하층 사람들이었다고 한다.

신라 말기에 의상이 죽은 후 제자들이 사회에서 크게 인정받으면서 부석사는 신라 조정으로부터 물질적 지원을 받아 큰 사찰이 되었다. 다른 사찰과 마찬가지로 부석사도 역사의 흐름을 따라 전란 때 화재 로 소실되고 중건하기를 반복하여 오늘에 이르렀다. 그래도 회전문- 범종루-(법당)-안양루-무량수전의 수직적 공간구조는 그대로 유지 되었다.

얼마 전까지만 해도 13세기에 건립되었을 것으로 추정되는 부석사 의 무량수전은 우리나라에서 가장 오래된 목조건축물로 알려졌다.

최근 안동 봉정사의 극락전이 이 무량수전보다 더 오래된 목조건축물로 밝혀졌지만, 건물 규모나 미적인 완성도에 있어서 무량수전이 크게 앞선다고 한다.

무량수전은 기둥의 배흘림(기둥의 가운데가 위아래보다 볼록함), 안쏠림(기둥 위쪽을 건물 안쪽으로 미세하게 경사지게 함)과 귀솟음(건물 귀부분의 기둥의 높이를 중앙보다 높임) 그리고 평면의 안허리곡(귀부분의 처마 끝이 건물 중앙보다 튀어나오도록 처리) 등 고도의 기법으로 모든 착시현상을 보정한 완벽한 건축물이라고 한다.

무량수전 앞에 서면 눈앞이 탁 트여 소백산의 봉우리와 산줄기가 한눈에 들어온다. 정면으로 소백산의 도솔봉과 도솔봉의 우측으로 죽령고개와 연화봉, 비로봉, 국망봉으로 이어지는 소백산의 주요 봉우리들이 다 보인다. 부석사는 이렇게 탁 트인 전경을 감상할 수 있는 명당자리에 있으니 많은 사람들이 즐겨 찾는 산사다.

우리는 무량수전의 좌측에 있는 부석을 찾아보고 우측 뒤에 있는 선묘각으로 갔다. 선묘각은 선묘낭자를 모신 사당인데 문을 열어 볼 수 있었다. 정면에 선묘낭자의 모습이 걸려 있었다. 그녀는 당나라에서 의상대사가 머물던 신도의 집 딸이었는데 의상대사의 용모와 학식이 출중함을 보고 반했다. 그녀는 어떤 유혹에도 꿈쩍 않는 의상대사의 불심에 감동하여 평생 그의 제자가 되어 돕기로 작정하였다. 의상대사가 귀국하던 때 용이 되어 따라와 의상대사가 부석사를 창건하는 데 부석이 되어 도왔다는 설화의 주인공이다.

무량수전 오른편 선묘각 앞에 있는 삼층석탑을 보고 위로 올라갔다. 경사진 오르막을 등산하다시피 올라가서 조사당과 그 앞에 있는 선비화(의상대사가 꽂아 놓은 지팡이가 나무가 되었다는 골람초)를 보고 내려왔다.

조사당 안에는 의상대사의 영정이 있었다는데 지금은 성보박물관으로 옮겼다고 한다. 문이 잠겨 있어서 내부를 볼 수 없어 아쉬웠다.

아쉬움을 뒤로하고 삼층석탑 아래 자리를 잡고 앉았다. 간식을 먹고 쉬면서 일몰을 기다렸다. 많은 사람이 일몰을 보기 위해 기다리고 있었다. 무량수전 앞이나 삼층석탑 앞에서 소백산 봉우리 너머로 지는 해를 바라보는 광경이 압권이다.

세상 만물이 다 고요한 저녁 시간에 바라보는 석양을 나는 좋아한다. 바다로든지 지평선으로든지 먼 산으로든지 지는 해를 바라보면 나도 모르게 인생의 시간을 생각한다. 소백산 너머로 해가 넘어가자 사람들이 내려가기 시작했다. 어슴푸레 어둠이 세상을 덮기 시작하는 시간까지 아내와 나는 남아 있었다. 거의 모든 사람이 다 내려간 후 아내와 나는 천천히 내려왔다.

2018년 6월 우리나라의 산사 7곳이 유네스코 세계문화유산으로 등재되었다. 이 중 가장 아름다운 산사는 단연 부석사다. 내가 부석사에 오른 것은 이번이 세 번째다. 주차장에서 부석사에 오르는 길은 걷기 좋은 오르막이다. 회전문을 지나 범종루와 안양루를 통과하여 무량수전에 오르는 길은 쉬엄쉬엄 오를 수 있는 계단이다. 더 위로 조사당까지는 약간은 경사진 산길이다. 주차장에서부터 제일 위에 있는 조사당까지 1.5km쯤 된다. 부석사는 심신을 함께 수양할 수 있는 아름다운 산사다.

주) 달밭골 트레킹을 마치고 소수서원에 가는 것을 추천한다. 초암사 아래 죽계구곡을 빠져나와 자동차로 10분 정도 달리면 소수서원 주차장에 도착한다. 소수서원은 2019년 7월 유네스코 세계문화유산으로 등재된 한국의 서원 9곳 중 하나다. 1550년 왕(명종 5)으로부터 소수서원(紹修書院)이라는 현판과 서적, 토지와 노비를 하사받은 최초의 사액서원이다. 서원을 돌아보고 냇물을 건너 소수박물관을 관람하고, 옆에 있는 선비촌에 가서 우리 조상들의 주거 문화를 체험할 수 있다. 이 세 곳은 다 산 자락 아래 붙어 있어서 거닐고 휴식하기 그만인 장소다.

안동 봉정사 / 월영교

　　5월 마지막 주 토요일 한음회 친구들의 봄 모임으로 안동 봉정사에 갔다. 11시 반이 지나 봉정사 앞 주차장에 모두 모였다. 반갑게 인사를 나누고 배낭을 메고 절 안으로 들어갔다. 봉정사로 들어가는 초입은 소나무 숲이었다. 150m쯤 되는 짧은 거리지만 5월 하순 연초록의 새잎이 돋아나는 소나무 숲길은 운치가 있었다. 살랑살랑 부는 바람에 상큼한 솔잎 냄새가 후각을 자극했다. 약간 경사진 오르막길을 오르자니 다리에 근육이 붙는 듯하여 기분이 한결 더 좋았다. 천등산 봉정사(天燈山 鳳停寺)라고 쓰인 일주문을 지나고부터는 활엽수들이 길 좌우는 물론이고 하늘까지 가리며 봄기운을 뿜어내고 있었다.

　　봉정사는 672년(신라 문무왕 2)에 의상대사의 제자 능인 스님이 창건하였다. 봉정사의 뒷산, 천등산의 원래 이름은 대망산이었다. 전해 내려오는 설화에 의하면 능인 스님이 대망산 바위굴에서 도를 닦고 있는데 스님의 도력에 감복한 선녀가 하늘에서 등불을 내려 굴 안을 환하게 밝혀주었다고 한다. 이런 연유로 산과 굴의 이름이 천등산과 천등굴이 되었다고 한다. 그 후 능인 스님이 절을 짓고 봉황새 봉(鳳) 자에 머무를 정(停) 자를 써서 봉정사(鳳停寺)라고 이름 지었다.

도로에서 절의 입구인 만세루로 올라가는 길은 자연석 돌을 놓고 흙을 채워 만든 계단이었다. 우리가 시골에서 흔히 만나는 수수한 길의 모습이었다. 경내로 들어가는 만세루 아래 입구와 돌계단도 꾸밈이 없었다. 입구 좌우 기둥의 크기와 높이가 대칭이 아니었다. 오른쪽 기둥이 왼쪽 기둥보다 작아서 그 아래에 받침돌 하나를 더 놓았다.

대웅전 앞에 서니 대웅전 건물은 작고 단청의 색이 바래서 초라해 보이기까지 했다. 대웅전 앞쪽으로 마루를 붙여 내고 마루에 난간을 설치하였다. 대웅전이 작아서 예불할 공간을 더 마련하기 위해서 마루를 이어낸 듯했다. 대웅전 앞에 마루를 두다니? 다른 절에서 이렇게 마루가 있는 대웅전이 있었던가? 나는 이런 모양새의 대웅전을 다른 데서는 보지 못했다. 대웅전 앞에서 본 만세루의 모습도 마찬가지였다. 기둥과 대들보 모두가 다 곧고 반듯한 것이 아니었다. 조금 휘어진 목재도 그냥 그대로 사용하였다.

봉정사는 2018년 6월에 유네스코 문화유산으로 선정된 산사, 우리나라 산지승원 7곳 중 하나다. 그중 봉정사가 가장 작은 절이 아닐까? 양산 통도사와 보은 법주사는 넓고 크다. 봉정사는 부지가 작고 전각이 몇 채 되지도 않는다. 이렇게 작고 소박한 절이 우리에게 더

친근하게 다가옴은 왜일까? 바로 꾸미지 않은 본심을 그대로 드러내 보이기 때문이지 않을까? 세계적으로 유명한 사찰이 되었는데도 치장하지 않고 소박, 단아한 원래 모습 그대로를 유지하고 있다니! 절의 대표 스님과 관계자 모든 분에게 경의를 표하고 싶다.

이 절은 1999년 4월에 영국의 엘리자베스 2세 여왕이, 20년이 지난 2019년 5월에는 앤드루 왕자가 방문하였다. 소박하지만 한국적인 아름다움을 간직한 이 절은 영국뿐 아니라 해외 여러 나라에도 알려진 문화유산이다.

한국전쟁 때 이 사찰에 관한 자료들이 소실되어 사찰 역사가 제대로 전해지지 않는다. 1972년 기울어져 가는 봉정사의 극락전을 해체하고 복원 공사를 하였다. 그때 상량문에서 '1363년(고려 공민왕 12)에 극락전을 중수하였다.'라는 기록이 나왔다. 이 기록으로 봉정사 극락전이 우리나라에 현존하는 최고 오래된 목조건축물로 자리매김하게 되었다.

봉정사를 둘러보고 숲 한편에 자리를 잡고 앉아서 점심을 먹었다. 먹는 시간은 언제나 즐겁다. 점심 후 봉정사 일주문-개목사-천등산 정상-천등굴-개목사 옆길-일주문으로 돌아오는 코스로 산행을 하였다. 자연스럽게 삼삼오오 짝을 지어 이야기를 나누며 걸었다. 운치 좋은 장소를 만나면 사진을 찍고, 오르막을 만나면 쉬고, 이 얘기 저 얘기 나누며 웃고 떠드는 즐거운 시간을 가졌다.

경사가 좀 심한 곳이 두어 군데 있어서 쉽지 않은 산행이었다. 4km 남짓한 거리였지만 거의 세 시간이 걸렸다. 다들 60이 넘은 나이이니 빨리 걷는 것보다 재미있는 시간을 많이 갖는 것을 더 좋아한다. 일주문으로 돌아와 주차장으로 내려오니 오후 네 시 반이었다.

다음 행선지 안동댐 아래 월영교로 이동하였다. 월영교는 안동댐 아래 낙동강을 건너는 나무다리로 폭 3.6m, 길이 387m다. 시민들과 여행 온 사람들이 즐겨 찾는 다리로 2003년에 개통되었다. 다리 중간 지점에 호수와 산을 바라보며 쉴 수 있도록 월영정이라는 정자를 만들어 놓았다. 월영교라는 이름은 밤하늘에 뜬 달이 호숫물에 비치는 광경을 보고 붙인 이름이다. 저녁이 되면 다리에 조명이 켜지고 음악에 맞추어 분수 쇼가 펼쳐진다.

우리는 월영교를 건너 원이 엄마 테마길로 갔다. "다른 사람들도 우리처럼 서로 어여삐 여기고 사랑할까요? 남들도 정말 우리 같을까요?" 안내판에 써 있는 이 말은 먼저 세상을 떠난 남편의 관에 써 넣은 원이 엄마의 애틋한 사랑 편지의 한 구절이다. 원이 엄마의 편지는 1998년 4월 안동시 정상동에 택지조성을 하기 위하여 묘를 이장하던 중 발견되었다. 묘의 주인공은 1586년 6월 1일, 31살의 나이에 죽은 고성 이씨, 이응태로 밝혀졌다. 아내의 이름은 알려지지 않고 원이 엄마로만 되어 있다.

"당신 언제나 나에게 '둘이 머리 희어지도록 살다가 함께 죽자.' 하셨지요.

그런데 어찌 나를 두고 당신 먼저 가십니까?

나와 어린아이는 누구의 말을 듣고 어떻게 살라고

다 버리고 당신 먼저 가십니까?

(중략)

내 마음 어디에 두고, 자식 데리고

당신을 그리워하며 살 수 있을까 생각합니다.

당신 내 뱃속의 자식 낳으면 보고 말할 것 있다 하고 그렇게 가시니,

뱃속의 자식 낳으면 누구를 아버지라 하라는 거지요?"

남편을 먼저 보내고 혼자 남아서 어린 자식과 또 낳을 자식을 데리고 어떻게 살 것인가? 앞길이 막막한 아내의 심정을 고스란히 적어놓았다. 지나고 보면 짧은 인생이지만, 어려운 살림살이로 앞날을 살아가려면 결코 짧게 보이지 않는다. 이승에서의 삶과 부부의 연에 대하여 다시 한 번 생각하게 하는 원이 엄마의 애절한 편지다.

무덤 속에서는 또 머리카락을 섞어 만든 미투리(짚신과 같은 형태로 삼으로 엮은 신발)가 나왔다. 그 시대에는 머리카락을 섞어 만든 미투리를 신으면 병이 낫는다는 신앙이 있었다고 한다. 남편의 병 낫기를 간절히 기도하면서 원이 엄마가 자기 머리카락을 잘라서 만든 미투리! 젊은 나이에 중병에 걸린 사랑하는 사람을 살릴 수만 있다면 못 할 게 무엇이랴? 31살로 죽은 남편을 향한 원이 엄마의 애잔한 사랑을 보는 듯하였다. 진순분 시인의 「사람의 꽃」이라는 시가 생각났다.

사람의 꽃 / 진순분

광교산 오솔길에서 가끔씩 만나는 얼굴
뇌졸중 젊은 아내를 부축하며 걷는 남편
명치 끝 애이불비(哀而不悲)는 먼 산으로 비껴놓고

고행하듯 순례하듯 가는 길 느리지만
따뜻한 차 한 잔을 먹여주며 미소 지을 때
낮달도 그냥 멋쩍어 나무숲에 숨어 본다

가야 할 산봉우리는 아직 멀고 험한데
사랑을 다 주고도 모자라서 안타까운
그 마음 웅숭깊은 곳 저 숭고한 사람의 꽃

　

인생의 내리막길에 누구라도 중병에 걸려서, 또는 갑작스런 사고로 몸이 말을 듣지 않을 수가 있다. 그때는 누군가가 그 사람을 일일이 돌봐주어야 한다. 평생 짝이 해야 할 일이다. 간호하고 돌보느라 하루 24시간을 다 써도 더 잘해주지 못해서 안타까운 마음이 사람의 꽃이다. 평생 사랑의 짝으로 살아온 배우자는 아무리 아파도 살아 있는 게 낫다고 한다.

월영교에 조명이 켜지고 분수쇼가 시작되는 여섯 시 반, 우리는 월영정에 모였다. 월영교의 아름다운 조명과 멋진 분수쇼를 보면서 걸어 나왔다.

안동 병산서원 / 하회마을

　　10월 말 가을 단풍이 절정인 때 아내와 나는 7박 8일의 일정으로 경상도 여행에 나섰다. 이번 여행의 주목적은 안동과 경주 지역에 있는 문화유산 관광에 더하여 경상도 지역 가을 산 단풍여행이었다.

　2019년 7월 한국의 서원 9곳이 유네스코 세계문화유산으로 등재되었다. 경상도에 영주 소수서원, 안동의 병산서원과 도산서원, 경주 옥산서원, 달성 도동서원, 함양 남계서원 등 6곳이 있다. 충청도 논산에 돈암서원 1곳이 있고, 전라도에 장성 필암서원과 정읍 무성서원 2곳이 있다.

　여행 첫날, 병산서원에 갔다. 병산서원으로 들어가는 도로 입구에 도착하니 도로포장 공사 중이었다. 콘크리트 타설이 끝나고 양생 중이어서 차는 들어갈 수 없지만, 다행히 사람은 걸어 들어갈 수 있었다. 차를 풍천 배수장 앞 길옆에 바짝 붙여 세우고 서원 쪽으로 들어갔다. 그 시간에 그 길을 걷는 사람은 우리 두 사람뿐이었다. 12시 점심시간이어서인지 도로에서 일하는 사람도 보이지 않았다. 병산서원으로 들어가는 길 주위의 풍광이 좋았다. 왼편으로는 유유히 흐르는 낙동강과 강 너머 하얀 갈대밭이 넓게 펼쳐졌다. 오른편 산은 갈색으로 물든 가을 단풍이 가득했다.

　'도로가 포장되고 차량 통행량이 많아지면 앞으로 이 풍광 좋은 길을 걷기 어렵겠구나.' 이런 생각을 하면서 500m쯤 걸었을까? 낙동강 옆 절벽 위에 '어락정'이라는 정자가 보였다. 어락(漁樂)이라니, 이 정자를 지은 사람은 안동에서 효자로 이름난 김세상(金世商, 1520~?)이다. 그는 강물에서 유유히 노는 물고기를 보고, 그렇게 살고자 했던 사람이 아니었을까? 어락정 왼쪽으로 내려가서 강을 바라보며 걷는 길이 있었다. 병산서원에서 나오면서 그 길을 걷기로 하고 계속 도로를 따라 걸었다.

어락정을 지나 길이 오른쪽으로 꺾어지더니 산 쪽으로 '정자골'이라는 작은 마을이 나왔다. 그 마을을 지나고서 가로수가 은행나무였다. 은행잎이 아직 녹색 그대로였다. 하지만 며칠만 지나면 노랗게 물들어 멋진 황금빛 단풍을 펄럭이리라. 조금 더 가니 오른편 언덕에 넓은 콩밭이 펼쳐졌다. 콩밭을 지나고 집이 몇 채 있는 상가지대를 통과하니 병산서원 주차장에 도착하였다. 차를 세워둔 풍천 배수장에서 병산서원 주차장까지 2km가 더 되는 것 같았다. 주차장의 오른편에 문화해설사의 집이 있었다.

두 사람인데 문화해설을 해줄 수 있는지 문의하였더니 흔쾌히 받아 주었다. 해설사와 함께 병산서원으로 가는데 주차장에서 500m쯤 될까? 짧은 거리가 아니었다. 우리는 서원의 정문인 복례문(復禮門)을 지나 강학 공간인 입교당(立敎堂)에 올라 뒤편 기둥과 난간에 기대어 셋이 나란히 앉았다. 정면에 보이는 만대루(晚對樓)와 만대루 지붕 위로 솟은 병산과 가늘게 보이는 파란 하늘을 바라보면서 문화해설사의 해설을 들었다.

서원으로 들어가는 복례문(復禮門)은 극기복례(克己復禮)에서 따온 이름이다. 공자가 가르친 『논어』의 핵심 사상이 인(仁)이다. 인(仁)은

극기복례(克己復禮)로- 나를 억제하고 예를 갖춰 타인을 대함으로 -
실천할 수 있다. 충동적인 생각과 행동을 하지 말고 사리사욕을 쫓지
말고 타인을 존중하라는 뜻이지 않겠는가? 입교당(立敎堂)은 또 어떤
가? 입교당(入敎堂)이 아니다. 배움에 들라는 것이 아니고 배운 바를
세우라는 뜻이다. 즉 성현의 가르침을 배운 대로 실천하라는 뜻이 아
니겠는가? 이 두 이름에서 큰 감동을 받지 않을 수 없었다.

병산서원(屛山書院)은 1613년(광해군 5)에 서애 류성룡(西厓 柳成龍,
1542~1607)의 학문과 업적을 기리기 위하여 건립된 성리학 교육시설이
다. 이곳에는 1575년에 풍산읍에서 이전 건립된 풍악서당(강학 공간)이
있었다. 1613년 문인들과 제자들이 서애의 위패(위판)를 모신 사당(존
덕사 尊德祠)을 이곳에 건립함으로써 서원이 시작되었다. 우리나라 서

원에는 기본적인 공간, 어느 서원이나 공통으로 갖추고 있는 공간 세 곳이 있다. 위패를 모신 사당(제향 공간), 유생들을 가르치는 강학 공간 그리고 유생들의 유식과 사회와의 교류를 위한 공간이 그것이다.

병산서원에서 세 번째 기능을 담당하는 공간은 만대루(晚對樓)다. 만대루는 우리나라 서원의 누마루 중 규모가 가장 크고 서원과 주변 경관에 맞춘 완벽한 배치로 유명하다. 만대루에 올라앉아 앞에 흐르는 낙동강과 건너편의 병산을 바라보는 정취가 압권이라고 한다. 건축학을 전공한 사람들이 이 건축물을 보고 배우기 위하여 많이 다녀간다고 한다. 언제부터인가 만대루에 올라가지 못하게 한다. 올라가보지 못해 안타까웠다. 사람의 온기가 배어야 건축물도 쇠하지 않고 오래 보존된다는데 말이다.

문화해설사의 찬찬한 설명은 고등학교 역사 시간에 배웠던 것들을 다시 되짚어 주었다. 서애 류성룡은 퇴계 이황(退溪 李滉, 1501~1570)의 제자였다. 1592년 임진왜란 때 왜군에 쫓겨 위급해진 선조와 그를 따르던 신하들이 압록강을 건너 명나라로 넘어가려 하자 서애는 이를 막았다. 그는 왕과 재상들의 안전보다 나라의 존망을 생각한 사람이었다. 지도자의 자질 중 가장 중요한 덕목이 앞날을 내다보는 혜안과 사람을 볼 줄 아는 안목이 아니겠는가? 서애는 이순신과 권율을 천거한 사람이다. 두 사람 다 열악한 무기와 적은 수의 군사를 거느리고도 우리나라를 지킨 명장들이 아닌가?

서애는 왜란 후 정쟁으로 1598년 삭탈관직(削奪官職)되어 낙향, 안동에서 살다가 죽었다. 그가 죽은 후 장례를 치를 돈이 넉넉하지 못했다고 한다. 이 소식을 전해 들은 한양 사람들 수천 명이 그의 서울 빈집에 삼베와 돈을 한 푼 두 푼 갖고 와서 무사히 장례를 치렀다고 한다. 세상에! 영의정까지 지낸 사람의 집 살림이 이런 정도였다니, 얼마나 청렴결백한 사람이었나? 요즘 공직에서 은퇴한 사람 중 서애와 같은 사람이 있을까?

병산서원에서 나와 낙동강 앞으로 갔다. 강둑 위에 있는 벤치에 앉았다. 하얗게 피어 있는 넓은 갈대밭과 강물 줄기 옆에 만들어진 긴 자갈밭, 유유히 흐르는 강물과 강 건너편에 병풍처럼 펼쳐진 병산을 바라보았다. 멋진 경치였다. 문화해설사의 열강에 취하고 서원 앞 낙동강 가에서 병산을 바라보는 정취에 흠뻑 빠져 있다가 시간을 보니 어느새 1시 반이 지나고 있었다. 점심으로 배낭에서 과일과 떡과 빵을 꺼내 먹었다.

이날 우리의 일정은 오전에 병산서원을 돌아보고 오후에 하회마을을 관광하는 것이었다. 2.5km를 걸어 나가 차를 타고 하회마을로 가야 하니 2시에 하는 탈춤공연은 관람하기 틀렸다. 병산서원까지 차를 타고 들어오지 못하고 걸어 들어왔기에 시간 계획이 틀어졌다. 나는 전에 안동여행을 소개하는 책자에서 병산서원에서 하회마을로 가는 '유교문화길'을 걸어보라고 추천하는 글을 읽은 적이 있었다.

하회마을 방향, 오른쪽으로 시선을 돌리니 굵은 가로수 길이 멋지게 보였다. 그쪽으로 가보니 100여 년은 됨직한 느티나무들이 길 양옆으로 줄지어 서 있었다. 갈색으로 물든 나뭇잎들이 여전히 나무에 달려 있고 나무들 아래 땅 위에도 가득하였다. 참으로 운치 있는 가을 길이었다. 길 초입에 있는 이정표를 보니 병산서원에서 하회마을까지는 4km이었다.

어차피 탈춤공연을 보지 못하니 '유교문화길'을 걷기로 했다. 이 길은 400여 년 전 하회마을에서 병산서원으로 오가는 유생들과 문인들 또 주민들이 걷던 길이 아닌가? 강 따라 산기슭으로 난 이 길을 걸으며 옛사람들의 자취를 느끼고 가을의 운치를 흠뻑 즐길 수 있는 트레킹 기회다.

50여m 되는 아름다운 느티나무 길을 지나 계속 가니 길 양옆으로 누런 갈대밭이었다. 갈대밭 뒤쪽엔- 왼편 강 쪽이나 오른편 산 쪽이나 다 -나무들이 우거져 있었다. 강물은 나무들에 가려 보이지 않았다. 가만히 살펴보니 습지였고 나무는 물(가)에서 자라는 버드나무가 주종이었다. 나뭇잎들이 노랗고 옅은 갈색과 진한 갈색으로 변하였으니 온통 가을 색의 세계였다.

700m 지점에 이정표가 있었다. 하회마을 길은 오른편 화산 쪽이었다. 그런데 화산 쪽으로 가는 길은 사람들이 많이 다니지 않았는지 거친 풀들이 자라서 길의 윤곽이 뚜렷하지 않았다. 정면으론 우리

가 걸어온 폭 3m 정도 되는 평탄한 길이 계속 이어지고 있었다. 우회전하지 않고 그냥 계속 걷기 좋은 길로 나아갔다.

600m를 더 나아가니 길이 우회전하고 바로 좌회전하면서 오르막길이 시작되었다. 그곳에 '하회마을 길 2.7km ↔ 병산서원 길 1.3km'라고 쓰인 이정표가 있었다. 이 지점부터 산으로 올라가는 길이었다. 오르막길이었지만 여전히 길의 폭은 2~3m 정도로 잘 닦여 있어서 오르는 데 힘들지 않았다. 어느 정도 오르니 완만한 산길이 되어 주위를 돌아볼 여유가 생겼다. 길 양옆 노랑과 갈색 단풍 속에 빨간 단풍이 무더기로 섞여 있어 불타는 듯 환상적인 가을 풍경을 보여 주고 있었다.

아무도 오가지 않는 조용한 산속 숲길을 얼마쯤 걸으니 왼편으로 낙동강이 보이고 소나무 숲 아래 큰 평상이 두 개 있었다. 가까이 가자 그 앞에 전망대가 있었다. 전망대에서 물을 마시고 멀리 아래로 흐르는 낙동강을 조망하였다. 숲길의 가을과는 또 다른 가을 세계가 펼쳐졌다.

낙동강이 흐르는 주위 들판은 온통 가을 색이었다. 노르스름하기도 하고 옅은 연두색이 섞여 있기도 했다. 햇빛이 비치니 가까운 산언덕 푸른 소나무 숲 여기저기 밝은 갈색 단풍이 빛나고 있었다. 먼 산은 벌써 잿빛으로 퇴색한 듯 보이기도 했다. 시간의 흐름과 계절의 바뀜을 누가 막을 수 있겠는가? 이곳이 전체 거리 4km 중 2km, 반쯤 온 지점이지 않을까?

조금 더 걷자 '병산서원 길 2.5km ↔ 하회마을 길 1.5km' 지점에 있는 또 다른 쉼터에 도착하였다. 벤치가 몇 개 놓여 있었지만 그냥 통과하였다. 단풍 길을 얼마쯤 더 걷고 산길을 벗어나는가 했더니 하회마을의 윤곽이 드러나는 전망대가 있었다. 아내와 나는 이곳에서 하회마을을 조망하고 의견을 나누었다. 하회마을로 내려가고 올라오는 길은 숲길이 아니다. 밭길과 논길이다. 가을이지만 따가운 햇볕을 피할 수 없다. 내려갔다가 힘들게 올라오고 싶지 않았다. 그곳에서 발길을 돌려 병산서원을 지나 차로 돌아왔다.

오후 늦게 하회마을로 갔다. 안동 하회마을은 고려 때 김해 허씨와 광주 안씨가 살던 마을이었다. 14세기 조선 시대에 풍산 류씨가 들어와서 크게 번성하며 집성촌을 이루었다. 조선의 대유학자 류운룡과 임진왜란 때 영의정을 지낸 류성룡 형제가 자라난 마을이어서 유명해졌다. 600여 년 동안 한국의 전통적인 삶의 방식이 유지 보존되고 있어서 2010년 경주 양동마을과 함께 한국의 역사 마을로 유네스코 세계문화유산에 등재되었다.

주차장에 차를 세우고 입장권을 끊고 셔틀버스를 타고 들어갔다. 버스에서 내려 하회마을로 들어가는 길 좌측에 있는 탈춤 공연장은 문을 닫았다. 하루 한 번 오후 2시에 '하회별신굿탈놀이'를 공연한다. 셔틀버스 승강장 앞 안내소에서 팸플릿을 받고 마을 입구에 있는 하회마을 안내판을 보고 마을로 들어갔다.

하동고택에 들어가 보고 다른 고택과 마을을 돌아보는데 여전히 사람들이 살고 있어서 정숙하게 움직여야 했다. 개방하지 않는 집들도 있었다. 그렇게 몇몇 집에 들어가 보고 골목길을 걸어 만송정 숲까지 갔다. 만송정(萬松亭) 숲은 소나무 1만 그루가 심겨 있어서 그렇게 불리었다고 한다. 이 소나무들은 서애 류성룡의 형인 겸암(謙菴) 류운룡(1539~1601)이 풍수지리상 마을의 이쪽 기운이 허하다고 하여 심었다고 한다.

그곳에서 잠시 쉬고 돌아올 때는 강을 따라 걸었다. 강 건너 부용

대를 바라보고 멋진 벗나무 단풍길을 걸어서 나왔다. 이 길은 하회마
을을 휘돌아 흐르는 낙동강의 범람 피해를 막기 위해 쌓은 강둑이고
길옆에 심긴 벗나무는 풍치림이다. 나는 풍산 류씨 집안사람들이 살
아온 자취를 둘러보면서 인생의 시간이 빠르게 지나감을 다시금 깨
닫지 않을 수 없었다.

  셔틀버스 타는 곳으로 되돌아와서 버스를 타고 주차장으로 돌아왔
다. 버스에서 내리니 바로 앞에 세계 탈 박물관이 있었다. 그곳에 들
어가서 우리나라 지역별 탈과 세계 각 나라의 탈들을 돌아보았다. 전
시장이 3층으로 꽤 커서 볼 게 많았다. 옛날부터 탈을 쓰고 노는 놀
이는 세계 어느 나라, 어느 지역에나 있었나 보다.

늦은 오후였지만 차를 타고 부용대 주차장으로 갔다. 주차장에서 부용대로 오르는 길은 250m다. 가파른 길이 아니고 야자 매트를 깔아놓은 소나무 숲길이어서 크게 힘들이지 않고 올라갔다. 올라가서 시원한 바람을 쐬며 하회마을을 바라보며 서 있으니 바삐 올라오느라 살짝 났던 땀이 쏙 들어갔다.

우리는 겸암정사(謙嵓精舍)에 내려가 보았다. 이곳은 류성룡의 형인 겸암 류운룡이 학문을 연구하고 제자들을 가르치던 곳이다. 정사(精舍)는 경치 좋은 곳에 지어 한가로이 거처하는 집인 정사(亭舍)가 아니다. 정사(精舍)는 정신 수양하는 장소다. 현판을 정사(精舍)로 쓴 겸암의 삶에 대한 자세에 고개가 숙여졌다.

부용대 주차장으로 내려오면서 화천서원에 갔다. 이 서원은 겸암 류운룡의 학덕을 기리고자 세웠다. 서원의 앞쪽은 카페였다. 카페에서 커피와 과일주스를 사 들고 유식 공간인 지산루에 올라가 마루에 다리를 뻗고 앉았다. 병산서원의 만대루에 올라가 보지 못한 아쉬움을 화천서원 지산루에서 풀었다.

화천서원에서 나와 안쪽으로 조금 들어가면 옥연정사가 있다. 옥연정사는 서애 류성룡이 말년에 임진왜란의 전후 기록 『징비록』을 쓴 곳이다. 화천서원에 있는 방들이 카페와 고택 숙소로 이용되고 있듯이 옥연정사에도 고택체험을 할 수 있는 방이 있었다.

여행 후 『징비록』을 읽어보지 않을 수 있겠는가? 징비록은 임진왜란의 실상을 자세히 기록한 책이다. 『시경』에 "내가 지난 일의 잘못을 징계해서 후에 환란이 없도록 조심한다."라는 말이 있다. 서애는 자신과 그 당시의 잘못을 그대로 드러내 기록함으로써 장차 일어날 수도 있는 환란에 대비해야 한다는 뜻으로 이 책을 썼다고 한다.

1592년 4월 13일 왜군이 부산으로 쳐들어온 바로 그 날, 부산이 함락되었다. 그로부터 불과 20일 후인 5월 3일 왜군이 한양에 들어왔다. 조선 시대 때 공무로, 집안일로 또 장사하는 일로 부산에서 한양을 가는 데 죽령으로 넘어가면 15~16일, 새재를 이용하면 14~15일이 걸렸다고 한다. 수백, 수천 명 때론 수만 명의 군사가 개인 무기와 대포, 군량미 등을 끌고 부산에서 한양까지 두 갈래, 세 갈래로 나누어 20일 만에 진군하였다니, '도대체 그 당시 조선에 군대가 있었나?' 하는 생각이 들었다.

왜군이 평양까지 점령하자 애타게 기다리던 명의 군대가 조선으로 들어왔다. 하지만 명의 군대는 조선이 원하는 것만큼 적극적으로 전투에 임하지 않았다. 남의 나라를 위하여 피를 흘리고 싶은 사람이 있을까? 명과 일본 두 나라의 군대는 서로 살육을 피하고 화의로 문제를 해결하고자 했다. 이때 명나라의 유세객 심유경이 크게 활약했다. 그는 협상의 전제조건으로 일본군이 먼저 철수하도록 설득하였다. 왜군이 철수하면서 조선은 회생의 실마리를 찾게 되었다.

1597년 물러갔던 왜군이 다시 쳐들어 왔다. 정유재란이다. 도요토미 히데요시의 요구와는 다르게 화의가 진행되었기 때문이다. 아래 4가지가 당시 도요토미 히데요시의 요구 조건이었다.

- 명의 황녀를 일본의 후비로 보낼 것
- 명은 일본과 무역을 재개할 것
- 조선의 8도 중 4도를 일본에 할양할 것
- 조선의 왕자 및 대신 12명을 인질로 보낼 것

중국은 스스로 천하에서 제일가는 나라로 여기지 않는가? 조선은 역사 이래로 중국에 조공을 바치며 중국에 기대어 사는 나라가 아니었던가? 심유경이 위 조건을 본국 명의 황제에게 전할 수나 있었겠는가? 결국, 정유재란 중 도요토미 히데요시가 죽고 나서야 전쟁은 끝이 났다.

이미 430년 전 일본이 중국에 요구하는 조건을 보면 일본이 얼마나 강대한 나라이었는지 알 수 있다. 그때 일본은 조선의 반을 일본에게 할양하라고 중국에 요구했다. 조선은 중국의 속국이었지 독립된 나라가 아니었나 보다. 임진왜란 300년 후인 1894~1895년 청일전쟁에서 일본은 중국을 이기고 15년 후인 1910년에 결국 한국을 강점하지 않았는가?

서애가 안타까운 마음에 『징비록』을 쓰고 전한들, 선현들이 아무리 가르친들 후손들이 깨닫고 행동하지 않으면 무슨 소용인가? 소귀에 경 읽기와 다를 바가 무언가? 『징비록』에는 적이 나타나면 도망가는 장수가 허다하고 탐관오리도 나온다. 이 시대에는 그렇지 아니한가? 위기에 처할 때 국가를 위해서 목숨을 내놓을 사람이 얼마나 있을까? 우리나라가 내 목숨을 내놓고서라도 지키고 싶은 나라가 되기를 바라는 마음 간절하다.

안동 도산서원-퇴계종택 / 이육사문학관 / 농암종택

여행 둘째 날 아침 10시 반쯤 도산서원으로 갔다. 주차장에 도착하니 평일 아침인데도 차가 몇 대 있었다. 입구로 들어가니 왼편 산 위에 심긴 단풍 나뭇잎이 빨강과 노랑, 주황으로 물들어 그 가지가 길 위로 늘어져 있었다. 그 아래를 지나는데 울긋불긋 예쁜 단풍이 하늘을 가리고 있었다. 눈부신 가을 풍경이었다.

앞서 들어간 네 명의 여자들이 그 단풍 속에서 지나갈 줄을 모르고 사진 찍기에 여념이 없었다. 조금 더 들어가니 또 왼편 산에서 늘어진 아롱다롱한 단풍나무 아래에서 사진 찍는 여자들이 있었다. 그래, 실컷 즐기고 추억을 담으세요. 여행 다니기 좋은 가을입니다. 건강하여 다닐 수 있을 때 다녀야지요. 친구들과 여기저기 다니며 자연을 만끽하며 즐겁게 살아야지요.

마침내 오른편으로 안동호가 나타나고 그 가운데 작은 섬(시사단)이 보였다. 좀 더 걷자 왼편으로 도산서원이 있었다. 매표소가 있는 입구에서 도산서원 정문까지 200~300m 정도 되는 듯했다.

도산서원(陶山書院)은 1574년(선조 7)에 퇴계 이황(退溪 李滉,

1501~1570)의 학문과 덕행을 기리고자 그의 제자들과 지역 유학자들이 건립한 성리학 교육시설이다. 서원에 들어가면 오른편 앞 건물이 도산서당이다. 도산서당은 1555년에 은퇴하고 1556년에 낙향한 퇴계가 1560년(명종 15)에 짓고 거처하면서 제자들을 가르친 곳이다. 왼편에 있는 첫 건물은 농운정사다. 제자들이 공부하고 머무는 기숙사인데 이 건물 또한 1561년(명종 16)에 퇴계가 지었다. 퇴계는 10년 동안 이곳에 머물며 제자들을 가르쳤다. 서애 류성룡(西厓 柳成龍, 1542~1607)도 이곳에서 퇴계의 가르침을 받았으리라.

퇴계가 죽은 후 4년이 지난 1574년 그의 제자들이 이곳에 퇴계의 위패를 모신 사당(상덕사 尙德祠)을 짓고 도산서당 위에 또 다른 강학공간(전교당 典敎堂)을 건축하였다. 도산서당이 발전하여 도산서원이

된 것이다. 서당과 서원은 주향 인물을 기리는 사당이 있느냐 없느냐로 구별된다. 1575년 선조가 사액을 내려주던 때 현판(陶山書院, 전교당 전면에 걸려 있는 도산서원 글씨)은 한석봉이 썼다고 한다.

강학 공간인 전교당과 동재인 박약재(博約齋) 사이 뒤로 올라가면 퇴계의 위패를 모신 사당, 상덕사가 있다. 사당의 문은 제사 때 열리고 평시에는 닫혀 있어 들어가 볼 수 없었다. 신발을 벗고 전교당에 올라갔다. 병산서원에서 했던 것처럼 뒤편 기둥에 기대어 앉아 옛날 유생들이 공부하던 모습을 그려보았다. 서원의 앞은 진도문과 좌우 광명실에 막혀 멀리 볼 수 없었다.

서재인 홍의재(弘毅齋) 뒤로 돌아가면 상고직사(上庫直舍)가 있다. 우리가 방문했을 때 그곳 마루에 옛사람들이 그린 도산서원의 풍경이 몇 점 걸려 있었다. 그중 1,000원짜리 지폐 뒷면에 인쇄되어 있는 도산서당의 그림도 있었다. 겸재 정선(謙齋 鄭敾, 1676~1759)이 퇴계 생존 시 그린 「계상정거도(溪上靜居圖)」다. 천 원짜리 지폐에서 찾아보세요.

아래로 내려와 유물전시관 옥진각에 들어갔다. 퇴계 이황은 7남 1녀 중 막내로 태어났다. 태어난 지 7개월 만에 부친이 돌아가셨다. 어려서 이웃 어른으로부터 천자문을 배우고 12살 때 삼촌 송재공 이우(松齋公 李堣, 1469~1517)에게 논어를 배웠다. 17살에 그를 가르치던 삼촌이 돌아가신 후로는 어머니의 훈계 말씀을 들으며 독학하였다. 23세에 성균관에 들어가 공부하고 24세부터 과거시험에 응시하였으나 세 번이나 낙방하였다. 늦은 나이 34세에 문과에 급제하여 관직 생활을 시작하였다.

어머니는 퇴계의 뜻이 높고 깨끗하여 세상에 어울리지 않음을 알고 이렇게 말씀하셨다고 한다. "너의 벼슬은 한 고을 현감직이 마땅하니 높은 관리가 되려고 하지 마라. 세상이 너를 용납하지 아니할까 두렵다." 퇴계의 어머니는 아마도 1519년(중종 14) 기묘사화(己卯士禍) 때 개혁세력인 조광조(趙光祖, 1482~1519)와 그를 따르던 선비들이 무참히 숙청, 사사되는 사건을 상기했을 것이다.

퇴계는 어머니의 이 말씀을 평생 잊지 않고 살았다. 1545년(명종 원년) 왕의 외척 간 권력다툼으로 사람들이 죽임을 당하고 귀양 간 을사사화(乙巳士禍)가 일어났다. 이 사건 후 퇴계는 모든 관직에서 사퇴했다. 그 후 3년 동안 중앙 관직에 임명되고 고사하기를 20여 번 되풀이하였다. 결국, 외직을 자청하여 1548년부터 충청도 단양군수, 경상도 풍기군수 등 외직에서 7년을 더 일하고 1555년 완전히 은퇴하였다. 옥진각에서 퇴계뿐 아니라 그의 어머니와 삼촌 송재 이우의 행적에서 많은 것을 배웠다.

유생들의 유식과 교류공간은 서원 바깥에 있다. 서원 앞 안동호를 바라보는 좌우 전망 좋은 곳에는 천연대와 천관운영대가 있다. 유생들이 이곳에서 낙동강(지금은 안동호)을 바라보며 유식하던 곳이다. 현재 안동호 안에 작은 섬처럼 보이는 것은 시사단(試士壇)이다. 안동댐과 안동호수가 생기기 전 시사단은 낙동강변의 소나무 숲이었다. 정조의 지시로 도산별과를 신설하여 1792년 3월에 이 지방의 인재를 선발한 곳이다.

도산서원에서 주차장으로 돌아와 퇴계 명상길을 걷기로 했다. 이 길은 도산서원 주차장에서 퇴계 종택까지 2km 산속 숲길이다. 퇴계가 은퇴, 낙향 후 도산서당을 지으면서 집과 서당을 오가던 길이다. 주차장에서 오르막길을 오르고 고개(도산재)를 넘어 산 중턱에 있는 선비문화 수련원을 지나 내려가면 퇴계 종택에 이른다.

솟을대문이 있는 퇴계 종택의 정침은 잠겨 있어 들어가 보지 못했다. 오른편에 '퇴계 선생 구택'이라고 쓰인 집에는 들어가 볼 수 있어 다행이었다. 이 집은 사람이 거처하는 공간이 아니고 문중 모임을 하는 '추월한수정'이라고 하는 정자였다. 사당이 구택의 뒤편에 있었다. 퇴계 종택은 퇴계가 태어난 곳은 아니고 퇴계가 은퇴, 낙향 후 살던 집이다. 차를 세워둔 도산서원 주차장으로 되돌아오니 왕복 4km 숲길 걷기를 한 셈이 되었다.

차를 타고 퇴계의 묘소에 들러보고 이육사문학관으로 이동하였다. 이육사문학관은 일제 강점기 때 저항시인이었던 육사 이원록(陸史 李源綠, 1904~1944)의 민족정신과 문학정신을 후손들에게 전하기 위한 목적으로 건립되었다. 전시관(문학정신관)에 들어가 그의 일생을 그린 영상을 보았다.

그가 쓴 시는 20여 편 정도라고 하는데 「자야곡」과 「광야」 등 10여 편이 전시되고 있었다. 이육사의 정신세계에 영향을 끼친 세 위인(퇴계, 농암, 월천 조목)과 그에게 빛이 된 독립운동가 세 인물(석주 이상룡, 향산 이만도, 봉경 이원영)이 소개되고 있었다.

그가 호를 육사(陸史)로 쓴 것은 첫 옥살이 때 수인번호가 264번이었기에 그렇게 썼다고 한다. 그는 23살인 1927년에 첫 옥살이를 했다. 그 후 40살에 베이징 감옥에서 순국하기까지 17년 동안 27번이나 옥살이를 했다. 35년간의 일제강점기 때 일제에 저항한 사람과 일제에 적극적으로 협력한 사람은 분명히 밝혀져야 하지 않을까? 그에 따

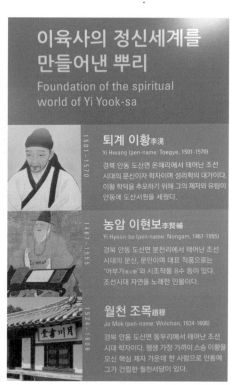

이육사의 정신세계를 만들어낸 뿌리
Foundation of the spiritual world of Yi Yook-sa

퇴계 이황李滉
Yi Hwang (pen-name: Toegye, 1501-1570)
경북 안동 도산면 온혜리에서 태어난 조선시대의 문신이자 학자이며 성리학의 대가이다. 이황 학덕을 추모하기 위해 그의 제자와 유림이 안동에 도산서원을 세웠다.

농암 이현보李賢輔
Yi Hyeon-bo (pen-name: Nongam, 1467-1555)
경북 안동 도산면 분천리에서 태어난 조선시대의 문신, 문인이며 대표 작품으로는 '어부가魚父歌'와 시조작품 8수 등이 있다. 조선시대 자연을 노래한 인물이다.

월천 조목趙穆
Jo Mok (pen-name: Wolchon, 1524-1606)
경북 안동 도산면 동부리에서 태어난 조선시대 학자이다. 평생 가장 가까이 스승 이황을 모신 핵심 제자 가운데 한 사람으로 안동에 그가 건립한 월천서당이 있다.

라 전자의 후손들은 잘살 수 있도록 대우해주고, 후자의 자손들에게는 부친이나 조부, 증조부의 죄를 대신 참회할 기회를 주어야 하지 않을까?

이날의 마지막 행선지 농암종택으로 갔다. 농암 이현보(聾巖 李賢輔 1467~1555)는 이 집에서 태어나고 성장했다. 농암종택은 크게 세 곳으로 구분하여 볼 수 있다. 농암종택과 그 옆에 명농당, 가운데 분강서원, 끝에 강각과 애일당이다. 종택에는 현재도 후손들이 살고 있어서 들어가 보기 어려웠다. 명농당을 지나 농암을 추모하는 분강서원에 들어가 보고 애일당(愛日堂)으로 갔다.

애일당은 1512년 농암이 연로하신 부모님을 기쁘게 해드리려고
지은 별당이다. 집에서 400m 떨어진 분강 기슭에 있는 귀먹바위 옆
에 지었다. 귀먹바위는 한자로 농암(聾巖)이다. 바로 그의 호다. 그
가 좋아하는 바위 옆에 부모님의 별서를 지어드린 것이다. 이 집의
이름 애일(愛日)은 '부모님이 살아계신 하루하루를 아낀다.'라는 뜻이
다. 한국국학진흥원에서 발행한 『때때옷의 선비 농암 이현보』라는
작은 책이 있다. 이 책을 보면 부모님을 기쁘게 해드리고 노인을 공
경하는 농암의 천진난만한 모습을 볼 수 있다. 아무리 물질을 우선
시하는 시대에 살더라도 부모님을 향한 효와 노인공경은 인간의 기
본 도리가 아니겠는가?

농암은 1542년 아버지가 돌아가시자 임금과 주위 사람들의 만류에
도 불구하고 질병을 핑계로 은퇴하고 고향으로 내려왔다. 낙향 후 분
강에서 조각배를 타고 다니며 자연을 즐겼다. 그는 강호문학의 창도

자로 불린다. 시와 노래를 읊조리고 낚시를 하면서 물새와 물고기와 놀았다. 강호지락(江湖之樂)을 즐기며 노는 그의 모습은 흡사 신선 같았다고 한다.

농암이 자연을 노래한 시조는 정철의 성산별곡에, 또 그가 지은 어부사(漁父詞)는 윤선도의 어부사시사에 영향을 끼쳤다고 한다. 세상 부귀영화 다 내려놓고 고향에서 유유자적하며 진락(眞樂)을 누린 농암은 89세까지 장수하였다.

봉화 청옥산 명품 숲

아내와 가을 여행 셋째 날 봉화 청옥산 명품 숲에 갔다. 청옥산(해발 1,277m)은 2014년 제15회 아름다운 숲 전국대회에서 우수 숲길(공존상)로 선정되고, 2017년에는 숲 경관이 우수하고 보존가치가 높아 산림청으로부터 명품 숲으로 지정되었다.

내비게이션에 청옥산 자연휴양림을 치고 출발하였다. 31번 도로에서 청옥산 자연휴양림 방향으로 우회전하여 조금(500m쯤) 들어가자 좌측에 커다란 '청옥산 명품 숲' 간판이 있었다. 좌회전하여 그 아래 주차장에 차를 세웠다.

주차장은 모래를 깔아 '자동차 10대나 댈 수 있을까?' 하는 정도로 작고 어설펐다. '청옥산 명품 숲 주차장이 맞나?' 하는 생각이 들었다. 아직은 많이 알려지지 않아서 찾는 사람이 많지 않은지, 평일이어서 그런지, 차가 딱 한 대 서 있었다. 산 방향으로 오르는 길에 들어서니 길옆에 줄지어 선 억새의 하얀 꽃과 그 뒤 소나무의 녹색 잎, 또 그 뒤로 빨강, 노랑, 주황과 갈색의 단풍들이 서로 어울려 우리를 반겨주는 듯했다. 산길(임도)로 조금 올라가니 오른편 안내소에서 한 사람이 나와서 우리를 맞아 주었다. 그는 숲길로 들어가는 지점까지 우리를 안내하고 명품 숲에 대하여 또 하산하는 길에 관해서도 설명해주었다.

숲길로 들어가는 왼편 계곡 위 나무다리에 서니 숲속의 단풍들이 환하게 빛을 발하고 있었다. 숲길로 들어서니 자연 그대로 다듬지 않은 길이었다. 단풍으로 유명한 내장산이나 설악산, 오대산의 탐방로 같지 않았다. 인공이 가미되지 않았으니 더 운치가 있었다. 조금 오르니 '활엽수길' 표지판이 서 있었다. 계곡 물가를 따라 자란 활엽수와 단풍나무 잎들이 제각각 다른 모양과 다른 색깔로 치장하고 있었다. 인간의 기술이 아무리 발전한다고 해도 이런 자연의 모습을 흉내 내어 만들지는 못하리라.

올라가는 숲길 중간중간에 박달나무(단군신화에 나오는 신단수가…) 신갈나무(짚신 바닥이 해지면 까는 넓은 잎이…), 피나무(나무껍질이 질겨 밧줄을 만드는데…) 등 나무에 대하여 설명하는 안내판이 각 나무 앞에 서 있었다. 산에 다녀도 나무들의 이름을 정확히 알지 못하는 우리 같은 사람들을 위해 산림청에서 세심한 배려를 해주니 고마웠다.

아무도 들어와 있지 않은 산속 숲길에서 자연이 주는 아름다운 단풍을 즐기고 있으니 '이런 행복을 어디 가서 또 누리겠나?' 하는 생각이 들었다. 조금 더 오르니 우리가 걷는 길 양옆으로 산죽(조릿대)이 자라고 있었다. 내가 알기로 산죽은 공해가 거의 없는 산이나 그러한 지역에서만 볼 수 있는 식물이다. 그래, 봉화는 BYC(봉화, 영양, 청송) 오지라고 불리는 지역 중 한 곳이 아닌가? 그러니 청옥산은 당연히 공해가 없는 청정지역이 아니겠는가? 심호흡을 크게 하며 깨끗한 공기를 한껏 더 들이마셨다.

조금 더 올라가니 둥치가 큰 나무 아래 낙엽송 안내판(침엽수류 중 겨울에 잎이 떨어지는 유일한 수종, 일본잎갈나무라고 한다.)이 서 있었다. 나는 낙엽송과 일본잎갈나무가 다른 나무라고 알고 있었는데 이곳에 와서 같은 나무임을 알게 되었다. 더 위에 있는 함박꽃나무 안내판(꽃이 함박과 비슷하고 목련과도 비슷해 산목련…, 북한의 국화)을 읽어보고는 상식을 좀 더 넓힐 수 있어서 좋았다.

숲길을 1km쯤 걸었을까? 오른편에 잣나무 숲이 보였다. 길옆에 이정표를 보니 그곳에 명상쉼터가 있단다. 아내와 나는 그곳에 가서 잠시 쉬기로 했다. 잣나무 숲으로 올라가니 숲의 위쪽에서 아이들 소리가 들려왔다. 위쪽으로 올라가니 한 가족이 와서 놀고 있었다. 지나가면서 서로 "안녕하세요?", "좋지요?", "네, 좋습니다.", "잘 오셨습니다." 인사를 나누고 더 올라가니 임도가 나왔다. 되돌아 내려와서 계곡을 바라보는 잣나무 아래 앉았다. 따뜻한 차를 마시면서 울긋불긋 단풍으로 치장한 계곡을 바라보니 '역시 자연 속에 들어와 걷고 쉬고 힐링하는 게 최고야!' 하는 생각이 들었다. 일어나 다시 계곡을 건너 숲길로 들어갔다.

더 올라가니 산 위쪽에 둥치가 하얀 자작나무들이 가득하였다. 이곳 자작나무는 사람들이 가꾼 것 같지 않고 자생한 군락지로 보였다. 조금 더 오르니 낙엽송 군락지였다. 낙엽송 숲 가운데 '숯 가마터' 표지판이 있었다. 숯 가마터는 옛날에 화전민들이 살았던 흔적이다. 어떤 사유로든지 몇십 년 전에 사회를 등진 사람들이 살길을 찾아서 여기까지 들어왔으니 역시 이 지역은 예전부터 깊은 산속이었나 보다.

낙엽송 군락지를 지나고 자작나무 숲길로 들어섰다. 자작나무 숲길을 걷는가 했더니 어느새 또 다른 잣나무 숲에 이르렀다. 이곳의 잣나무는 아래서 본 잣나무 숲만큼 조밀하게 자라고 있지는 않았지만 꽤 길게 이어졌다. 줄지어 선 잣나무 옆으로 잣을 수확하기 위하여 만든 넓은(?) 길도 있었다. '혹시 화전민들이 조림한 잣나무 숲이 아닐까?' 이런 생각이 들었다. 잣나무 앞 안내판을 읽어보니 신라 시대에는 사람들이 잣을 좋아해서 잣나무를 '신라송'이라고도 불렀다고 한다.

조금 더 오르니 '고산 습지 식물원'이 있었다. 해발 1,100m 위에 습지라니 다른 산에서는 좀처럼 보기 드문 지형이 아닐까? 습지를 지나 500m쯤 가니 임도와 만나는 삼거리에 도착하였다. 삼거리에서 청옥산 정상까지는 400m밖에 되지 않지만 가파르게 보였다. 점심시간이 이미 지났으니 점심을 먹고 정상에 오르기로 했다. 벤치에 앉아서 점심을 먹는데 등산객 한 사람이 산 위에서 내려왔다. 이날 두 번째 보는 사람이었다.

점심 후 가져간 커피를 한 잔씩 마시고 산 정상을 향해 오르기 시작했다. 삼거리에서 청옥산으로 오르는 길 양옆은 관목 숲 모습이었다. 수종은 참나무 종류인데 뿌리에서부터 가지가 여럿으로 갈라져 나와 주 줄기가 분명하지 않은 나무들이 꽤 있었다. 키도 크게 자라지 않았다. 해발 1,277m 산봉우리 바로 아래에서 자라니 추위와 강한 바람에 굴하지 않고 살아가려면 주 줄기만 높이 자랄 수 없었을 것이다. 나무뿐 아니고 모든 생명체가 다 그렇지 않은가? 어떤 환경에서도 살아가는 나무를 보면 사람도 어떤 환경에서도 살아갈 수 있으리라. 자연에서 배우는 바가 크다.

나뭇잎이 다 떨어져 휑한 산의 정상에 올랐다. 사방을 조망하고 북쪽 태백산으로 가는 등산로를 바라보았다. 산 위에서 아무도 만나지 못해 아내와 나는 '청옥산 해발 1,277m' 정상석 옆에 서서 따로 기념사진을 찍었다.

내려오면서 삼거리 화장실을 지나 철쭉길로 내려왔다. 하산하는 숲길은 신갈나무가 주종이었다. 신갈나무 사이사이로 철쭉이 많이 자라고 있었다. 오른편(서쪽)으로 나뭇잎이 다 떨어진 신갈나무 숲 너머에는 낙엽송 군락지였다. 햇빛이 역광으로 비쳐드니 낙엽송의 노란 잎이 금빛을 발하며 환상적인 풍경을 자아냈다. 낙엽이 수북이 쌓인 숲길을 지루하다 싶게 2km쯤 걸었더니 달바위 전망대(해발 1,092m)에 도착하였다. 멀리 보이는 암석 봉우리(달바위)를 바라보면서 남은 간식과 커피를 꺼내 먹고 마시면서 이야기를 나누었다.

청옥산은 과연 명품 숲으로 지정할 만한 산이다. 산 위로 오르면서 활엽수-단풍나무-잣나무-낙엽송-자작나무-잣나무-참나무 순으로 서로 다른 나무들의 숲길이 계속 이어졌다. 이렇게 조성된 아름다운 숲길을- 자연적이든 인공적이든 -이곳 말고 어느 산에 가서 만날 수 있겠는가? 봄이 오고 철쭉 철이 되면 다시 와보리라. 그땐 야생화와 온갖 풀들이 기화요초(琪花瑤草)의 천상세계를 이룬다니 다시 한 번 계곡의 숲길을 걸어보리라. 이곳 산 능선에 꽃이 활짝 핀 철쭉길도 걸어보아야 하지 않겠는가?

산속에서 세상사 다 잊고 시간 가는 줄 모르고 앉아 있었다. 어느덧 해가 서산 등성이로 바짝 기울었다. 서둘러 하산해야 했다. 어

느 정도 내려오자 길 양옆으로 또 산죽밭이었다. 넛재 가까이 내려
오자 내려오는 길이 가팔라졌다. 지팡이를 만들어 짚고 조심조심 내
려와야 했다. 그곳에도 자작나무와 소나무 군락지가 있었다. 내려와
보니 넛재는 해발 896m이었다. 해발 1,277m의 청옥산까지 거리가
3.3~4km이니 우리가 걸은 길이 완만한 산속 숲길인 셈이다.

이날 주차장에서 청옥산 정상까지 4km, 정상에서 넛재(늦재)까지
3.3km, 넛재에서 주차장까지 1.4km를 걸었으니 모두 9km 정도 걸
었다. 하지만 피곤하지 않았으니 과연 걷기 좋은 명품 숲 아닌가?

주) 안동여행 후 산에 가려면 청옥산보다는 청량산이 훨씬 더 가깝다. 청량산
은 봉화에서 이름난 산이고 그 주변이 도립공원이다. 신라 때 창건된 고찰 청량
사, 퇴계가 공부한 장소라는 청량정사(淸凉精舍), 통일신라 때 김생(金生)이 서예
공부를 한 김생굴(金生窟), 대문장가 최치원이 수도한 풍혈대(風穴臺), 고려 공민
왕이 홍건적의 난 때 청량산으로 피신하여 쌓았다는 산성 등이 있다. 해발 800m
지점에 최근에 만들어진 출렁다리가 있다. 우리나라에서 가장 높은 데 위치한 출
렁다리다. 아내와 나는 전에 청량산에 가봤기에 이번 여행에서는 걷기 좋은 명품
숲이 있는 청옥산을 찾았다.

봉화 춘양목 솔향기길(서벽리 금강소나무 숲길)

9월 중순 친구와 1박 2일 일정으로 봉화와 영양 여행길에 올랐다. 첫날 먼저 봉화군 춘양면 서벽리 금강소나무 숲길을 걷고 각화사와 그 위 태백산 사고 지까지 가보기로 했다.

내비게이션에 국립 백두대간 수목원을 치고 출발했다. 88번 도로를 타고 가다가 백두대간 수목원을 지나 왼쪽 915번 도로로 좌회전하였다. 삼거리에 '오전약수탕 8km', '두내약수탕 2km' 등의 안내 표지가 서 있었다. 좌회전 후 4km, 3분 정도나 갔을까? 도로 좌측에 서 있는 외씨 대장군과 여장군 장승을 보고 거의 U턴 하다시피 7시 방향으로 좌회전하였다. 조금 더 안쪽으로 '서벽리 금강소나무숲 3km(숲 해설가의 집)' 플래카드가 걸려 있었다.

그곳에서 조금 들어가다가 길옆 공터에 차를 바짝 붙여 주차하였다. (주차장이 따로 마련되어 있지 않았다.) 배낭을 메고 서벽리 금강소나무 숲길을 걷기 시작했다. 길은 평탄하고 적당히 넓어서 걷기 좋았다. 숲길로 들어가니 금방 산속 깊숙이 들어온 기분이었다. 아름다운 자연 속에 들어서니 역시 잘 왔다 싶었다. 벼르고 벼르다가 온 친구와의 여행 아닌가? 잘 놀다 가야지!

조금 더 가니 하늘이 탁 트이고 좌측으로 가까이 또 멀리 있는 산들이 줄지어 서 있는 듯하면서도 앞뒤로 겹쳐 보였다. 이 지역에는 1,000m 넘는 산들이 곳곳에 있으니 산들의 도열 풍경이 멋지게 보였다. 길은 다시 숲속으로 들어갔다. 장마 때는 우측 문수산 골짜기에서 흘러 내려오는 물이 제법 많은지 수로의 폭을 넓게 정비해 놓았다. 좌측으로 백두대간 수목원의 울타리와 그 안에 지어진 건물이 보였다. 깊은 산속 같은데도 사람의 손길이 닿지 않은 데가 없다. 그래도 길 양편에 우거진 금강소나무 숲을 보며 걷노라니 '이만한 숲속의 길이 어디 또 있겠는가?' 하는 생각이 들었다.

어느새 3km를 걸었는지 숲 해설 안내소에 도착했다. 건물 옆으로 차가 몇 대 주차되어 있었다. 안내소 건물 옆에 사각 정자가 있는데 정자의 처마에는 '외씨 버선길' 팻말이 걸려 있었다. 우리가 그곳에서 머뭇거리고 있자, 안에서 인기척을 느끼고 숲 해설사가 나왔다. 그는 우리에게 "잠깐 이 숲에 대해서 말씀 좀 드릴까요?" 하고 물었다. 우리가 "그리 해주시면 고맙지요." 대답하자 다음과 같은 이야기를 해주었다.

이곳은 외씨버선길 9코스, 춘양목 솔향기길 17.6km의 일부다. 이곳 탐방로는 2006년 7월에 개방되었다. 금강소나무는 옛날부터 궁궐이나 큰 사찰 건물 등을 짓는 재목으로 사용되었다. 2001년 이곳 서벽리 금강소나무 1,500여 그루가 문화재 복원용으로 지정되었다. 현재 영주국유림관리소에서 관리하고 있다. 이곳 금강소나무뿐 아니라 다른 지역(울진, 영양 등)에 있는 금강소나무도 똑같이 보호, 관리되고 있다.

금강소나무는 속이 짙은 황색이라고 해서 황장목, 겉이 붉은색을 띤다고 해서 적송이라고 불리기도 한다. 문수산 자락에 있는 춘양면과 물야면, 봉성면에서 자라는 금강소나무는 춘양역을 통하여 반출되었다고 해서 춘양목이라고 불리었다. 조선 시대에 관리되던 좋은 소나무는 일제 강점기 때 수탈, 벌목되어 전부 일본으로 실려 갔다. 지금 자라는 소나무는 그때 벌목되지 않은 어린 소나무와 1945년 8·15 해방 이후 자생한 소나무들이다. 현재 이곳에서 자라고 있는 소나무의 수령은 50~100년 정도다.

점심을 먹은 후, 문수산(해발 1,207m) 숲길로 올라갔다. 숲길은 산으로 올라가 반원형으로 휘어져 다른 길로 내려오는 0.9km이었다. 길이 좁고 비탈져서 조심해야 했다. 길을 따라가며 나무의 이름과 참나무의 종류별 잎 모양 또 숲속에 사는 동물들의 발자국 모양 등을 알려주는 안내판이 서 있었다. 내려오는 길 좌우는 온통 아름다운 금강소나무 숲이어서 경치가 장관이었다.

내려와서 계속 도심리 방향으로 금강소나무 숲길을 걸었다. 길 왼편 백두대간 수목원 안에도 오른편 산에도 둥치가 붉은색을 띤 금강소나무가 하늘로 쭉쭉 뻗어 자라고 있었다. 솔향기에 취해 시간 가는 줄 모르고 걷다 보니 금방 소나무 숲이 끝나고 하늘이 열렸다. 숲 해설 안내소에서 1.5km쯤 걸었을까? 좌측 아랫마을 밭을 건너 멀리 산들이 이어져 보였다. 산들을 바라보는 방향으로 크고 작은 풍경 액자(포토존?) 3개가 있었다. 이곳을 지나 좀 더 나아가니 사과밭이 펼쳐졌다. 봉화에서도 사과농사를 많이 하는가 보다.

더 가도 숲어 보이지 않아 서벽리 숲으로 되돌아왔다. 골짜기에 흐르는 시원한 물길을 보고 계곡으로 들어갔다. 손을 담그고 놀다가 얼굴을 씻었다. 문수산 깊은 곳(샘)에서 솟아난 물이다. '인공적인 어떤 것도 거치지 않고 바로 손에 닿은 자연의 물이지 않은가?' 생각을 하니 홀연히 무릉도원 같은 다른 시공간에 들어와 있는 착각에 빠지기도 하였다.

이날 약 4.5km 왕복에 문수산 숲길 1km 가까이 걸었으니 모두 10km쯤 걸었으리라. 근 4시간 동안 숲길을 걷고 놀면서 우리가 만난 사람은 한 커플과 네 사람의 한 팀이 전부였다. 사람들이 많이 사는 서울과 수도권에서 멀리 있다 보니 한적해서 좋았다. 우리의 삶이 도시의 편리한 주거 문화에 익숙해 있다 보니 은퇴 후에도 시골이나 산골로 이주하기 어렵다. 때때로 바람 쐬러 자연 속에 들어가 걷고 놀자. 하루 소풍도 좋고 며칠 여행도 좋다. 인생의 시간이 무한하지 않다. 그것도 건강이 허락하는 때까지다.

주) 서벽리 금강소나무숲 바로 앞에 있는 백두대간 수목원도 놓쳐서는 안 될 곳이다. 문수산(해발 1,207m) 자락 약 5,000ha(1천5백만 평)에 조성되어 2018년 5월에 문을 열었다. 세계에서 규모가 가장 큰 남아공 국립한탐식물원(6,200ha) 다음으로 큰 규모라고 한다. 백두산 호랑이를 만나 보고 전체를 돌아보는 데 10km, 3시간쯤 걸어야 하지 않을까? 시간과 체력이 받쳐주는 대로 짧게 단축하여, 또는 트램을 타고 1~2시간 동안 돌아볼 수도 있다. 인공적으로 조성한 부분도 있지만 대체로 자연 친화적인 공원이다.

영양 서석지 / 지훈 문학관 / 일월산 대티골 숲길

여행 둘째 날 오전, 친구와 먼저 영양의 연당마을에 있는 서석지(瑞石池)에 갔다. 서석지는 완도의 보길도 부용동 정원, 담양의 소쇄원과 함께 우리나라 3대 민간 정원이다. 최근에는 강진의 백운동 정원을 넣어서 4대 민간 정원이라고 한다. 서석지는 석문 정영방(石門 鄭榮邦, 1577~1650)이 1613년(광해군 5)에 조성한 연못이다. 서석지 바로 앞과 옆에 정자(경정)와 또 다른 건물(주일재)이 있다.

우리가 서석지 앞 광장에 주차하니 마을 골목길 앞에 줄지어 선 코스모스가 수줍은 듯 밝게 웃으며 우리를 반겨 주는 듯했다. 서석지 담 옆에 서 있는 수령 400년이 넘는 은행나무도 무성한 녹색 잎을 흔들며 우리를 환영하는 듯 보였다. 이 정원의 주인 정영방은 예천에서 태어나 1605년(선조 38)에 증광시에 응시하여 진사가 되었다. 그러나 광해군의 등장과 당파 간 정쟁을 보고 벼슬길에서 떠나 낙향하였다. 후에 이곳 영양의 입안면 연당마을로 이주하여 아름다운 정원을 짓고, 평생 책을 읽고 이 지방의 선비들과 교류하며 살았다.

스승 정경세가 그의 인물됨을 아까워하여 벼슬을 다시 권하였으나,

"저는 성격이 졸렬하여 남과 잘 어울리지 못합니다. 한 번 벼슬에 나가면 학업과 명예를 모두 잃을까 두렵습니다."라고 말하며 고사하였다고 한다.

서석지는 내가 막연히 기대했던 것보다 규모가 크지 않았다. 그래도 정자인 경정(敬亭)은 정면 4칸 측면 2칸으로 훌륭했다. 가운데 두 칸이 대청마루이고, 양옆 한 칸씩, 두 칸은 방이었다. 연못 방향으로는 4칸 모두 툇마루를 두고 난간을 설치했다.

정자인 경정에 올라앉았다. 바로 앞의 연못 가득 심긴 연과 정원의 입구 담장에서 안으로 쑥 들어와 실한 은행잎을 달고 있는 은행나무 가지, 연못 왼편에 석축을 쌓아 만든 사우단과 그 위에 심긴 소나무와 대나무, 매화와 국화를 바라보는 풍광이 일품이었다. 한참을 앉아 있다가 벽 위에 걸려 있는 임천산수경(林泉山水景) 24경을 훑어보았다. 서석지 내원에 있는 풍경과 차경한 외원들의 경치 그림이었다. 서석지 내원에 있는 풍경은 알아보겠는데 외원의 경치는 어찌 다 찾아보겠는가?

주일재(柱一齋) 마루로 옮겨 앉아서 사우단에 심어놓은 송죽매국(松竹梅菊)을 바라보며 이 정원의 주인 석문의 마음을 헤아려 보았다. 그는 잠깐(3년 남짓)의 관직 생활에서 그 세계 사람들의 삶을 보았으리라. 관직에 계속 앉아 있다가는 해를 당할지언정 자신이 원하는 삶을 살 수 없을 것으로 판단하였으리라. 낙향하여 서석지를 만들고 지조 있는 4가지 식물을 친구 삼아 심고, 자신만의 세계를 구축하고 고고(孤高)함을 누리는 삶을 택한 것이리라. 여름이 지났으니 서석지 안에 연꽃이 다 지고 연잎도 힘을 잃고 처져가고 있었다. 경정과 주일재 사이에 심긴 배롱나무만 여전히 분홍빛 백일홍을 피우고 있었다.

서석지(瑞石池)는 상서로운 돌이 가득한 연못이라는 뜻이다. 연못을 만들 당시에는 60여 개의 돌이 있었는데 지금은 19개만 남아 있다고 한다. 각각의 돌에 붙여진 이름은 선유석(신선이 노니는 모습), 와룡암(못 속에 웅크린 용), 수륜석(낚시줄 드리우는 돌), 상운석(구름 형상의 돌), 봉운석(학 머리를 두른 구름), 통진교(선계로 건너가는 다리), 희접암(나비가 노는 듯한 돌) 등으로 무위자연의 유유자적하는 이름들이다. 이름만 되뇌어도 서석지의 주인, 석문 정영방이 살고자 했던 삶의 모습을 보는 듯하였다.

정원 서석지는 작지만 훌륭했다. 안(내원)에서 차경한 외원(서석지에서 바라보는 담 밖에 있는 멋진 경치)도 16곳이나 된다고 하는데 시간상 찾아가 볼 수는 없었다. 내원만 감상하고 뒤편에 있는 옛집들을 돌아보고 나왔다.

다음 행선지, 주실 마을에 있는 조지훈(趙芝薰, 1920~1968) 문학관으로 이동하였다. 마을이 가까워지자 오른편으로 흐르는 장군천을 따라 고목이 즐비하게 심긴 오래된 숲이 보였다. 이 숲은 주실 마을에 정착한 한양 조씨 종중 사람들에 의해 꾸준히 확장되었다고 한다. 그들은 마을의 좌측 지세(地勢)가 약한 것을 보완하고자 이곳의 밭을 사들여 느티나무, 느릅나무, 팽나무, 시무나무, 소나무 등을 심고 가꾸었다. 그 결과, 현재는 수령이 100년~300년이 되는 나무들이 울창하게 들어서 있다. 이 숲은 2008년 제9회 아름다운 숲 전국 대회 마을 숲 부문에서 대상(생명상)을 받았다.

우측 마을로 들어가는 길 조금 못 미쳐 둥치가 커다란 보호수(300년 가까이 되는 느티나무) 앞 공터에 차를 바짝 붙여 세웠다. 우측 숲으로 들어가니 조지훈의 시비 「빛을 찾아가는 길」이 화강석에 새겨져 있었다. 시를 읽어보고는 도로를 건너 맞은편 정자 쪽으로 갔다. 그곳에는 지훈(본명 동탁)의 형 세림 조동진(世林 趙東振, 1917~1937)의 시비 「국화」가 서 있었다. 세림은 어려서부터 글재주가 있었는데 안타깝게도 21살의 나이에 요절하였다.

다시 차를 타고 다리를 건너서 마을로 들어갔다. 입구에 이르니 울긋불긋 피어 있는 코스모스 꽃동산과 그 옆에 '청록파 시인 조지훈'이라고 쓴 작은 건축물 게시판이 우리를 맞이했다. 마을 앞 논에는 벼가 익어서 고개를 숙이고 영글어 가고 있었다. 시골 마을 가을의 평화로운 분위기였다. 지훈 문학관 앞 주차장에 차를 세우고 문학관으로 갔다.

조지훈은 「승무」, 「낙화」 등을 쓴 시인이다. 그의 시는 민속적인 소재에 우리말을 보석처럼 새겨 놓아 높이 평가되고, 많은 사람의 사랑을 받고 있다. 나는 그의 시도 좋지만, 그의 「지조론」과 「멋 설」을 좋아한다.

1960년 『새벽』지에 쓴 「지조론」은 대대로 내려오는 그의 집안 어르신들과 그의 사상을 고스란히 옮겨 써 놓은 듯하다. 일제 강점기 때 친일로 잘산 사람들이 또다시 1950년대 부패한 자유당 정권에 붙어서 잘 살았다. 우리나라 근대사를 보면 딱하기 한이 없다. 지조론은 야당을 하다가 어려움을 참지 못하고 변절한, 또는 변절하려는 이들에게 연민을 느껴 쓴 글이다. '변절자를 위하여'라는 부제가 붙은 그의 「지조론」을 보자.

지조론(志操論), 변절자(變節者)를 위하여 / 조지훈

지조란 것은 순일(純一)한 정신을 지키기 위한 불타는 신념이요, 눈물겨운 정성이며, 냉철한 확집(確執)이요, 고귀한 투쟁이기까지 하다. 지조가 교양인의 위의(威儀)를 위하여 얼마나 값지고, 그것이 국민의 교화에 미치는 힘이 얼마나 크며, 따라서 지조를 지키기 위한 괴로움이 얼마나 가혹한가를 헤아리는 사람들은 한 나라의 지도자를 평가하는 기준으로서 먼저 그 지조의 강도(強度)를 살피려 한다.

(중략)

자기의 명리(名利)만을 위하여 그 동지와 지지자와 추종자를 일조(一朝)에 함정에 빠뜨리고 달아나는 지조 없는 지도자의 무절제와 배신 앞에 우리는 얼마나 많이 실망하였는가. 지조를 지킨다는 것이 참으로 어려운 일임을 아는 까닭에 우리는 지조 있는 지도자를 존경하고 그 곤고(困苦)를 이해할 뿐 아니라 안심하고 그를 믿을 수도 있는 것이다.

이와 같이 생각하는 자(者)이기 때문에 지조 없는 지도자, 배신하는 변절자들을 개탄(慨歎)하고 연민(憐憫)하며 그와 같은 변절의 위기의 직전에 있는 인사들에게 경성(警醒)이 있기를 바라는 마음이 간절하다.

지조는 선비의 것이요, 교양인의 것이다.

(중략)

지조는 어느 때나 선비의, 교양인의, 지도자의 생명이다.

젊어서, 중년에 또 은퇴 후 문득문득 인생살이에 대하여 깊은 회의를 한 적이 있지 않은가? 이 문제에 대하여 조지훈은 그의 글 「멋 설」에서 아래와 같이 소탈하게 써내려가고 있다. 우리가 존경해마지 않는 20세기의 몇 안 되는 지성이 쓴 글이다. 나는 「멋 설」을 읽고 깊이 공감하였다. 때때로 방황하는 친구나 후배들에게 이 글을 전하곤 한다.

멋 설(說) / 조지훈

어떤 이 있어 나에게 묻되 "그대는 무엇 때문에 사느뇨?" 하면 나는 진실로 대답할 말이 없다. 곰곰이 생각하노니, 살기 위해서 산다는 밖에 다른 도리가 없다. 산다는 그것밖에 또 다른 삶의 목적을 찾으면 그것은 사는 목적이 아니고 도리어 사는 수단이 되기 때문이다. 하나의 삶에서 부질없이 허다한 목적을 찾아낸들 무슨 신통이 있겠는가? 도시, 산다는 내가 누군지도 모르고 사는 판이니 어째 살고 왜 사는 것을 모르고 산들 무슨 죄가 되겠는가?

(중략)

한 바리 밥과 산나물로 족히 목숨을 잇고 일상(一床)의 서(書)가 있으니 이로써 살아 있는 복이 족하지 않은가. 시를 읊을 동쪽 두던이 있고 발을 씻을 맑은 물이 있으니 어지러운 세상에 허물할 이가 누군가. 어째 세상이 괴롭다 하느뇨. 이는 구태여 복을 찾으려 함이니, 슬프다, 복을 찾는 사람이여, 행복이란 찾을수록 멀어 가는 것이 아닌가?

안분지족(安分知足)이 곧 행복이라. 초의야인(草衣野人)이 어찌 공명을 바라며, 포류(蒲柳)의 질(質)이 어찌 장수(長壽)를 바라겠는가. 사는 대로 사는 것이 나의 삶이니 여곽지장(藜藿之腸)이라 과욕(寡慾)을 길러 고성(古聖)의 도를 배우나니 내 어찌 고성의 도를 알리오. 다만 알려고 함으로써 멋을 삼노라.

(후략)

문학관을 나와 조지훈(1920~1968)의 생가, 400년 전에 이 마을에 정착한 호은 조전(壺隱 趙佺, 1576~1632)의 둘째 아들 조정형이 지었다는 호은종택(壺隱宗宅)에 가보았다. 호은 조전은 1519년 기묘사화 때 훈구파에 의해 화를 당한 조광조의 후손이다.

주실 마을에 정착한 그는 후손들이 대대로 지켜야 할 유훈을 남겼다. 바로 삼불차(三不借)다. 재물과 사람 그리고 문장을 빌려 쓰지 말라는 훈계다. 절대로 남에게 의탁하는 삶을 살지 말라는 뜻이다. 자신의 집은 자신이 세우고 남들에게 꾸지 않는 삶을 살아가라는 뜻이 아니겠는가? 대단한 어르신이다. 이 어르신은 물론이고 이 유훈을 지켜 대대로 성공적인 삶을 산 후손들에게도 경의를 표한다.

다음으로 호은종택 뒤에 있는 조지훈의 본가로 갔다. 그가 어린 시절 성장한 집이다. '방우산장(放牛山莊)'이라는 현판이 걸려 있었다. 그가 쓴 또 다른 글 「방우산장기」를 보면 '방우산장(放牛山莊)'이란 그냥 그의 집에 붙인 이름이다. 그가 하룻밤을 지낸 친구의 집도, 여관도, 어쩌면 자신의 영혼이 깃든 곳, 몸도 방우산장이다. 산장(山莊)은 그의 거처를 멋스럽게 표현한 것일 뿐이다. 방우(放牛)란 풀어놓은 소다. 그러니 방우(放牛)란 시류에 휩쓸려 세상에 얽매이지 않고 바른 도를 쫓아 자유롭게 살고자 하는 자신을 일컫는 말이 아니겠는가?

그는 젊어서 불교에 심취하기도 했었다. 초기에 쓴 「승무」도 그때 쓴 시다. 불교에 귀의한 많은 사람들이 속세를 떠나 해탈하여 부처가 되고자 한다. 어쩌면 그가 방우(放牛)라는 말을 좋아했던 것이 바로 현세에서 해탈한 삶을 살고자 했던 것이 아닐까? 위에 인용한 「멋설」을 읽어보면 짐작이 간다. 마을 뒤에 있는 조지훈 시 공원에 올라가 돌에 새겨 놓은 「승무」, 「낙화」, 「병(病)에게」, 「코스모스」 등 그의 시 여러 편을 읽어보았다.

드디어 숨겨진 산속의 숲길, 일월산 대티골을 찾아갔다. 일월산(해발 1,219m)은 영양군에서 가장 높은 산이다. 우리나라에서 아침과 저녁에 동해에서 솟아오르는 해와 달을 제일 먼저 볼 수 있는 산이라고 해서 일월산이라는 이름이 붙여졌다고 한다. 이 산은 지리산, 계룡산과 함께 우리나라 3대 접신(接神)의 산으로, 많은 무속인이 찾는 산이다. 우리나라의 종교, 동학의 기본 경전이 쓰인 곳이고, 2대 교주 해월 최시형(海月 崔時亨, 1827~1898)이 수도한 산이다.

대티골은 일월산의 내륙 쪽에 있는 심심산골이다. '대티'란 영양에서 봉화로 넘어가는 큰 고개를 가리키는 말이다. 일월산 자생화공원을 지나 고갯마루를 향하여 올라가다가 좌회전하여 들어가면 대티마을이다. 대티골 숲길은 마을 뒤 일월산 자락에 있다. 이 아름다운 숲길은 2009년 제10회 아름다운 숲 전국대회 숲길 부문에서 어울림상을 받았다. 대티 마을로 들어가는 좁은 길을 조심조심 운전해 들어갔다. 차를 세울만한 장소가 있을까? 염려했는데 놀랍게도 차를 20대쯤 세울 수 있는 큰 주차장이 있었다. 다만 이날 주차장에는 우리 차 한 대뿐이었다.

주차장에서 안내 게시판과 지도를 보고 옛 국도로 가지 않고 마을로 들어갔다. 10여 호쯤 될까? 하는 작은 마을이었다. 마을 입구에는 (황토) 민박을 하는 집이 두 집인가 있었다. 펜션이라는 이름으로 제법 크게 지은 집도 있었다. 마당에 또는 비닐하우스에 자리를 깔고 고추를 펼쳐 놓고 말리는 집도 보였다. 영양의 특산품이 고추라더니 이 작은 마을에서도 고추 농사를 하고 있었다.

마을을 통과하여 올라갔더니 왼편으로 계곡물이 흐르는데 건너는 나무다리도 징검다리도 없었다. '지난 호우 때 다 떠내려갔나? 그 후로 아무도 온 적이 없나? 다른 길이 있나?' 하고 계곡 옆에 있는 집의 주변 길을 찾아보았으나 마땅한 길이 없었다. 친구와 나는 각각 큰 돌을 두어 개씩 주워 와서 징검다리를 놓고 건넜다. 계곡을 건너자 'T'자로 언덕이 막아서며 좌우 방향으로 길이 나 있었다. 물이 내려오는 오른쪽으로 올라갔다.

초입의 길은 폭이 2m 남짓 되는 흙길이었다. 길 양옆은 소나무와 활엽수가 뒤섞여 자라고 있는 울창한 숲이었다. 조금 가니 얕은 계곡물을 건너야 했다. 우리는 개울에 깔린 큰 돌과 작은 돌을 딛고 건넜다. 물이 어찌나 맑은지 내가 어릴 적, 벌써 50~60년 전 지리산 자락 시골에서 목이 마르면 개울에 들어가 그냥 손으로 떠서 마셨던 바로 그 물처럼 깨끗했다. 개울에 있는 돌들도 무구한 세월 동안 이 골짜기에 흐르는 물에 씻기고 닳아서 맑고 하얀색이었다.

이제 계곡물은 우리가 걷는 길의 왼편으로 흐르고 있었다. 조금 더 올라가니 오른쪽으로 가면 진등이라는 이정표가 나왔다. 이정표와 지도를 보니 우리는 옛 국도와 일정한 거리를 두고 옛 마을길을 걷고 있었다. 조금 더 오르니 왼편 물가에 쉼터 원두막이 있고 그 옆으로 계곡물을 건너는 길이 있었다. '나중에 우리가 내려올 댓골길이지 않을까?' 하는 생각을 하면서 계속 올라갔다.

원두막을 지나 계속 오르니 길의 폭이 한 사람이 걸어 다닐 정도로 좁아졌다. 또, 해마다 떨어진 낙엽이 쌓여서 두꺼운 양탄자를 깔아 놓은 듯 길바닥이 폭신했다. 길 양옆에는 초록 잎이 무성한 나무들과 나무들을 뒤덮은 덩굴나무의 무성한 잎이 우거져 계곡을 가득 채웠다. 햇빛이 들어오지 않는 원시림 속에 들어온 듯 어둡기까지 했다. 완만한 숲길을 계속 가다가 '반변천 발원지 100m / 월자봉 2.5km'라고 쓰인 이정표를 만났다. 100m만 더 가면 낙동강의 발원지, 반변천 뿌리샘이 나온다는 말이다.

100m쯤 올라가니 흙 속에 반쯤 묻혀 있는 '뿌리샘'이라는 명패가 보였다. 그 명패가 없었다면 뿌리샘을 알아보지 못할 뻔 했다. 9월 초 태풍 마이삭의 영향으로 비가 많이 왔다. 그때 숲이 머금은 물이

위에서부터 계속 흘러 내려오고 있었다. 골짜기에 흐르는 물의 수면
이 높아져 반변천의 발원지, 뿌리샘에서 솟아나는 물과 구분이 되지
않았다.

안내 지도에 의하면 뿌리샘을 지나 조금 더 가서 왼쪽으로 계곡을
건너야 했다. 왼편을 계속 주시하면서 가는데 계곡물을 건너는 길이
없었다. 얼마쯤 가니 오르는 길이 없어졌다. 어? 어찌 된 일인가? 우
리가 잘못 오지는 않았는데…. 태풍 때 쏟아져 내린 폭우로 계곡물
이 넘쳐 길의 흔적이 없어졌나? 나는 친구에게 좀 서 있으라고 하고
길을 찾아 계곡을 타고 더 위로 올라가 보았다. 그러나 길이라곤 찾
아볼 수 없었다.

어쨌든 왼편 계곡물을 건너 일월산 월자봉 방향으로 가야 했다.
나는 왼편 계곡물을 건너 나무 사이를 뚫고 없는 길을 만들어 왼편
에 있는 언덕으로 올라갔다. 언덕에 올라서서 우리가 올라온 아래쪽
을 보니 일월산 방향으로 나 있는 길이 보이는 듯했다. 언덕 위에서부
터 나무를 헤치고 내려가 보니 길이 확실했다. 친구가 서 있는 계곡
쪽으로 가보았다.

가파른 언덕 경사
면에 심겨 있던 나무
들이 언덕의 흙과 함
께 계곡 길 쪽으로
무너져 내려 길을 막
아 버렸다. 산사태 수
준이었다. 등산객들
이 매달아 놓은 리본

10여 개가 달린 나뭇가지도 땅에 쓰러져 있었다. 계곡 쪽에서는 나무에 달린 리본을 볼 수가 없었으니 우리가 길을 찾지 못한 것이었다. 길을 찾았지만, 친구가 산사태로 막힌 길을 뚫고 내가 있는 쪽으로 올 수는 없었다. 친구도 어쩔 수 없이 상류로 올라가 내가 길을 만들어 넘어온 언덕을 넘어 내가 있는 곳으로 왔다.

계곡을 뒤로하고 일월산 월자봉 방향으로 오르기 시작했다. 계곡 길에 비해 경사가 가팔라졌다. 조금 오르니 멀리 산 위쪽에 금강소나무 숲이 보였다. 금강소나무 숲 쪽으로 올라가면서 숨이 가빠졌다. 얼마쯤 오르니 이정표가 나왔다. 숨을 고르면서 이정표와 함께 지도를 보니 반변천 발원지 삼거리였다. 우리는 뿌리샘에서 올라왔고, 우측은 칠밭목으로 가는 방향이고, 좌측은 댓골(대티골) 방향이었다.

배낭에서 물을 꺼내 마시고 조금 쉰 후 댓골 방향으로 걷기 시작하였다. 하늘로 쭉쭉 뻗은 또 다른 금강소나무 숲이 앞에 보였다. 약간 오르막길을 오르니 나무 그네 의자가 있는 쉼터가 있었다. 하지만 조금 전에 쉬었기에 그냥 지나쳤다. 그곳에서 길이 우측으로 휘어지면서 경사가 거의 없이 걷기 좋은 산길이 되었다. 산 위에는 금강소나무가 많았다. 조금 더 가니 우측으로 월자봉으로 오르는 등산길이 나왔다.

우리는 등산하러 온 것이 아니었기에 직진하였다. 조금 나아가니 길이 좌측으로 급하게 휘어지고 또 다른 계곡을 만났다. 흘러 내려오는 물의 양이 제법 많았다. 계곡 옆길로 내려오는데 계곡에는 자연이 만든 크고 작은 아기자기한 폭포가 이어졌다. 다양한 형태의 폭포와 소(沼)가 어우러진 계곡물을 보고 있자니 문득 '이 숲속에 들어와 있는 사람은 친구와 나 둘뿐이지 않을까?' 하는 생각이 들었다. 입산 시부터 아무도 만나지 못하였으니 불현듯 우리 둘은 신선이 된 듯하였다.

숲은 우리를 신선으로 받아들였으니 속세로 돌아가지 말라고 마을로 내려가는 길을 내내 막았다. 먼저 큰 나무를 쓰러뜨려 길을 막았다. 그다음에는 우거진 넝쿨나무를 길 가운데로 무너뜨려 길을 막았다. 또, 산 위의 돌들을 계곡으로 쓸어 넣어서 계곡물을 넘쳐 오르게 하여 길을 막았다.

아마도 9월 초순의 두 태풍, 마이삭과 하이선이 이 지역을 지나간 후 우리가 처음으로 이 숲을 찾아온 사람이 아니었나? 이날 우리는 두 차례의 태풍 후 어쩌면 태초와 같은 자연 상태가 된 대티골 숲속에서 신선이 된 듯 시간 가는 줄 모르고 마냥 놀았다. 오후 늦은 시간이 되어서야 불현듯 현세의 사람임을 깨달았다. 묻힌 길을 찾아 또 없는 길을 만들어 하산하였다. 마을 앞 주차장에 도착하여 집으로 출발할 때는 차량의 전조등을 켜야 했다.

영양 검마산 자연휴양림 / 죽파리 자작나무숲

　영양에서 또 가볼 만한 곳이 검마산 자연휴양림과 죽파리 자작나무숲이다. 11월 초순 어느 날 아내와 나는 1박 2일의 일정으로 영양에 갔다. 집에서 먼 곳이어서 8시 좀 지나 출발하였다. 고속도로 휴게소에 한 번 들르고 12시쯤 검마산 자연휴양림에 도착하였다. 검마산 자연휴양림에 들어가니 산림문화휴양관 아래 심긴 단풍나무 몇 그루가 빨간 단풍을 온몸에 치장하고 우리를 반겨주었다. 그 옆에 심긴 장송과 어우러져 아름다운 가을 풍경을 만들어 내고 있었다. 석축 아래 떨어져 풍성하게 쌓인 단풍잎은 우리를 맞이하려고 울긋불긋 예쁜 양탄자를 펴 놓은 듯했다.

　휴양관 옆으로 올라가자 오른편으로 줄지어 서 있는 단풍나무가 눈부시게 다가왔다. 햇빛이 단풍 속으로 파고드니 주홍색과 노란색을 띤 단풍이 빛을 반사하여 황홀했다. 휴양림 가운데 도로를 따라 입구에서 멀지 않은 야영장과 숲속의 집, 그리고 삼림욕장까지 산책하고 내려왔다. 검마산(해발 1,017m) 정상까지 등산로가 있었지만 이날 우리의 목적지는 죽파리 자작나무숲이었기에 검마산에 오르지는 않았다.

죽파리 자작나무숲으로 가기 위해서 자동차의 내비게이션에 죽파리 장파경로당을 치고 갔다. 죽파리 장파경로당에 도착해보니 마을 입구였다. 죽파마을을 통과하여 자작나무숲으로 올라가려는데 길옆 컨테이너 사무실에서 한 사람이 나와 차를 막았다. 경로당 옆 주차장에 차를 세우고 걸어 올라가란다. 인터넷에서 검색해본 바로는 마을을 통과하여 차단기가 있는 데까지 올라가 주차할 수 있다고 했는데 말이다. 차단기 있는 데서 자작나무숲까지 거리가 3.2km라고 해서 왕복 6.4km로 예상했는데….

동네 입구에서부터 자작나무숲까지는 4.7km다. 왕복하며 9.4km다. 예상했던 것보다 3km가 더 늘었다. 청정지역 숲길을 걸으러 왔으니 더 걷는다고 나쁠 게 없다. 이렇게 좋게 여기고 경로당 주차장에 차를 세우고 죽파마을 앞 계곡을 따라 새로 닦은 길로 걸어 올라갔다. 왼편 죽파마을은 10여 가구 남짓 되어 보였다. 오른편 계곡은 산골치고는 폭이 넓고 흐르는 물도 많았다.

인터넷에서 본대로 차단기가 내려진 곳에서 조금 들어가니 이정표가 있었다. 3.2km 올라가면 자작나무숲이었다. 그곳을 지나니 오른쪽 상기산, 기산마을 방면으로 조금 들어가 조그만 쉼터가 보였다.

장송이 몇 그루 서 있고 긴 의자가 마련되어 있었다. 아내와 나는 쉼터 긴 의자에 앉아 물을 마시고 잠시 쉬었다. '아무도 오가지 않는 깊은 산속 쉼터에 앉아 있으니 자연 속에 들어와 앉아만 있어도 상쾌하고 좋구나.' 하는 생각이 들었다.

다시 오르기 시작하여 700~800m쯤 걸었을까? 위로 올라가는 SUV 자동차가 우리 옆에 멈춰 섰다. 조수석 창문을 열고 우리한테 어디까지 가는지 물었다. 차에 운전자 한 사람만 타고 있었다. 자작나무 숲에 간다고 대답하자, 그 사람이 말하기를, 지금 이 시간에 걸어 올라가서 자작나무 숲길을 다 돌고 내려오려면 산속이어서 금방 어두워지니 타고 가라고 했다.

그때가 3시 반이었으니 사실 늦은 시간이었다. 진심어린 조언을 듣고는 차를 타고 올라갔다. 그 사람은 자작나무 탐방로 공사를 하는 사람이었다. 자작나무 숲 입구에 도착하여 우리가 차에서 내리자 대여섯 사람의 탐방객 한 그룹이 막 숲을 빠져나오고 있었다.

자작나무 숲에 들어가니 자작나무 잎은 거의 다 떨어졌다. 자작나무 숲 언덕 위로 난 길을 오르니 하얀 자작나무가 환하게 빛나는 듯 보였다. '아직 사람들의 때가 타지 않아서 그런가?' 하는 생각이 들었다. 인제 원대리 자작나무 숲에 세 번 가봤지만 이렇게 하얗게 빛나는 자작나무는 아니었다. 그 시간에 자작나무 숲에는 아무도 없었다. 수북이 쌓인 낙엽 위에서 자작나무에 기대어 서로 찍어 준 아내와 나의 사진이 멋지게 나왔다.

죽파리 자작나무 숲은 알려진 지 얼마 되지 않았다. 이곳 자작나무 숲의 면적은 30ha다. 인제 원대리 자작나무 숲은 138ha다. 수치상으로는 인제 원대리 자작나무 숲이 이곳보다 4배 이상 넓다. 하지만 원대리 자작나무 숲은 서너 군데 흩어져 있다. 우리가 통상 탐방하는 제일 위에 있는 숲의 크기는 이곳 죽파리 숲의 크기와 크게 차이가 나지 않는 듯 느껴졌다. 우리가 돌아본 숲도 컸고 아직 탐방 길을 내지 않아 오르지 못한 다른 봉우리도 있었다.

이날 빛의 효과가 대단히 크다는 것을 알았다. 내려오면서 보니 올라갈 때만큼 자작나무가 그렇게 빛나지 않았다. 해가 서쪽으로 기울면서 가까운 산에 가려 그늘이 지니 어둡다는 느낌마저 들었다. 우리가 올라갈 때는 햇빛이 우리가 보는 방향에서 자작나무를 비추니 흰색의 자작나무가 환하게 빛나 보였던 것이다. 이날 죽파리 자작나무 숲은 환하게 빛나는 하얀 나무들의 군상으로 아내와 나에게 강렬한 인상을 남겨 주었다.

　하루의 날이 저물어가는 어둑어둑해지는 저녁 시간에 수북이 쌓인 낙엽을 밟으며 아무도 오가지 않는 4.7km 가을 숲길을 걸어 내려왔다. 어두컴컴한 마을 골목길을 지나 경로당에 도착하였다. 가로등이 뜨문뜨문 켜져 있는 마을을 차를 타고 벗어나니 시골길은 완전 먹물 같은 어둠 속에 있었다.

청송 주왕산 주방계곡

　　10월 하순 어느 날 1박 2일로 말로만 듣던 청송 주왕산에 갔다. 은퇴 후 가보고 싶은 곳 버킷리스트에 들어 있던 곳이다. 첫날 아내와 나는 주왕산 상의 탐방지원센터 주차장으로 갔다. 주차장에 차를 세우고 올라가니 오른편으로 식당들이 즐비했다. 한 식당에 들어가서 점심으로 달기약수 삼계탕과 산채비빔밥을 주문하여 나눠 먹었다. 달기약수 삼계탕이란 이 지역에서 유명한 달기약수로 끓인 것이다. 점심 후 대전사까지 올라가는데 길의 좌우 측에 온통 먹거리 가게들이었다. 거리도 꽤 길어 1km는 되는 듯하였다.

문화재 관람료를 내고 대전사로 들어갔다. 노랗게 물들어가는 은행잎으로 온몸을 치장한 큰 은행나무가 눈에 확 들어왔다. 은행나무와 대웅전(보광전)과 그 뒤 기암(해발 480m의 암봉)이 어우러져 멋진 풍경을 만들어 내고 있었다. 점심을 먹고 바로 올라왔기에 대전사 한쪽에 자리를 잡고 앉았다. 커피를 마시며 주위 가을 경치를 돌아보면서 잠시 쉬었다.

계곡길(폭포길)로 들어가니 길의 우측 바로 옆에 냇물이 흐르고 좌측으로는 산이었다. 길은 평탄하여 걷기에 아주 좋았다. 좌우로 울긋불긋한 단풍구경을 하면서 올라갔다. 빨갛고 노란 단풍이 잘 조화된 멋진 풍경을 마주치면 멈춰 서서 사진에 담았다. 좀 올라가자 급수대 주상절리 전망대가 있었다. 전망대에서 바위 봉우리를 올려다보니 주상절리처럼 보이지 않았다. 나중에 아내의 말을 듣고 바위 아랫부분을 보니 주상절리 현상이 뚜렷하게 보였다.

기암절벽 봉우리에 어떤 사유로 (물을 공급하는) 급수대라는 이름이 붙여졌을까? 전해 내려오는 이야기가 있어서 읽어보았다. 신라 37대 선덕왕이 후손이 없이 죽자 무열왕의 6대손인 김주원이 차기 왕으로 추대되었다. 김주원이 홍수를 만나 입궐이 늦어졌다. 이때를 놓치지 않고 그 당시 최고의 벼슬, 상대등(上大等) 자리에 있던 김경신이 왕좌를 차지했다.

신변에 위협을 느낀 김주원은 주왕산으로 피신, 그를 따르던 사람들과 이 절벽 위에 대궐을 짓고 살았다. 대궐에 필요한 물은 두레박으로 계곡물을 퍼 올려 사용했다. 그런 연고로 이곳 이름이 급수대가 되었다고 한다. 스리랑카의 고적 중 유네스코 세계문화유산에 등재된 시기리야 고대도시가 있다. 쿠데타로 왕위를 찬탈한 카샤파 1세가 누구도 올라올 수 없는, 사방이 암벽으로 된 바위산 위에 세운 도시다. 주왕산 위의 대궐도 있을 수 있는 이야기다.

주왕산의 대표 암석은 화산이 폭발할 때 뿜어져 나온 화산 분출물이 식은 후 만들어진 응회암이다. 화산 분출물이 빠르게 냉각될 때 수축되면서 빈 공간(틈)과 함께 4~6각형 기둥 모양의 돌들이 다발을 이룬 모양을 주상절리라고 한다. 우리나라에서 주상절리를 잘 볼 수 있는 곳은 광주 무등산과 제주도 중문 대포해안이다.

조금 더 올라가자 주왕산성이 있었다는 바위 봉우리들과 학소대라고 불리는 바위가 하늘 높이 솟아 있었다. 주왕산성은 당나라 때 스스로 주왕이라 칭하고 반란을 일으켰다가 패한 주도라는 사람이 주왕산으로 숨어들어 와서 쌓은 성이라고 한다. 대전사 동편 주왕암 입구에서 나한봉까지 약 2.2km 거리에 성을 쌓았다고 하는데 지금은 어렴풋한 흔적만 남아 있단다. 학소대는 옛날에 청학과 백학 한 쌍이 둥지를 짓고 살았다는 절벽 위 바위다. 어느 날 백학이 사냥꾼에게 잡혀가 짝을 잃은 청학은 날마다 슬피 울며 바위 주변을 배회하다가 자취를 감추었다고 한다.

조금 더 올라가 대전사에서 1.9km 거리에 있는 용추협곡에 이르렀다. 앞을 바라보니 깎아지른 바위가 하늘 높이 솟아 있었다. 협곡을 통과하는 덱 길이 속세에서 무릉도원으로 들어가는 관문처럼 보였다. 협곡 가까이 가니 오른편 바위 아래 폭포와 폭포물이 떨어지는 깊고 넓은 소(沼)가 있었다. 주방계곡의 제1폭포, 용추폭포였다. 폭포가 높지는 않으나 물의 양이 꽤 많아서 장관이었다. 폭포는 절벽 바위의 안쪽, 우리가 사는 속세와는 다른 세계에서 뿜어져 나오는 듯 보였다.

바위와 바위 사이 협곡에 설치된 좁은 덱 길을 통하여 안으로 들어 갔다. 협곡 안쪽 세계의 풍경은 속세의 산천과 크게 다르지 않았다. 유토피아와 이 세상이 다른 것은 단 하나, 사람들의 마음과 행실이지 않을까? 유토피아에서는 사람들이 이타심으로 사니 모두가 살기 좋은 세상이고, 이 세상에서는 우리가 이기심으로 살기 때문에 모두가 살기 힘든 게 아닐까? 이 세상에서 천국을 누리고 살려면 나부터 이기심보다는 다른 사람을 향한 이타심을 갖고 살아야 하지 않겠는가?

용추폭포를 지나 600m쯤 올라가 오른쪽으로 200m쯤 들어가니 절구폭포(2폭포)가 있었다. 절구폭포는 작지만 멋진 2단 폭포였다. 탐방로에서 산속으로 들어가 있으니 한적해서 좋았다. 3폭포에 올라갔다가 내려오면서 이곳에 다시 들어와 폭포 앞에서 쉬면 좋겠다는 생각이 들었다. 아내와 나는 다시 탐방로로 나와서 계속 올라갔다. 길이 좀 오르막이 되고 여태까지 올라온 길보다는 사람의 손이 덜 미친 듯 보였다. 그래도 스틱을 사용할 정도는 아니었다. 다시 600m 정도 더 오르니 드디어 이날의 최종 목적지, 용연폭포(3폭포)에 도착하였다.

용연폭포는 주왕산의 폭포 3개 중 가장 크고 웅장한 2단 폭포였다. 상부 폭포에서 떨어진 물길의 양쪽 면에 각각 3개의 동굴이 있단다. 탐방로에서 보면 1단 폭포로 쏟아진 물이 흐르는 옆 벽면에 3개의 동굴이 보인다. 이 동굴을 하식 동굴이라고 한다. 암석이 침식되면서 차츰 1단 폭포가 뒤로 물러나고 두 번째 폭포로 떨어지기 전 흐르는 물길의 양 옆면이 침식되어 생겨난 동굴이다. 다른 지역에서는 볼 수 없는 특이한 모습이었다.

용연폭포에서 1.5km 더 올라가면 오래된 화전민 마을의 흔적이 있다고 한다. 그곳을 내원마을이라고 부르는데 거기까지 가보고 싶었지만, 시간이 넉넉하지 않았다. 내원마을까지도 경사가 완만한 숲길이라고 한다. 다음에 와서는 거기까지 가봐야겠다. 언제나 산에서 내려갈 시간이 되면 아쉽다. 대전사에서 용연폭포까지는 3.1km이니, 주차장에서 용연폭포까지는 4km는 됨직하였다. 왕복 8km의 계곡 트레킹이었다. 걷는 거리도 알맞고 주위 풍광도 좋았다. 무엇보다도 걷기에 아주 좋은 길이었다. 다음에 다시 와서는 내원마을까지 편도 5.5km, 왕복 11km를 걸어야겠다.

청송 주왕산 주산지와 절골계곡

　　여행 둘째 날 아침에 일어나자마자 세수만 하고 주산지에 올라갔다. 주산지는 1720년(조선 숙종 말년)에 공사를 시작하여 1721년(경종 원년)에 완공한 농업용 저수지다. 크기는 폭 100m, 길이 200m, 최대 깊이 8m다. 300년 전부터 인근 주민들이 이 저수지에 저장한 물로 농사를 짓고, 30여 년 전부터는 사과도 재배하고 있다. 타지에 사는 우리에게 주산지는 멋진 풍경 사진으로 알려졌다.

　주산지로 올라가자 저수지 아래 둑에서 먼저 올라온 사진작가들이 삼각대에 카메라를 거치해놓고 사진 촬영을 하고 있었다. 이른 아침 해뜨기 직전 하늘과 숲에 둘러싸인 저수지는 고요하고 운치가 있었다. 울긋불긋하면서도 갈색 톤으로 변한 가을 산의 풍경이 저수지 깊숙이 비쳐 평화롭기 그지없었다. 물속에서 자란 왕벚나무와 물 위로 피어오르는 안개가 주위 산과 어우러져 멋진 풍경 사진이 나올 만했다.

　저수지 왼편으로 난 길을 따라 걸어 올라가니 중간에 또 길 끝에 전망대를 만들어 놓았다. 전망대 앞에 물에 잠겨 고요하게 서 있는 왕벚나무 몇 그루가 있었다. 물 위로 살살 피어오르는 아침 안갯속에서 있는 왕벚나무가 물속에 비쳐 멋진 데칼코마니 그림이 되었다. 서너 팀, 일고여덟 사람이 그곳에서 사진을 찍고 있었다. 서로서로 예의를 지켜 조용히 절제하며 움직이는 모습이 참 아름답게 느껴졌다.

저수지 상류 쪽으로 더 올라가지 못하도록 나무 울타리로 막아 놓았다. 저수지 둑에서 상류 전망대까지 약 10분이나 걸었을까? 주차장에서 쳐도 20분 정도나 걸어 올라갔을까? 사진으로만 보던 주산지다. 짧은 시간이었지만 직접 와 보니 완전히 만족스러웠다. 새벽에 청초하고 말끔한 산수가 어우러진 경치에 들어가 놀고 있으니 신선이라도 된 기분이었다.

숙소로 돌아와 체크아웃하고 절골계곡으로 갔다. 이곳은 방문 전에 예약해야 들어갈 수 있는 곳이다. 우리가 탐방로 입구로 가자 담당자가 나와서 우리 이름을 확인하고 들어가게 했다. 절골계곡 길은 운수(雲水)길이라고 한다. 도로와 교통이 발달하기 전 옛날에는 이 협곡을 구름과 물의 골짜기, 운수동(雲水洞)이라고 한데서 운수(雲水)길이라는 이름이 붙여졌다.

계곡으로 조금 들어가자 길 바로 왼편과 계곡물 건너 오른편에 바위 봉우리가 하늘로 쑥쑥 솟아 있었다. 그 바위 봉우리 틈새에 자란 나무들의 잎들이 단풍으로 물들고, 바위 봉우리와 어우러져 멋진 경치를 만들어 내고 있었다. 그곳을 지나 들어가니 계곡이 넓어져서 큰 바위 몇 개가 계곡 물길 중간을 차지하고 있기도 했다. 오색약수에서 오르는 주전골 탐방로가 떠올랐다. 주전골은 사람들이 많이 찾으니 길을 잘 만들고 정비해 놓았다. 그에 반해 이곳 절골계곡의 탐방로는 아직 자연 그대로의 길을 그냥 다듬어 놓은 정도였다.

계곡을 건너는 데 폭이 넓어 물이 얕은 곳에는 징검다리를 놓았다. 물이 깊은 곳과 양편에 바위가 있고 계곡이 좁은 곳에는 나무다리를 놓았다. 근래에 비가 내리지 않아서인지 흐르는 물의 양이 많지 않았다. 계곡 바닥에 하얀 자갈이 덮여 있는 곳에서 자갈길로 걸었다. 계곡 양편에 심긴 나무의 화려한 단풍과 물이 모인 소(沼)를 덮고 있는 단풍잎들이 멋진 그림을 만들어 내고 있었다. 가을 산속의 한적한 분위기가 너무 좋았다.

아내와 나는 단풍잎이 물 위에 가득한 소(沼) 앞 자갈밭에 앉았다. 주위 바위산과 나무들이 뿜어내는 울긋불긋한 단풍들, 나무다리가 비치는 물과 소(沼)를 덮고 있는 단풍잎이 그려내는 멋진 풍경을 바라보았다. 자연 그대로 꾸미지 않은 황홀한 광경이었다. 이날은 우리가 늦게 들어와서인지 아니면 멀리서 오는 사람들이 아직 도착하지 않아서인지 그 시간까지 만난 사람이 없었다. '이렇게 한적한 산속 단풍 명소가 어디 또 있을까?' 하는 생각이 들었다.

조금 더 올라가니 쉼터가 있었다. 큰 사각형 형태로 벤치를 만들어 사람들이 빙 둘러앉을 수 있는 쉼터였다. 잠깐 앉았다. 양지바른 자리에 앉으니 역광을 받는 단풍이 화려하게 빛나고 있었다. 다시 일어나 올라갔다. 바위와 단풍이 어우러진 길을 따라 계곡 이쪽저쪽으로 건너다니며 산속 깊숙이 들어갔다.

이름난 단풍명소에서는 사람들이 많아 사람들한테 밀려다니기도 한다. 이곳에서는 우리 둘뿐이니 걷다가 멋진 풍경을 만나면 어디서든 멈춰 섰다. 계곡 양옆으로 우뚝우뚝 솟은 바위와 가을 색의 나무들과 하늘과 구름, 그런 환상적인 풍경이 비친 물을 마음껏 바라볼 수 있었다. 여유를 부리며 걷고 멈춰 서고 마음껏 단풍을 감상하고 쉬고….

운수암(雲水庵)이 있었다는 곳을 지나면서 암자 터를 둘러보았다. 옛 문헌의 기록상 운수암은 1648년 인조 때 세워졌다는데 언제 없어졌는지는 알 수 없단다. 이 계곡에 있던 운수암(절)은 없어졌지만, 절이 있던 계곡이라고 해서 절골계곡이라 불리게 되었다. 세상 만물이 다 생겨나고 사라진다. 그렇게 영속되는 시간 속에 우리도 잠시 살다 가지 않는가? 짧은 인생이지만 사는 동안은 잘살아야 하지 않겠는가?

절골계곡의 총 길이는 10km쯤 된다고 한다. 그렇지만 끝까지 들어가 볼 수는 없었다. 입구로부터 3.5km 지점에서 좌측으로 대문다리를 건너 가메봉 쪽으로 가야 했다. 탐방로를 그렇게 만들고 더 위로는 올라가지 못하도록 막아 놓았다. 대문 다리 위에 있는 계곡을 자연 그대로 보호하기 위해서다. 참 잘한 조치라는 생각이 들었다. 지나가는 사람이 없어 대문다리 난간 위에 핸드폰을 올려놓고 타이머를 작동하여 우리 둘의 사진을 찍었다.

이곳에 단풍놀이 온 사람들 대부분은 대문다리에서 되돌아간다고 한다. 두 팀(두 사람의 한 팀과 네 사람의 한 팀)이 대문다리 아래 계곡 자갈밭에서 놀고 있었다. 아내와 나는 좀 더 걷고 싶었다. 안내 지도를 보니 대문다리에서 가메봉으로 가는 길 초입 700m, 경사진 등산로가 시작되기 전까지는 평탄한 길이었다. 아내와 나는 등산로가 시작되는 지점까지 조금 더 걷기로 했다.

조금 들어가자 오른편 산기슭에 낙엽송 숲이 있었다. 지난 장마와 태풍에 넘어졌는지 여기저기 낙엽송 10여 그루가 쓰러져 있었다. 아내는 이를 보고 공원 관리자가 일꾼을 고용해서 치워야지 이대로 놔두어서 되겠냐고 했다. 그렇지만 나는 그대로 놔두는 게 더 낫다고 생각한다고 말했다. 자연의 움직임을 인간이 얼마나 안다고 나서서 자연을 보호, 관리한다고 간섭한단 말인가?

이날 아내와 나는 아직은 자연 그대로에 가까운 절골계곡 4.2km를 왕복하며 8.4km를 걷는 즐거움을 누렸다.

울진 구수계곡과 금강송 생태 숲길

10월 초순 분당-용인-광교 지역에 사는 한음회 친구들 다섯이 울진 구수곡 자연휴양림에 갔다. 구수계곡(九水溪谷)은 휴양림 뒤에 있는 계곡이다. 매봉산 분수령을 따라 흐르던 아홉 계곡의 물이 합쳐지는 계곡이어서 구수곡 또는 구수계곡으로 불린다. 자연휴양림 안에 있는 주차장에 차를 세우고 계곡 쪽으로 들어갔다. 송이 채취 철인지 계곡 입구에 '외부인 송이 채취 금지', '외부인 입산 금지' 등의 현수막이 걸려 있었다. 하지만 우리야 뭐 탐방로를 벗어나지도 않겠지만, 혹시 송이를 봐도 알아나 보겠나?

계곡에 들어서자 "와아!" 감탄이 저절로 나왔다. 강원도 설악산 어느 깊은 계곡에 들어온 듯하였다. 계곡 바닥이 온통 바위 덩어리를 주물러 펼쳐 깔아 놓은 듯했다. 흐르는 물도 적지 않았다. 세상에! 이런 멋진 계곡이 울진에 있었다니? 우리가 회장님의 울진 시골집에 오간 지가 15년이 넘지 않았던가? 그런데 이제야 이런 곳에 와보다니? 영덕이 고향이고 울진이 시댁인 회장님도 이런 데가 있는 줄 몰랐단다. 결혼 전까지 이 지역에서 살았지만, 그땐 어디 놀러 다니던 시절이 아니었고, 결혼 후엔 서울과 수도권에서 살았으니 그럴 수밖에.

계곡의 좌우에 줄기가 붉은 금강소나무가 빽빽하게 자라고 있고, 기암괴석으로 이루어진 계곡에 맑은 물이 흐르니 정말 빼어난 경치였다. 계곡에 깨끗한 공기가 가득하니 이보다 더 좋은 데를 어디 가서 찾아볼 수 있겠는가? 전해 내려오는 이야기에 의하면 옛날에 어떤 봉화사람이 매봉산 분수령을 따라 길을 가던 중에 길을 잃어 이곳에 이르렀다고 한다. 그는 이곳의 경관에 반해 머루와 다래를 따 먹고 며칠 동안 머물다 집으로 돌아갔다고 한다.

이렇게 사람을 홀릴 만한 경치가 있는 산과 계곡이 우리나라 곳곳에 있다. 예로부터 우리나라를 금수강산(錦繡江山), 비단에 수를 놓은 것처럼 아름다운 산천이라고 하지 않았던가? 나도 지리산 청정지역에서 태어났다. 그런데 나를 포함하여 많은 사람들이 그렇게 아름다운 고향산천을 떠나 서울과 수도권, 도시로 몰려들어 온갖 공해 속에서 살아간다. '뭔가 잘못된 것 아닌가?' 하는 생각이 문득 들었다.

우리나라는 작은 나라다. 지역 간 큰 차이 없이 균형발전이 이루어져야 한다. 어느 지방에서나 다 잘 살 수 있는 제반 여건이 갖추어져야 한다. 후세들은 좀 더 안정적인 삶을 살면 좋겠다. 우리 세대는 돈 벌기 위하여 정든 고향을 떠나 낯선 객지에서, 또 인종과 문화가 전혀 다른 외국에까지 가서 고생하며 살지 않았던가? 후세들은 가급적 고향과 친구들을 떠나 이사 다니지 않고, 어느 지방에서나 잘 살 수 있는 우리나라가 되면 좋겠다. 정든 땅을 떠나 타지에 가서 마음 고생하며 살아서야 되겠는가?

탐방로를 따라 구수계곡 위로 올라가다가 물가 멋진 바위에 앉았다. 커피를 마시고 간식을 먹으며 한동안 놀았다. 다시 일어나 계곡

이쪽저쪽으로 다리를 건너다니며 상류로 올라갔다. 점심때가 되어 다섯 사람이 빙 둘러앉을 만한 물가 자갈밭에 자리를 잡고 앉았다. 이날은 울진 나들이라고 회장님이 5인분 점심을 다 준비했다. 점심 후 누가 먼저랄 것도 없이 모두 등산화와 양말을 벗고 물속으로 들어갔다. 이렇게 맑은 물을 보고 어떻게 그냥 일어날 수가 있겠는가?

물속에서 다슬기를 발견하고 한동안 다슬기를 잡고 놀았다. 물이 깨끗해서 다슬기가 크게 자라지는 않았다. 잡은 다슬기를 도로 물속에 놓아주고 발을 말리고 양말과 등산화를 신고 일어났다. 다시 걷기 시작하여 계곡을 벗어나 다리를 건너고 계곡 옆 소나무와 참나무가 우거진 언덕길로 올라갔다. 드디어 '사랑나무'가 있고 '산림교실'이라고 표시된 지점에 도착하였다. 1.6km 구수계곡 탐방로가 끝나는 곳이었다. 이곳에서 오른쪽으로 가면 우리가 차를 주차해 놓은 휴양림 쪽으로 가는 금강송 생태 숲길 3km다. 왼쪽으로는 용녀폭포, 또 용소폭포와 응봉산으로 가는 길이다. 가까운 용녀폭포까지만 가도 2.6km나 되니 되돌아오면 5.2km 산행이 더하여진다.

이미 1.6km 계곡길을 걸었으니 더 이상 멀리 가지 않고, 금강송 생태 숲길 3km를 걷고 휴양림에 가서 산책하며 놀기로 했다. 그렇게만 해도 5km쯤 걷게 된다. 금강송 생태 숲길은 오르막으로 시작되었다. 처음에는 참나무 숲이더니 계곡을 벗어나자 길 좌우로 금강소나무 숲이 되었다. 약 1km쯤 걸었을까? 오른편에 전망대로 올라가는 계단이 있었다. 조금 더 가니 벤치가 있고 이정표가 서 있었다. 이정표를 보니 우리는 '산림교실'에서 1.1km 왔고, 1.7km 더 가면 울진 금강송 문화관이었다. 이곳에서 여자들 셋은 계속 금강송 생태 숲길 '향토 숲길'을 걸어서 잔디광장과 금강송 문화관을 지나 구수곡 자연휴양림으로 가기로 했다. 남자 둘은 '금강송 숲길 A'로 올라가서 전망대에 올라가 보고 휴양림으로 내려가기로 했다. 두 길의 거리는 크게 차이가 나지 않아 보였다. 여자들은 좀 더 쉬다가 가기로 하고, 용인 후배와 나는 일어나서 왔던 길을 거슬러 전망대로 올라가는 계단 쪽으로 갔다.

계단 위를 올려다보니 줄기가 붉은 금강소나무가 빽빽하게 계단을 감싸고 있었다. 길지 않은 계단을 오른 후 약간 오르막길을 걷는데 길 양옆이 온통 금강소나무들이었다. 멋진 광경이었다. '여자들이 계단을 보고 지레 겁을 먹고 오지 않았는데 같이 이쪽으로 왔으면 좋았을걸.' 하는 생각이 들었다. 하기야 여자들이 걷

는 길이 금강송 생태 숲길이니 그쪽 길이 더 좋을지도….

용인 후배와 나는 오르막을 오른 후 금강소나무 숲이 우거진 산 능선 길을 걸었다. 참으로 아름다운 숲속 길이었다. 온통 금강소나무 천지였다. 능선 길에서 왼쪽으로 내려가는 길이 있었다. 여자들이 걷는 '향토 숲길'과 연결되는 '금강송 숲길'이다. 20분쯤 걸었을까? 오른쪽 길로 100m 더 나아가면 전망대였다. 우회전하여 전망대 쪽으로 갔다.

드디어 덱 전망대에 올라섰다. 세상에! 우리 앞에 하늘을 향해 쭉 뻗은 소나무들 사이로 바로 앞산부터 아스라이 멀리까지 일고여덟 개

의 산들이 파노라마를 만들어 내고 있었다. 우리가 서 있는 산 바로 아래는 연한 초록색의 소나무 숲이었다. 골짜기를 건너 겹쳐 보이는 서너 개의 산에는 짙푸른 색으로 토실토실하게 자란 소나무들이 온통 산을 뒤덮고 있었다. 흠집 하나 없는 빽빽한 소나무 숲의 산이었다. 그 뒤로는 검은색의 산, 더 뒤로는 조금 덜 검은색, 차차 옅은 색으로 보이더니 마침내 저 멀리 끝에 하늘과 맞닿은 산은 희뿌연 회색이 되었다.

산들이 멀리서부터 마치 파도가 밀려오듯 다가오고 멀어지는 풍경이 장관이었다. '우리가 태백산맥의 수많은 산이 겹겹이 둘러싸고 있는 깊은 산속에 들어와서 놀고 있구나!' 하는 생각을 하니 가슴이 먹먹해지는 감동에 젖어들었다. '한음회 친구들이 없었다면 과연 내가 이곳에 왔겠나? 이런 행복을 누릴 수 있겠나?' 하는 생각이 들었다. 새삼 또 한 번 '현재 내가 만나고 함께 노는 사람이 다른 어떤 사람보다 귀하다.'라는 진리를 되새겼다. 돈 많고 높은 자리에 있어도 놀아주는 친구가 없으면 무슨 재미로 살겠나? 은퇴 후엔 돈보다 함께 놀 사람, 친구가 제일이다!

전망대의 장관을 뒤로하고 하산하기 시작했다. 전망대에서 구수곡 자연휴양림까지는 1.2km다. 휴양림 가까이 오니 경사가 가팔라져서 조심조심 내려와야 했다. 낮은 곳으로 내려오니 해가 서쪽 산 뒤로 넘어가고 보이지 않았다. 여자들이 먼저 와서 우리가 내려오는 등산로 아래에 있는 벤치에 앉아 놀고 있었다.

여자들은 우리와 헤어진 후 경사가 거의 없는 산속 임도 1.7km를 걸어왔다. 금강송 문화관에서 휴양림까지는 200m 정도로 짧아서 지체할 일이 없었다고 한다. 용인 후배와 나는 산 위로 올라갔다 내려오고, 전망대에서 태백산맥의 중심에 서 있는 듯 짜릿한 감동을 맛보며 한참을 머물러 있었으니 시간이 좀 더 걸렸다.

이날 4시간가량 걷고 노는데 다른 사람을 한 사람도 만나지 못했다. 이곳이 워낙 수도권에서 멀리 떨어져 있어서 찾는 사람이 많지 않은가 보다. 더욱이 이날은 평일이었으니 조용한 계곡과 숲길은 다 우리 차지였다. 순수한 생명체만이 가득한 청정 자연 속에서 걷고 노는 멋진 하루였다.

울진 통고산 자연휴양림

　　여름 어느 날 아내와 둘이 울진과 영덕으로 1박 2일 여행을 갔다. 첫날 통고산 자연휴양림으로 향했다. 고속도로 휴게소에 들러 점심을 먹고 또 한 번 더 쉬고 느리게 갔다. 더위가 한창인 여름이어서 늦은 오후에 도착하여 걷고자 함이었다. 통고산 자연휴양림에는 오후 4시가 지나서 도착하였다. 매표소에서 휴양림의 브로슈어를 얻고 산책코스에 관해 물어보고 설명을 들었다. 매표소 직원이 통고산 등산하기에는 시간이 늦었으니 자연관찰로(1.4km)를 걸어보라고 추천했다.

　직원의 안내대로 산림문화휴양관 앞에 주차하고 길을 따라 위로 올라갔다. 자연관찰로를 걷고 통고산 쪽으로 올라갈 수 있는 데까지 올라갔다 오기로 했다. 먼저 자연관찰로를 따라 계곡 쪽으로 들어가는데 계곡물을 건너는 곳에 이르니 길을 막아 놓았다. 며칠 전 장맛비로 계곡길이 훼손되었나 보다. 큰길로 나와서 조금 더 위로 올라가니 산으로 올라가는 자연관찰로가 있었다. 지그재그로 산을 올라야 했지만, 오르막이 그다지 길지는 않아서 다행이었다.

　산 중턱에 낸 자연관찰로를 따라 걷는데 '나무의 희생', '공존하는 숲' 등 나무와 숲에 대한 글이 있었다. 나무는 죽은 후 썩어져 가면서도 다른 생명체의 서식처가 되고, 다른 식물에게 영양분을 공급해주는 거름이 된다. 식물의 뿌리와 곰팡이는 서로 상부상조하면서 공존한다. 이런 글들을 읽으면서 수억 년 동안 온갖 생명체의 근원이 되어온 자연의 힘이 바로 희생과 공존임을 알게 되었다.

전망대에 오르니 녹음 짙은 앞산과 산 중턱에 피어오르는 구름이 어우러져 깊은 산속의 멋진 풍광을 만들어 내고 있었다. 휴양림 입구에서 2km 이상 산속으로 들어와 있으니 보이는 건 나무와 산과 하늘과 구름이 전부였다. 들리는 건 바람이 나무와 나뭇잎을 스치며 지나가는 소리, 새들과 곤충이 내는 소리, 저 아래 계곡물 소리 등 자연의 소리뿐이었다.

그곳에 고려 말 나옹선사의 유명한 시 「청산은 나를 보고」가 적혀 있었다.

청산은 나를 보고 말없이 살라 하고
창공은 나를 보고 티 없이 살라 하네
사랑도 벗어놓고 미움도 벗어놓고
물같이 바람같이 살다가 가라 하네

청산은 나를 보고 말없이 살라 하고
창공은 나를 보고 티 없이 살라 하네
성냄도 벗어놓고 탐욕도 벗어놓고
물같이 바람같이 살다가 가라 하네

언제 읽어도 마음을 울리는 시다. 나옹(懶翁, 1320~1376)선사의 고향은 울진의 옆 동네, 영덕이다. 21세 때 갑작스런 친구의 죽음에 충격을 받고, 얼마 후 아버지가 돌아가시자 문경의 공덕산 묘적암으로 출가하였다. 경기도 양주 천보산의 회암사에서 정진하고, 중국에 가서 인도의 지공화상 아래서 공부하였다. 그는 중국에 10여 년 동안 있었다. 5년 동안 공부하고 그 후엔 여러 지방을 순례하며 수도하였다.

귀국 후 그는 생불(生佛)로 여겨지기도 했다. 고려 말 공민왕의 스승이었고, 조선을 건국한 이성계의 왕사(王師)가 된 무학 대사의 선배이자 스승이었다. 지위가 높은 왕과 왕사의 스승이었지만 그의 위 시는 모든 중생에게 더할 나위 없이 딱 맞는 가르침이 된다.

모든 풍파에 순응(?)하는 자연을 바라보고 위 시를 읽으니 '나를 돌아보고 앞으로 어떻게 살 것인가?'를 다시 한 번 생각해보게 되었다. 65살이 넘으면서 나의 친구들도, 같은 직장에서 만나 30여 년 넘게 교류하며 지내온 선배들도 한 사람 한 사람 이 세상을 떠나고 있다. 인생의 남은 시간이 그렇게 길지 않을 수 있다.

나 자신을 살펴보면 탐욕은 벗은 지 오래다. 은퇴 후 일체의 돈 버는 일에는 매이지 않는다. 많든 적든 은퇴하던 때까지 벌어 놓은 것 갖고 산다. 아직 살아 있다고 성깔이 남아 있어서 성냄을 제어하지 못하니 이게 딱하다. 내 핏줄이 아닌 남에게는 화내지도 않는다. 아내와 자식들한테 화를 내는 게 전부인데 사랑하는 사람에게 화를 내서야 되겠는가? 살날이 얼마나 남았는지도 모르는데 하루빨리 고쳐야겠다. 미운 놈은 딱히 없다. 은퇴하였으니 맘에 안 드는 사람은 만나지 않으면 된다. 혹 모임에서 맘에 안 드는 언행을 하는 사람을 보면 그냥 지나치면 된다.

사랑을 벗어놓으라는 건 집착을 벗으라는 것으로 보인다. 자식이 잘되기를 바라는 것이 집착이리라. 요즘은 이마저도 내려놓으려 한다. 저들의 삶을 저들이 알아서 살겠다는데 내가 뭘 어쩌겠는가?

자연관찰로가 있는 계곡과 산속에서 약 한 시간쯤 걷고 큰길로 나오니 두 사람이 위에서 내려오고 있었다. 물어보니 통고산(해발 1,067m) 등산을 하고 내려온다고 했다. 아직 운동량도 덜 찼고 시간도 있었기에 위쪽 통고산 방향으로 올라갔다. 길이 차 한 대가 다닐 정도의 폭이었다. 경사가 거의 없는 길이어서 걷기에 좋았다. 길의 오른편은 산이고 왼편에는 계곡물이 흐르고 있었다. 나무가 우거져 있고 물소리가 들리니 피톤치드와 음이온이 우리를 감싸는 듯했다.

조금 오르자 차량이 통행하지 못하도록 길을 막는 차단기가 설치되어 있었다. 차단기를 지나 다리를 건너니 이정표가 서 있었다. 통고산 3.8km, 산림문화휴양관 0.8km이었다. 이 지점이 휴양림의 경계로 보였다. 다리를 건넜으니 오른편이 계곡물이 되고 왼편이 산이 되었다. 길이 좋아 계속 올라가니 토사 유출을 막는 사방댐이 있었다. 사방댐을 지나 어느 정도 가자 이

정표가 나타나고 그 옆에 산악회의 리본이 수없이 많이 달려 있었다. 통고산 정상까지 우측으로 가면 2.9km, 직진하면 3.8km였다. 휴양림 0.4km로 적혀 있는데 아마도 휴양림 경계선에서부터의 거리로 보였다. 산림 문화 휴양관에서는 1.2km쯤 올라온 것이리라.

아내가 걷기 좋아 보이는 우측 길을 택했다. 계곡 위 조그만 다리를 건너자 길은 급하게 4~5시 방향으로 우회전하였다. 비가 많이 내릴 경우 길이 파손되지 않도록 경사진 데는 시멘트 포장이 되어 있었다. 그렇게 얼마쯤 올라가자 해가 주위 산에 가려 보이지 않고 사방이 음지가 되었다. 정상까지 등산할 계획도 아니었기에 되돌아 내려왔다.

차단기를 지나 휴양림으로 들어와 조금 내려오니 계곡 옆에 벤치가 있었다. 계곡을 바라보는 벤치에 앉았다. 해가 져서 어스름해지는 시간, 계곡 건너편 나무들이 빽빽한 숲은 이미 어두컴컴했다. 계곡 물소리를 들으며 맞은편 검은 숲을 바라보고 앉아 있으려니 '세상 어디에 이만한 힐링 장소가 있을까?' 하는 생각이 들었다. 젊은 시절에는 이런 힐링의 시간을 갖기 어려웠다. 그때는 어디 여행을 가면 하나라도 더 보려고 쫓아다녔고, 또 끝까지 가봐야 직성이 풀리곤 하였다. 나이 드니 이제는 '적당함'이 좋고 '평안함'이 제일이다.

영덕 칠보산 자연휴양림 / 울진 신선계곡

칠보산 자연휴양림에서 자고 오전에 휴양림 안에 있는 칠보 숲길을 걸었다. 휴양림 브로슈어를 보고 직원이 알려주는 대로 산림문화휴양관 2동 앞으로 이동하여 그 앞에 차를 세웠다. 휴양림 안내 지도를 보면서 칠보 숲길로 들어갔다. 길은 경사가 거의 없는 덱길이었다. 빽빽한 소나무 숲을 뚫고 지그재그로 낸 길이었다. 세상에, 이런 멋진 길이 있다니…? 덱 길을 지나니 흙길이었다. 흙길도 걷기 좋게 지그재그로 만들어 놓았다.

숲길을 걷다 보니 중간중간 시가 쓰인 나무판이 서 있었다. 조이스 킬머의 「나무」, 윤동주의 「서시」, 김소월의 「산유화」, 모두 아름답고 감동을 주는 시들이다. 숲길을 걸으면서 이런 시들을 읽고 사색하니 얼마나 좋은가? 시가 있는 숲길! 세상 살면서 부대낀 몸과 마음을 정화하는 최고의 시간이고 공간이다. 그중 「나무」를 읽어보자.

나무(들) / 조이스 킬머

나무처럼 아름다운 시를
결코 본 적이 없습니다.

단물 흐르는 대지의 젖가슴에

굶주린 입을 대고 있는 나무

잎새 무성한 팔을 벌려
기도하는 나무

여름에는 머리 위에
방울새 둥지를 얹고

가슴에 흰 눈이 내려앉아도
비와 함께 다정하게 살아가는 나무

시는 나 같은 바보에게 쓰여지지만
나무는 하느님만이 만들 수 있습니다

뉴저지에서 태어난 조이스 킬머(Alfred Joyce Kilmer, 1886~1918)는 1913년에 발표한 「나무」라는 이 시 한 편으로 유명해졌다. 1914년 첫 시집 『나무와 그 외 시들(Trees and Other Poems)』을 발표하였다. 1차 세계대전이 터지자 자원입대, 프랑스에서 전투 중 사망하였다. 전후 그는 미국인들에게 순수와 꿈의 상징이 되었다.

숲길은 어느새 동해를 바라보는 해돋이 전망대에 이르렀다. 고래불 해수욕장도 보였다. 해돋이 전망대에는 목은(牧隱) 이색(1328~1396, 고려 충숙왕 15년~조선 태조 5)의 시 「영해를 그리워하며」가 써 있었다. 그는 포은(圃隱) 정몽주, 야은(冶隱) 길재와 함께 삼은(三隱)으로 불린다. 세 인물 다 고려 말기의 정치가이자 대학자였다. 쿠데타로 조선을 건국한 이성계가 주는 벼슬을 거절한 지조 있는 위인들이다. 조선이 들어서자 그들은 조용히 은거하려 했었기에 숨길 은(隱) 자가 들어간 호를 택하였던가?

이 시는 목은이 말년에 고향을 그리워하며 지었다고 한다. 영해는 목은의 외가이자 그가 태어난 영덕 괴시마을 앞 평야 지대다. 젊은 시절 회포를 풀지도 못하고 먼저 간 선배들을 생각하며 쓴 시다. 60살이 넘어 인생의 황혼에 쓴 시이니 나이 든 나도 공감이 갔다.

영해를 그리워하며 / 이색

외가댁은 적막한 바닷가 마을에 있는데
풍경은 예로부터 사람들 입에 올랐었네.
동녘 바다 향하여 돋는 해를 보려 하니

갑자기 슬퍼 두 눈이 먼저 캄캄해지누나.

황량한 마을에 하룻밤 단란히 묵으면서
젊은 시절 회포를 세세히 논해보지 못하였는데
회상컨대 몇 년 사이 선배들은 다 떠났고
아침 까치 지저귀더니 어느덧 또 황혼일세

전망대에서 나와 산 쪽으로 올라갔다. 산길을 10여 분 오르니 임도를 만났다. 임도를 조금 걷다가 내려가는 길을 만나 내려오는데 경사가 좀 심했다. 조심조심 내려오다가 왼편 습지 쪽으로 들어갔다. 그곳에 동해를 내려다보는 또 다른 작은 전망대가 있었다. 산림문화휴양관 1동 뒤편 위였다. 경사진 산길을 조심조심 내려오다가 시야가 탁트인 전망대를 만났으니 그곳에서 잠시 쉬었다. 산 아래 저수지 너머 멀리 동해가 바라다보였다. 아름다운 푸른 산과 멀리 막힘없는 바다를 바라보니 눈이 맑아지는 듯했다.

칠보 숲길은 전부 돌아봐야 1.6km로 30~40분쯤 걸린다. 중간중간 벤치가 놓여 있고 쉼터가 있다. 걷기 좋은 길이다. 하지만 2km도 안 되는 거리를 걷고 휴양림을 빠져나가려니 너무 아쉬웠기에 내려와서 숲속의 집과 그 아래 야영장 주변 숲길을 좀 더 걸었다. 밤에 들어와서 몰랐는데 우리가 하룻밤 묵은 숲속의 집은 말 그대로 소나무 숲에 둘러싸여 있었다.

칠보산 휴양림에서 나와 울진 백암 신선계곡으로 향했다. 여름이어서 한두 시간쯤 등산하고 계곡에서 놀기로 했다. 신선계곡 주차장에 차를 세우고 아내와 나는 배낭에 물과 간식을 넣고 계곡을 따라 올라갔다. 계곡을 건너는 출렁다리 위에서 보니 상류 쪽에 텐트 두 개가 있고, 아래쪽에는 서너 가족이 물놀이를 하고 있었다.

출렁다리를 건너니 멋진 소나무 숲길이었다. 신선계곡은 남동쪽 동해에 접한 울진군 온정면에 있는 백암산(해발 1,004m)과 북서쪽 내륙, 영양군 수비면에 있는 검마산(해발 1,017m) 사이에 있는 계곡이다. 울진과 영양의 경계인 구주령을 넘어 영양으로 가면 본신계곡이다. 본신리 금강소나무 숲은 영양의 명소이고, 산림청에서 관리하는 곳이다. 울진은 금강소나무로 우리나라에서 가장 유명한 곳이다. 구주령 이쪽 울진 신선계곡에도 금강소나무가 많다. 산림청 울진 국유림관리소가 관리하고 있다.

소나무 숲길을 지나니 왼편으로 널찍한 계곡이 펼쳐졌다. 맑은 물이 흐르고 있는 계곡 맞은편 그늘에 너덧 사람의 두 그룹이 터를 잡고 물놀이를 하고 있었다. 계곡의 양옆은 산인데 소나무와 참나무가 혼재하고 있는 울창한 숲이었다. 조금 더 올라가자 계곡 맞은편 긴 옹벽에 벽화가 그려져 있었다. 회색 시멘트 옹벽에 나무와 그 아래 계곡의 돌들을 그려서 옹벽의 그림이 마치 산과 계곡의 일부인 양 보였다. 좋은 아이디어다.

조금 더 올라가니 금강소나무 아래 작은 쉼터가 있었다. 주차장에서 800m 올라온 지점이었다. 쉼터에서 잠시 멈춰 물을 마시고 다시 위쪽으로 가니 덱 길이었다. 좀 더 산속으로 들어가자 계곡의 상류와 하류 쪽을 다 바라볼 수 있는– 계곡이 휘어지는 –지점에 전망대를 만들어 놓았다. 수억 년 동안 자연이 빚어낸 멋진 계곡의 비경이 펼쳐졌다. 그곳에서 25m 위에 신선탕, 다락소(多樂沼)가 있다는 안내판이 있었다. 주위 풍경이 아름다워 신선들이 목욕하고 즐겁게 놀던 곳이란다.

덱 길을 따라 계속 가자 오르막 덱 계단이 나왔다. 덱 계단을 오르자 계곡은 저 아래로 멀어지고 산 중턱에 난 길을 걷게 되었다. 왼편 계곡으로 등산객이 추락하지 않도록 등산로 왼편에 나무 기둥을 박고 밧줄을 두 줄로 쳐 난간을 설치해놓았다. 길옆 아래와 위 언덕에는 금강소나무와 참나무가 혼재하여 자라고 있었다. 계곡 건너편에도 금강소나무 숲과 녹음이 짙은 참나무 숲이 구분되기도 하고 섞여 있기도 했다.

울창한 숲속 등산로를 오르락내리락 오르자 '참새 눈물 나기'라는 간판이 서 있었다. '지세가 가파르고 험준하여 날아다니는 참새도 눈물을 흘리며 지나는 곳'이란다. 그곳을 통과하여 조금 더 나아가자 가뭄이 심할 때 기우제를 지냈다는 '용소'의 설명과 함께 이정표가 서 있었다. 위로 합수곡 4.3km, 아래로 주차장 1.7km 지점이었다.

조금 더 나아가 용소 위에 놓인 출렁다리에 서서 위, 아래와 사방의 경치를 조망하였다. 위로는 눈부시도록 파란 하늘과 간간이 떠 있는 흰 구름, 사방엔 온통 짙푸른 산뿐이었다. 출렁다리 아래로 깊은 용소와 용소 상류의 작은 폭포들, 용소 하류로 잔잔히 흐르는 넓은 물을 바라보니 '여기가 과연 용이 날아오르고 신선이 살았을 만한 장소로구나.' 하는 생각이 들었다. 출렁다리를 건너자 벤치 하나가 있었다. 그곳에 앉아 물을 꺼내 마시고 과일을 먹으며 한동안 신선이 되어 다락(多樂)을 누렸다.

나는 산 깊숙이 더 올라가 보고 싶었지만, 아내는 아침에 칠보산 휴양림에서 이미 2km 정도 걸었으니 내려가잔다. 아내 말을 들어야지 어쩌겠는가? 내려오다가 신선탕 아래 그늘진 계곡물가로 들어갔다. 등산화와 양말을 벗었다. 아내는 반바지를 입었으니 금방 물로 들어갔다. 나도 바지를 무릎 위까지 걷어 올리고 들어갔다. 발을 담그고 앉을 만한 돌을 찾아 물가에 앉았다. 발과 종아리를 주무르며 피로를 풀었다. 산그늘이 계곡을 다 잠식하는 오후 늦게까지 그렇게 신선계곡에서 놀았다.

구미 금오산 금오지-대혜폭포

11월 첫주 토요일 한음회 친구들 가을 모임으로 구미 금오산에 갔다. 금오산 저수지 위 금오랜드(놀이공원)를 지나 금오산 공영주차장에서 모였다. 11명의 친구들이 서울과 경기, 대구와 무안까지 4개 지역에서 오는데도 11시에 다 모였다.

금오산 저수지(금오지)를 한 바퀴 돌고 점심을 먹기로 했다. 금오산 저수지는 둘레길 거리가 2.6km로 우리가 젊었을 때 다 함께 걷곤 하던 분당 율동공원 호수(둘레 1.8km)보다 확실히 넓어 보였다. 저수지 상류에서 걷기 시작하여 기념사진도 찍고 천천히 걸었다. 저수지 아래쪽 둑 위 벤치에 앉아 쉬다가 주차장 광장으로 돌아오니 12시 반이었다. 광장 한 편에 자리를 잡고 각자 차에서 도시락을 가져왔다. 11명이 동그랗게 둘러앉아 점심을 먹었다. 각 집에서 넉넉히 싸온 반찬들을 펼쳐 놓으니 이렇게 훌륭한 뷔페가 없다.

우리는 특별한 경우가 아닌 한 점심 도시락을 싼다. 오래도록 함께 친구가 되어 지내려면 서로 만나는 데 돈이 문제가 되어서는 안 된다. 또, 산에 오르는 데 점심 먹느라고 일정에 방해를 받아서도 안 된다. 각자 집에서 도시락을 싸오면 이 두 가지 문제가 다 해결되어 아주 좋다.

점심을 배부르게 먹고 과일도 먹고 커피도 마셨다. 빈 그릇과 산에 오르는 데 불필요한 짐들은 차에 갖다 놓았다. 각자 물과 간식을 챙겨서 산 쪽으로 올라갔다. 잔디광장 오른편으로 계곡 물가에 메타세쿼이아가 하늘로 쭉쭉 뻗어 멋진 숲을 이루고 있었다. 관리사무소를 지나 산으로 올라갔다.

케이블카 승강장이 나오자 서울 선배 부부와 무안 후배 부부는 케이블카를 타고 올라갔다. 회장님과 대구 선배 부부, 용인 후배 부부와 우리 부부는 걸었다. 소나무 숲이 이어지고 걷는 길이 덱 길과 계단으로 잘 만들어져 있었다. 이렇게 걷기 좋은 길을 걷지 않고 두 부부는 케이블카를 타고 올라가다니 안타까웠다. 아마도 케이블카가 있으니까 가파른 산으로 오해하고 케이블카를 타고 올라갔는가 보다.

회장님과 대구 선배 부부는 컨디션이 안 좋다고 더 오르지 않고 소나무 숲에서 쉬다 내려가겠다고 했다. 용인 후배 부부와 아내와 나, 네 사람은 계속 올라갔다. 소나무 숲을 지나면서 덱 길이 흙길로 바뀌었지만 길은 걷기 좋도록 잘 정비되어 있었다.

금오산성 유적지를 지나면서 그곳에 써 있는 금오산성에 대한 글을 읽어보았다. 나는 고려의 허술한 국방력에 놀라움을 금치 못했다. '고려 말에 바다 건너 사는 왜구가 내륙 깊숙한 이곳까지 침략하였다니… 그러면 왜구들이 들어온 동해나 남해 바닷가 마을부터 이곳까지 수많은 지역에서 백성들의 생명이 위협받고 재산이 노략질당했을 것 아닌가? 그동안 고려 조정에서는 도대체 무엇을 했단 말인가? 군사들이 있기는 했나? 조선 중기 임진왜란 때는 어떠했던가? 현재 대한민국은 어떤가?' 많은 생각을 하게 되었다.

다시 산 위로 오르니 울긋불긋 현란한 단풍들이 곳곳에서 우리를 반겨주는 듯했다. 그때마다 발걸음을 멈추고 단풍들과 사진을 찍지 않을 수 없었다. 영흥정을 지나 해운사를 돌아보고 대해폭포까지 올라갔다. 산 위 케이블카 승강장은 해운사 앞에 있었다. 우리 네 사람은 대혜폭포에서 기념사진을 찍고 내려왔다. 서울 선배 부부와 무안 후배 부부는 해운사 앞까지 케이블카를 타고 왔으니 대혜폭포를 지나 깔딱고개까지 올라갔다 내려왔다.

　하산 후 광장 위쪽에 있는 야은 역사체험관에 들렀다. 야은 길재(冶隱 吉再, 1353~1419)는 경북 선산 출신이다. 그는 고려를 뒤엎고 조선을 세운 이성계가 벼슬자리를 주었지만 받지 않았다. 두 나라를 섬길 수 없다고 금오산 기슭에 은거하였다. 은(殷)나라 아래 제후였던 주(周)나라 무왕이 은나라를 멸망시키고 왕이 되자 수양산으로 들어가 고사리를 캐 먹으며 살다 죽었다는 백이, 숙제 이야기가 있다. 야은도 이 중국의 고사를 따라서 한 것이다.

옛날 우리나라 양반들은 중국의 학자와 선비들이 확립한 이론과 행동을 대부분 규범으로 삼고 따라서 했다. 야은이 옛 중국의 선비 두 사람의 행적을 따라서 이 금오산으로 은거한 뜻을 기리는 정자가 후일 이곳에 세워졌다. 정자의 이름은 채미정(採薇亭)이다. 채미(採薇)는 중국 고사를 따라 고사리나물을 캔다는 뜻이다.

오후 여섯 시쯤 한음회 친구들 11명이 모두 광장에서 다시 만났다. 가을 산행이었으니 모두 단풍이 멋진 숲길에서 사진을 많이 찍었다. 제대로 등산을 한 우리 네 사람은 호텔 위 관리사무소부터 대혜폭포까지 1.9km이니 주차장에서부터 치면 편도 2.5km, 왕복 5km쯤 산행을 하였다. 금오산 저수지 둘레길 2.6km까지 합치면 공기 좋은 산속에서 7.5km 이상 운동을 한 셈이다. 관리사무소에서 금오산 정상인 현월봉(해발 976m)까지는 4km다. 정상까지 올라갔다가 내려오기에는 시간상으로 무리였다. 다들 60이 넘었으니 무리하지 않는 게 좋다.

남은 간식들을 나누어 먹고 기념사진을 찍었다. 공원에 빨갛고 노랗고 갈색으로 어우러진 단풍과 멀리 금오산을 배경으로 멋지게 인증샷을 찰칵! 멋진 추억의 사진이 나왔다. 한음회 친구들과 만나기만 하면 언제나 즐거운 시간을 누린다.

청도 운문산 생태 탐방로-솔바람길

　　경상도 여행에서 청옥산 다음 두 번째 단풍 여행지는 운 문산 생태 탐방로와 솔바람길이었다. 전날 운문산 자연휴양림에서 자고 운문사로 향했다. 운문사로 들어가는 차도의 가로수가 감나무였다. 길의 이름이 '운문 반시길'이었다. 감나무 하면 진영이라는데 이곳 청도도 감나무가 많이 나는 지역인가보다. 나중에 청도를 지나 대구 달성으로 가는데 도로의 양옆이 온통 감나무밭이었다. 사과 생산지가 대구에서 위로 영주까지 올라갔듯이 감의 생산지도 저 아래 남해 지방 진영에서 이곳까지 올라왔나 보다.

　　감나무 가로수를 보면서 아내와 얘기하다 보니 솔바람길이 시작되기 전에 있는 주차장을 지나쳐서 주차비와 입장료를 내고 들어갔다. 아예 운문사 앞 주차장도 지나 사리암 아래 있는 주차장까지 올라갔다. 주차장에서 사리암까지의 거리는 1.1km인데 경사진 오르막길이어서 30~40분쯤 올라가야 한다. 올라갔다 내려오려면 1시간 반은 잡아야 한다. 우리는 그렇게 시간이 많지 않았다. 오후 5시에 달성 도동 서원에서 문화해설사와 만나기로 했기 때문이다. 사리암에 오르는 것은 단념하고 운문사로 가는 생태 탐방로로 갔다.

　　계곡물가로 난 탐방로로 들어가니 참나무와 단풍나무 사이로 보이는 계곡이 산뜻하게 다가왔다. 수천만 년 어쩌면 수억 년 동안 흐르는 물에 닳고 닳아 희뿌옇게 퇴색된 계곡 바닥의 바위와 돌들, 오랜 세월 동안 물에 밀려 내려오면서 구르고 굴러 모가 깎이고 매끄럽게 갈려 물가로 밀려나 한쪽에 쌓인 동그란 자갈들, 그 사이로 흐르다가 소(沼)를 이루며 잠시 고여 있는 옥색의 맑은 물…. 모든 생명체의 원천, 어머니와 같은 자연은 결코 우리를 실망시키지 않는다. 이렇게 깊은 맛이 나는 아름다운 자연을 만끽하려고 멀리서 오지 않았던가?

탐방로는 운문사와 사리암을 잇는 도로와 계곡 사이의 숲에 난 길이었다. 숲의 폭이 짧은 데는 50m, 넓은 데는 100m쯤 되어 보였다. 하늘로 쭉쭉 뻗어 오르며 자란, 수령이 40~50년쯤 되어 보이는 소나무 숲이었다. 탐방로 양옆에는 키 작은 참나무와 단풍나무가 자라고 있었다. 소나무의 초록 잎과 활엽수의 갈색과 노랑, 빨강으로 물든 단풍이 어우러져 멋진 가을 풍경을 자아내고 있었다.

계곡으로 흘러들어 가는 작은 물길 위에 나무다리가 놓여 있었다. 그 작은 다리를 건널 때 맑은 물이 흐르는 계곡이 눈에 들어왔다. 그 순간 탐방로를 벗어나 계곡으로 들어가서 물속에 발을 담그고 놀고 싶은 유혹에 잠시 멈칫하기도 했다. 그렇게 황홀한 숲과 다리를 건너며 멋진 탐방로를 걸었다.

드디어 운문사에 도착하였다. 사찰의 입구 앞에 길게 한 줄로 심겨 있는 벚나무 아래 떨어진 단풍잎이 수북이 쌓여 있었다. 빨강과 노랑, 그리고 밝고 어두운 갈색으로 물들어 떨어진 단풍들이 땅 위에 가득 어우러져 멋진 가을 풍경을 연출하고 있었다. 아름다운 가을 풍경 속에 원형 탁자와 4개의 의자 두 세트가 놓여 있었다. 아내와 나는 그 아름다운 풍경 속으로 빨려 들어갔다. 탁자 위에도, 의자 위에도 빨갛고 노란 단풍이 떨어져 있었다. 우리는 환상적인 가을 그림 같은 풍경에 들어가 커피를 마시는 한 쌍의 연인이 되었다.

마냥 그림 같은 풍경 속에 앉아 무아지경에 빠져 있을 수만은 없지 않은가? 사찰 구경은 나중에 올라오면서 하기로 하고 다시 일어나 운문사를 지나쳐 '솔바람길'로 향했다. 운문사 아래로 이어지는 생태 탐방로는 왼편 계곡물가로 난 덱 길이었다. 숲속의 나무는 자연스럽게 나고 자란 오래된 굵은 소나무가 주종이었다.

계곡 물가와 계곡으로 흘러드는 작은 물길 위에 놓인 나무다리 옆에 어린 참나무와 단풍나무가 있었다. 소나무 숲 언저리에서 크지는 않지만, 그들도 노랗고 붉게 물든 단풍을 자랑하듯 펼쳐 보이며 '나도 여기 있소!' 하고 말하는 듯했다.

운문사에서 500m쯤 내려오니 생태 탐방로가 끝났는지 계곡물가를 걷는 시골길이 되었다. 수령이 족히 200~300여 년은 되었을 것으로 보이는 느티나무 몇 그루가 길가와 물가에 자라고 있었다. 도로 쪽에는 여전히 빨간 감을 가지마다 달고 있는 감나무가 가로수로 줄지어 서 있었다.

조금 더 가니 마침내 '솔바람길'이 나왔다. '솔바람길'은 소나무 숲 가운데로 낸 탐방로다. 길 양옆으로 줄을 쳐 놓아서 소나무 숲에 들어가지 못하게 하였다. 소나무 아래 잡목들을 다 제거하고 경계선을 따라 바로 안에 한 줄로 맥문동을 심어 놓았다. 소나무 밑동이 훤히 드러나 보이니 오히려 자연적인 숲 같지 않아서 그다지 좋게 보이지 않았다. 경계 줄을 친 것까지는 좋다고 해도 소나무 아래 자연스럽게 자란 다른 식물들을 다 제거해야 했을까?

솔바람길 초입까지 갔다가 뒤돌아 운문사로 향했다. 소나무 숲속에는 햇빛이 들어오지 않으니 어둡기까지 한데 계곡 쪽은 밝았다. 계곡 물가에 심겨 있는 활엽수 단풍들이 햇빛을 받아 눈부시게 다가왔다. 그냥 지나칠 수가 없었다. 저 아름답게 빛나는 나무들의 가을 향연, 단풍 잔치를 보려고 멀리서 왔는데 어떻게 그냥 지나간단 말인가?

소나무 아래 계곡을 바라보는 벤치에 앉았다. 생태 탐방로와 '솔바람길'을 다 걷느라 점심때도 지났다. 휘황찬란하게 빛나는 단풍과 계곡 물에 비쳐 어른거리는 산과 단풍을 바라보면서 과일과 떡과 토스트로 점심을 먹었다. 점심 후 커피를 마시고도 일어날 줄을 모르고 그 자리에 한참을 앉아 있었다.

다시 일어나 덱 길을 따라 올라오면서 보는 소나무 숲속의 가을 단풍은 참으로 아름다웠다. 운문사 옆 담장 밖에 줄지어 심긴 은행나무의 노란 잎이 만발하였다. 절 안에 심겨 담장 위로 올라와 빨갛게 물든 단풍나무와 대비되어 완전 가을의 정경을 나타내고 있었다. 담장과 은행나무 사이 땅 위는 온통 노란 은행잎 밭이었다. 그 사잇길을 걷자니 황금빛 은행잎 양탄자 위를 걷는 듯 황홀했다. 운문사 정문으로 가는 길의 좌우 단풍도 길게 이어져 장관이었다. 길 왼편에 줄지어 심긴 벚나무의 밝은 갈색 톤 단풍과 오른편 담장 안의 키 큰 나무들의 울긋불긋한 단풍이 파란 하늘까지 가리고 있었다.

호거산 운문사(虎踞山 雲門寺)라고 쓰인 범종각 아래 정문을 통과하여 절 안으로 들어갔다. 정면에 그 유명한 처진 소나무가 바로 나타났다. 이 소나무는 천연기념물 180호로 지정되어 있다. 다른 일반 소나무와는 달리 위로 자라지 않고 옆으로 퍼져 자라서 유명해졌다. 나무의 키는 6m인데, 주 줄기 2~3m 위에서 가지가 갈라져 동서남북 수평으로 고루 10m 전후로 퍼져 자랐다. 추정 수령이 무려 500년이란다.

신비한 소나무를 보고, 만세루를 지나 대웅보전으로 가는데 절 밖 멀리 있는 가을 산이 바짝 다가왔다. 사찰 마당에 있는 큰 느티나무의 풍성한 갈색 단풍과 사찰 담장 너머 보이는 산의 바위와 푸른 소나무 숲과 갈색의 참나무 숲이 어우러져 멋진 가을 풍경이 펼쳐졌다. 우리는 대웅보전을 들여다보고 그 뒤에 있는 정원(화랑동산)으로 갔다. 넓은 정원에 심겨 있는 나무들이 형형색색 단풍으로 물들어 걸어다니며 감상하기 좋았다.

정원 왼편과 사찰의 담장 사이, 저 멀리 담장 구석까지 넓은 뒤뜰에 가득히 내려앉은 단풍이 가히 환상적이었다. 이 뜰은 천상의 선녀들이 산책하고 노닐 듯한, 생시가 아닌 꿈속에서나 만날 수 있는 유토피아의 뜰처럼 보였다. 그쪽으로 가니 새뜻한 노란 잎으로 전신을 뒤덮고 있는 은행나무, 온몸이 온통 빨갛게 달아오른 단풍나무들이 서 있었다. 뜰 안쪽에는 줄지어 서 있는 키 큰 활엽수들이 가을에 흠뻑 취해 울긋불긋 물든 단풍잎을 하염없이 토해내고 있었다.

아내와 나는 두껍게 깔려 있는 단풍잎 밭에서 어린아이같이 양손을 벌리고 하늘 위에서 내려오는 단풍잎을 잡으러 쫓아다니며 시간 가는 줄 모르고 놀았다. 젊은 남녀 한 쌍이 그곳에 들어오고서야 유토피아의 뜰에서 놀던 꿈에서 깨어났다. 천지가 온통 단풍잎으로 뒤덮여 있는 뜰 안 깊숙이 놓여 있는 탁자로 가서 앉았다. 물을 마시고 정신을 차린 후 시간을 보니 벌써 세 시 반으로 가고 있었다.

얼른 일어나 사찰을 빠져나와 사리암 주차장을 향해 빠른 걸음으

로 올라갔다. 솔바람길 입구에서 운문사를 거쳐 사리암 주차장까지
는 대략 3km쯤 되지 않을까? 왕복하고 운문사에서 놀았으니 이날
걷기 좋은 아름다운 숲길을 6km 이상 걷고 놀은 셈이다. 화장실에
다녀와서 차를 타고 대구 달성 도동서원으로 달렸다.

합천 가야산 소리길

    경상도 여행에서 세 번째 단풍 여행지는 가야산 소리길이었다. 소리길은 대장경 테마파크 앞에서 출발하여 계곡을 따라 해인사까지 7.2km를 걷는 길이다. 10시 반에 대구 선배 부부와 가야산 국립공원의 입구, 대장경 테마파크 주차장에서 만났다. 반갑게 인사를 나누고 다리를 건너 소리길 입구로 갔다. '해인사 소리길'이라고 쓰인 돌판에 아래와 같이 적혀 있었다.

"소리길이란 우주 만물과 소통하고 자연과 교감하는 생명의 소리, (중략) 물소리, 새소리, 바람 소리, 세월 가는 소리를 들을 수 있다 하여 소리길이라 함."

소리길은 봄에는 온갖 꽃들이, 가을에는 울긋불긋한 단풍이 깨끗한 계곡물에 비쳐 흐르는 물도 붉게 보인다 하여 예로부터 홍류동 계곡이라고 불리었다.

소리길 7.2km를 걸어 올라가는 데 보통 사람은 2시간 30분 정도 걸린다고 한다. 우리는 걷다가 경치 좋은 데를 만나면 쉬고 놀고 해야 하니 3시간 30분은 걸릴 게 뻔하다. 왕복하면 14km 이상, 7시간을 걸어야 하니 무리다. 결국, 올라가면서 7.2km만 걷기로 했다. 대구 선배는 차를 타고 올라가면서 중간중간 계곡을 구경하기로 했다. 다 올라갔다 내려올 때는 그 차를 타고 내려오기로 했다. 대구 선배와 우리는 중간에, 3.8km 위 매표소가 있는 홍류문 앞에서 12시에 한 번 만나기로 했다.

가야산에는 경치가 좋은 명소가 19곳이나 있다. 그중 16경이 이곳 소리길, 홍류동 계곡에 있다. 16경 중에서도 주요 명소는 홍류문 매표소 안쪽 계곡에 있다. 조금 걷자 무릉도원을 상상하며 가야산을 바라보는 곳, 1경 갱멱원에 도착하였다. 그곳에 잠시 서서 가야산이 무릉도원인 양 바라보았다. 하지만 숲길이 아니어서 조금 빨리 걷기로 했다. 2km쯤 올라가니 소리길 탐방지원센터가 나왔다. 그 앞에 주차장이 있는데 승용차를 5~6대나 댈 수 있을까? 계곡 옆이어서 너무 협소했다. 소리길 입구를 사실 이곳 탐방지원센터로 해야 하는데 주차장이 협소하여 2km 아래 대장경 테마파크 앞으로 한 것 같았다.

탐방지원센터를 지나니 "여기는 가야산 소리길입니다."라고 쓴 탐방로 문이 있었다. 그 문을 통과하니 마침내 숲으로 둘러싸인 계곡길이 시작되었다. 활엽수 나뭇잎들이 알록달록 단풍이 들고 우리가 걷는 길 위에는 노랑과 갈색의 단풍잎들이 수북이 떨어져 있었다. 탐방지원센터 전 2km는 위로 하늘뿐 아니라 사방이 뻥 뚫려 있어서 야외에 나온  개방감은 있지만 내가 걷고자 하는 숲길은 아니었다.

탐방지원센터를 지나고부터는 길 좌우에 형형색색의 단풍들이 어우러져 있고, 계곡에 크고 작은 돌들 사이로 흐르는 물 위에 단풍들이 아롱다롱 비치니 환상적인 풍경이 되었다. '과연 홍류동 계곡이라고 불릴 만하겠구나!' 하는 생각이 들었다. 참나무와 단풍나무가 우거진 숲과 계곡 물 사이로 난 길을 500m 정도 걸었을까? 구불구불 멋지게 자란 소나무들이 나타나기 시작했다. 활엽수의 단풍들도 따라와서 소나무 사이사이에 섞여서 빛을 발하고 있었다.

계곡의 소나무 숲은 다른 지역에서는 느껴보지 못한 자연 그대로의 신선한 숲이었다. 숲의 정령이 이끄는 대로 넋을 잃고 소나무 숲길을 걸었다. 숲에서 빠져나와 계곡을 건너는 다리로 나오니 정신이 들었다. '아, 홍류동 소리길을 걷고 있었구나!' 그렇게 계곡의 이쪽저쪽으로 건너다니며 천상의 자연 속 숲길을 걸었다. 소리길이라는 말 그대로 물소리와 바람이 나뭇가지에 스치는 소리, 나뭇잎 흔들리는 소리, 그리고 숲속에서 살고 있는 온갖 생명체의 소리만이 들렸다. 불현듯 우리도 소리길의 한 생명체가 되어 인간의 숨소리와 발소리를 내며 걷고 있었다.

길은 자연스럽게 홍류문 매표소 앞으로 올라가게 되어 있었다. 12시가 좀 지나 그곳에서 기다리고 있던 선배의 차를 타고 홍류문 안으로 들어갔다. 넷이 다시 만났으니 좀 쉬고 간식을 먹기로 했다. 홍류문 바로 위 길가 주차장에 차를 세우고 계곡 쪽으로 건너왔다. 화장실에 다녀오고 그 위쪽에 있는 탁자에 앉았다. 12시 반이었다. 주위의 아름다운 단풍에 둘러싸여 과일과 떡으로 간식을 먹고 커피를 마셨다. 다시 계곡으로 돌아가 성보박물관까지 올라가려면 1시간 이상 걸어야 하리라. 점심이 늦어질 수밖에 없으니 간식을 충분히 먹고 1시가 다 되어서 일어났다. 세 사람은 다시 소리길로 돌아가고 대구 선배는 차를 타고 올라갔다.

우리는 가야산에서 수석과 산림이 가장 아름답다고 하는 5경 홍류동(계곡)을 바라보고 주변 경관에 빠져들기도 했다. 다리를 건너 신라 때 고운 최치원(孤雲 崔致遠, 857년 ~ 미상)이 가야산에 들어와 머물렀다고 하는 6경 농산정(籠山亭)에 올라앉았다. 그의 시 「제가야산독서당(題伽倻山讀書堂)」을 읽어보면서 고운의 마음을 조금이나마 헤아려 보았다.

　　첩첩 바위 사이를 미친 듯 달려
　　겹겹 봉우리 울리니
　　지척에서 하는 말소리도 분간키 어려워라
　　늘 시비(是非)하는 소리 귀에 들릴세라
　　짐짓 흐르는 물로 온 산을 둘러버렸다네

최치원은 현재의 직위로 말하자면 경남 함양군수와 충남 서산군수 등을 지내고 벼슬에서 물러났다. 그는 백성이 평안히 사는 나라, 윤리 도덕이 바르게 확립된 사회를 세우려고 했다. 그러나 말만 많고 매사에 시비(是非)만 따지는 무리들이 제동만 거니 벼슬 사회를 떠난 것이 아닐까? 그의 호는 고운(孤雲) '외로운 구름'이다.

자유로운 몸이 된 그는 구름이 흘러가듯 정처 없이 전국을 유랑(여행)하였다. 여행을 마치고 이 계곡에 들어와 계곡물이 흐르는 웅장한 소리에 감동, 심취하여 이 시를 쓰지 않았을까?

최치원이 살던 시절로부터 1,100년 이상 세월이 지난 현대 사회는 어떤가? 여전히 그가 환멸을 느끼고 떠났던 그런 사회가 아닌가? 개인주의, 자본주의가 대세인 요즘 세상에 매스컴이라는 매체가 생겼고, 변호사라는 직업이 등장하였다. 옛날보다 더 말 많은 세상이 되지 않았나?

1시 반이 지나고 있었다. 농산정에서 나와 다시 걸었다. 단풍이 하늘을 가리고 사방으로 둘러싸인 무릉도원의 숲길이었다. 휘황찬란한 단풍 속에서 걷다 보니 어느새 오른편으로 영산교가 나왔다. 영산교를 건너 성보박물관 아래 주차장에 도착하니 2시 반이 다 되었다. 대구 선배를 만나 서둘러 차를 타고 식당으로 갔다. 늦었지만 다행히 더덕과 산나물 정식으로 점심을 먹을 수 있었다.

점심을 먹고 해인사에는 들어가 보지 않고 성보박물관 뒤에 있는 선재카페로 올라갔다. 해인사에는 몇 년 전 대구 선배 부부가 귀향한 후 집들이 모임 때 갔었다. 그때 한음회 친구들 11명 모두가 모여 대구 선배네 집에서 자고 해인사 관람을 했다.

선재카페로 올라가는 길 양옆이 다 울긋불긋 가을 색이었다. 카페 건물과 옥외 탁자 주위 사방도 온통 단풍 천지였다. 사람들이 옥외 탁자 자리마다 앉아서 차를 마시고 있었다. 우리도 옥외 탁자 한 자리를 잡고 앉았다. 하늘과 사방이 다 단풍으로 둘러싸인 자리였다. 이렇게 아름다운 자연 속에서 시간 가는 줄 모르고 앉아서 밀린 이야기를 나누며 놀았다. 사찰의 대표메뉴 연꿀빵과 이곳의 특산 침향 쌍화차를 먹고 마시면서.

이날 대장경 테마파크 주차장에서 영상교를 건너 성보박물관 아래 주차장까지 올라갔으니 6km 이상 걸은 셈이다. 무릉도원 같은 천혜의 자연 속 홍류동 계곡에서 인간의 시비(是非) 소리가 아닌 자연의 소리에 취해서! 젊어서부터 함께 행복을 나누며 살아온 대구 선배 부부와 만나 또 하루 행복한 시간을 누렸다.

함양 지리산 백무동 한신계곡

8월 말 아내와 나는 2박 3일 일정으로 함양과 거창에 갔다. 여행 첫날 함양 IC에서 빠져나와 오도재를 넘어 백무동으로 갔다. 현재는 한자로 백무동(白武洞)으로 쓰지만, 옛날에는 흰 안개가 춤을 추며 신선이 사는 마을이라는 뜻으로, 백무동(白霧洞 또는 白舞洞)으로 썼다. 백무동 버스터미널 맞은편 주차장에 차를 세웠다. 주차한 차량이 우리 차와 다른 차, 두 대밖에 되지 않았다. 평일인 데다 여름 휴가철이 끝나서 그런가 보다.

산 쪽으로 올라갔다. 오른편에 짙푸른 녹음과 이끼 낀 바위 사이로 흐르는 계곡 물소리가 우렁찼다. 우리를 보고 '어서 오세요. 여기는 백무동 한신계곡입니다.'라고 인사를 하는 듯했다. 백무동 탐방지원센터를 지나니 삼거리가 나오고, 이정표가 서 있었다. 왼쪽은 장터목대피소로 가는 길이고, 오른쪽은 가내소폭포를 지나 세석대피소로 가는 길이다. 이곳에서 한신계곡을 따라 가내소폭포까지는 2.7km, 편도 1시간 정도 걷는 평탄한 숲길이다. 이 길을 '가내소 자연관찰로'라고 부른다. 우리는 이 길을 걷기로 했다.

'세석길'이라고 쓰인 아치문을 통과하여 얼마쯤 가자 어느새 지리산 깊숙이 들어온 느낌이었다. 길 왼편의 산도 오른편의 골짜기도 나무들이 우거져 하늘을 가리고 있었다. 한여름의 검푸른 숲이 온통 우리를 감싸고 있는 형국이었다. 오른편에 흐르던 계곡물이 저 멀리 산 아래로 멀어져 물소리도 숲이 집어삼켜 버린 듯 조용했다. 우리 앞에 가는 사람도, 뒤에 오는 사람도 없었다. 내려오는 사람도 없었다. 우리만 깊은 산 숲속에 훌쩍 뛰어든 듯하였다.

그렇게 별세계의 숲길을 30분 정도 걸었을까? 백무동에서 1.2km 지점이라는 이정표가 서 있었다. 조금 더 올라가자 오른편 계곡 쪽에 쉼터가 있었다. 쉼터 나무의자에 앉았다. 땀을 닦고 물을 마시고 쉬었다. 쉬는 동안 한 팀, 두 사람이 내려왔다. 한신계곡에 들어와 30분이 지나서 처음 만난 사람이었다.

쉼터 옆에 '반달가슴곰 출현 주의'라고 쓴 휘장이 걸려 있었다. 환경부가 1998년 반달곰을 멸종위기 야생동물 1급으로 지정하고 복원사업을 시작하였다. 2001년 지리산에서 5마리를 방사하였는데 2021년 말 현재 70여 마리로 늘어났다고 한다. 반달곰이 발견된 주요 산지는 지리산과 덕유산이라고 한다. 어디서든지 곰을 만나면 지레 겁을 먹거나 겁을 주지 말고, 반갑다고 호들갑 떨지도 말고 조용히 안전하게 처신해야 한다고 한다.

충분히 쉬고 일어나 다시 오르기 시작하였다. 조금 올라가니 왼편 산비탈 위에서 돌들이 흘러 내려와 길옆까지 긴 돌밭이 있었다. 그 앞에 '너덜겅'이라는 안내판이 있는데 아래와 같은 내용이었다.

'너덜겅'은 많은 돌이 깔린 산비탈을 말하는데 '너덜지대'라고도 부른다. '너덜겅'은 먼 옛날 지구의 빙하기 때 큰 추위에 절벽이나 큰 바위가 풍화되면서 떨어져 나간 돌들이 산비탈에 쌓여서 만들어진 것이다. '너덜겅'에는 빈틈이 많아 박쥐, 족제비, 뱀 등의 보금자리가 된다.

짧은 인생을 사는 우리에게도 큰 바위가 부서지듯 예상치 못한 일들이 생길 수 있다. 그러한 일들로 인하여 우리가 어려운 처지에 처할 수도 있다. 그런데 '그런 일들의 결과로 다른 사람에게 유익을 준다면 좀 더 어려움을 극복하는데 위안이 되지 않을까?' 이런 생각을 해보았다.

좀 더 올라가자 '백무동 1.7km ↔ 가내소폭포 0.8km' 이정표가 나왔다. 산 위로 올라오면서 아래로 멀어졌던 계곡이 오른편에 나타나고 계곡 건너편에 덱 길과 전망대가 있었다. 첫나들이 폭포였다. 50여 분을 올라와서 반갑게 다시 만난 계곡이고 폭포였다. 계곡을 건너 폭포를 바라보는 전망대로 갔다. 계곡 위에서부터 전망대 바로 아래까지 3개의 폭포가 길게 이어졌다. 흐르는 물의 양이 많고 물도 옥색을 띠며 그지없이 깨끗했다. 옥색의 맑은 물이 우리가 지리산 깊은 계곡에 들어와 있음을 실감케 하였다.

다시 위로 오르기 시작했다. 400m쯤 오르자 길옆으로 계곡이 바짝 다가왔다. 아내는 바로 계곡물로 내려갔다. 나도 따라 내려갔다. 물이 얼마나 깨끗한지 물속 계곡 바닥에 있는 모래알갱이가 훤히 들여다보였다. 손을 씻고 땀에 젖은 손수건은 빨았다. 물이 얼마나 차가운지 손이 시려 왔다. '아, 이곳은 정말 옛날에 신선이 살던 세계가 아니었을까? 지금도 이른 아침 계곡물 위에 흰 안개가 피어오를 때면 진짜 신선이 나타나지 않을까?' 문득 이런 생각이 들었다.

또다시 400m쯤 오르자 오른편 계곡을 건너는 빨간 다리가 나타났다. 다리를 건너 마침내 가내소폭포에 도착했다. 우렁찬 굉음을 내며 쏟아져 내리는 폭포의 높이는 15m라고 한다. 폭포물이 산속 깊은 계곡으로 떨어져 내리니 소(沼)는 어두워서 얼마나 깊은지 가늠하기 어려웠다. 폭포를 내려다보는 전망대마저도 소(沼) 가까이 골짜기 위에 위치하여 어둡고 침침하였다. 폭포를 배경으로 기념사진을 찍고 나왔다.

내려오면서 다시 계곡물가로 들어갔다. 물 가운데 바위 위에 앉아서 아예 등산화와 양말을 벗고 발을 물에 담갔다. 물이 차가워서 물속에 발을 오래 담그고 있을 수가 없었다. 남아 있는 간식을 먹고 차도 마시면서 한참을 놀았다. 한 사람이 내려가면서 우리한테 길을 물었다. 이 길로 쭉 내려가면 백무동이 맞는지? 그는 다른 데서 지리산에 올라갔다가 백무동으로 내려가는 사람이었다. 이 계곡에 들어와서 두 번째 만난 사람이었다.

몸이 완전히 식고 으스스 한기를 느끼고서야 발을 말리고 일어났다. 첫나들이 폭포를 지나 늦은 오후 시간에 내려오는 길은 더욱 고요했다. 계곡을 빠져나오기가 싫은 마음에 천천히 내려왔다. 이날 백무동—가내소폭포 구간을(편도 2.7km인지 2.5km인지 입구 표지판의 거리와 중간 이정표의 거리가 다르다.) 왕복하는 데 거의 네 시간이나 걸렸다. 보통 다른 사람은 두 시간에서 두 시간 반 정도면 오르내린다는데. 깊은 산속에서 자연을 만끽하는 시간이 많으면 많을수록 좋은 것 아닐까? 이날 우리가 걸은 거리는 주차장에서부터 치면 왕복 6km쯤이었다.

함양 지리산 칠선계곡

함양여행 둘째 날, 칠선계곡으로 갔다. 아침 10시쯤 추성 주차장에 차를 세우고 올라가는데 계속 오르막이었다. 주차장에서 마을이 끝나는 데까지 500m, 마을에서 칠선계곡 탐방로 입구까지 300m 정도가 줄곧 오르막길이었다. 이날의 트레킹 코스 중 이곳 초입 800m가 가장 걷기 힘든 구간이었다. 산속에서는 힘들면 적당한 자리를 찾아 앉아 쉴 수가 있다. 그런데 이 오르막길에서는 어디 쉴 자리가 마땅치 않았다. 오르다가 길옆에 서서 쉬고 계속 천천히 오르는 수밖에 없었다.

다행히 '칠선계곡 탐방로' 아치문을 통과하니 약간은 내리막으로 걷기 좋은 길이 되었다. 탐방로 아치문에서 700m쯤 걸으니 옛 담배건조장이 있는 산촌마을, 두지동 마을에 도착하였다. 주차장에서 두지동 마을까지는 1.5km다. 45분가량 걸었으니 두지동 마을 쉼터에서 잠시 쉬었다. 이곳에서 오른쪽으로 고개를 넘어가면 백무동으로 가는 길이다. 좀 쉬고서 왼쪽으로 내려가는 덱 길을 타고 칠선계곡으로 내려갔다.

계곡 가까이 가니 커다란 바위 사이로 흐르는 계곡물이 요란스런 소리를 내면서 쏟아져 내려오고 있었다. 깊은 자연 속에 있는 멋진 계곡의 모습이었다. 사람의 손이 닿지 않은 계곡의 물답게 물의 색깔이 투명한 옥색이었다. 아무렴, 지리산 산속 마을 추성동에서 고개를 오르고 넘어서 1.5km를 들어온 계곡이니 이 정도의 경치는 보여줘야지! 계곡물가에 서니 쏟아져 내려오는 물이 몰고 온 깊은 산속의 깨끗한 바람이 온몸을 훑고 지나가는 듯 온몸이 오싹하고 시원해졌다.

비선담까지 다녀와서 하산하기 전 이 물에 들어가 놀기로 하고 계곡 위 출렁다리 칠선교를 건넜다. 비선담은 두지동 마을에서 2.3km 위에 있으니 한 시간 남짓 오르면 도착하리라. 칠선교를 지나니 길이 오르막이 되고, 계곡이 저 아래로 멀어졌다. 길도 다소 험해졌다. 계곡을 따라 걷는, 걷기 좋은 길인 줄 알았는데 아니었다. 험한 오르막이 이어지니 아내가 불평을 했다. "좀 잘 알아보고서 오지. 이런 데로 데려왔어요? 뱀사골 계곡은 걷기 좋다고 하던데."

결국, 아내는 칠선교를 건너 경사가 가파른 오르막을 올라 산줄기 위에 올라서자 주저앉고 말았다. 두지동 마을에서 30분쯤 왔을까? 아내가 일어날 때까지 거기서 충분히 쉬었다. 쉬면서 보니 걸으면서는 보기 어려운 멋진 산속 풍경이 우리 시야에 들어왔다. 휴식은 육체의 건강을 회복, 재충전할뿐더러 세상을 보는 시각, 정신을 새롭게 한다. 인생길에서 때때로 휴가가 필요한 이유다.

산 아래쪽 비탈에 우뚝 솟아 있는 큰 바위 둘과 그 바위 둘을 받치고 있는 나무 서너 그루가 균형 잡힌 구도를 이뤄 멋진 그림을 만들어 내고 있었다. 위쪽에는 수령이 150년 정도 됨직한 큰 나무 두 그루와 30년쯤 되어 보이는 작은 나무 몇 그루가 부모와 자식들, 한 가족처럼 가까이 붙어서 자라고 있었다. 그 나무 가족들 사이에 크고 작은 돌들이 그들의 놀이 친구라도 되는 양 그들 옆에 바짝 붙어 있었다. 또 다른 멋진 그림이었다. 두 그림을 사진에 담았다.

다시 출발하여 산비탈 내리막길로 내려가 산허리를 걷다 보니 '추성 2.4km ↔ 비선담 1.4km' 이정표가 있었다. 두지동 마을에서 900m 왔고 1.4km 더 가면 비선담이다. 산길은 2km에 한 시간 정도 걷는 것으로 어림잡으면 되니 45분만 걸으면 비선담에 도착한다.

길이 바위 사이를 뚫고 올라가기도 하고 내려가기도 했다. 또 길 양옆으로 산죽이 빽빽하게 자란 비탈길도 나왔다. 걷기 쉽지 않은 길을 30분쯤 가니 드디어 선녀탕 앞 긴 아치형 나무다리에 도착하였다. 10시쯤 추성동 주차장에서 출발하였는데 12시가 지났다. 추성동 주차장에서 선녀탕까지 3.4km인데 2시간이 더 걸린 셈이다. 아내와 나는 누가 먼저랄 것도 없이 선녀탕 물가로 갔다. 땀에 젖은 손수건을 물에 빨아 몸에 흘러내리는 땀을 닦으며 쉬었다. 이날 선녀탕까지 올라오는 두 시간 동안 아무도 만나지 못했다.

조금 더 올라가니(이정표상 100m) 바로 위에 멋진 작은 폭포가 있고 그 아래 옥녀탕이라고 써 있었다. 선녀탕보다 더 깨끗해 보이고 아담한 크기였다. 옥녀탕을 지나 비선담으로 올라가려니 철계단이 나타나고 계곡 쪽으로 철책이 쳐져 있었다. 이를 보고 아내는 지레 겁을 먹고 더는 올라가지 않겠단다. 400m만 올라가면 비선담인데…. 하기야 비선담 500m 위 통제소 이상 더 올라가지도 못한다. 그 위로는 예약해야 올라갈 수 있다. 우리야 비선담을 지나 더 올라갈 생각이 없었으니 예약도 하지 않았다.

아내와 나는 비선담으로 올라가는 것을 단념하였다. 대신 옥녀탕과 선녀탕 주위에서 놀다가 하산하기로 했다. 옥녀탕으로 들어오는 작은 물줄기, 폭포  옆 바위에 앉은 아내의 멋진 모습을 사진에 담았다. 선녀탕 앞에서 물놀이하는 아내의 모습도 찍었다. 아무도 지나가는 사람이 없어서 둘이 함께 사진을 찍지는 못했다. 선녀탕 물가에서 놀다 보니 12시 반을 훌쩍 넘어 1시를 향하고 있었다. 점심을 내려가서 먹기로 하고 간식을 먹고 1시에 일어나 하산하기 시작하였다.

칠선교를 지나 두지동 마을로 올라가기 전 올라올 때 봐두었던 계곡으로 들어갔다. 2시 10분 전이었다. 바지를 걷고 물에 들어갔다. 칠선계곡의 물은 엄청 차가웠다. 물속에 발을 담그니 더위가 싹 가셨다. 물이 너무 차가워서 발을 계속 물속에 담그고 있을 수가 없었다. 적당한 바위를 찾아 앉아서 발을 담갔다 뺐다 하면서 싸온 과일, 두유와 빵과 옥수수로 점심을 먹었다.

일곱 선녀가 이곳에서 목욕하면서 주변의 빼어난 경치에 빠져 곰이 옷을 숨기는 것도 모르고 놀았다고 한다. 우리도 시간 가는 줄 모르고 놀았다. 문득 정신을 차리고 보니 3시가 지났다. 발을 말리고 추성동 주차장에 내려오니 4시가 다 되었다.

비선담 통제소를 지나 더 올라가지 않는 보통 등산객의 칠선계곡 트레킹 코스는 대개 추성동-두지동 마을-칠선계곡-선녀탕과 옥녀탕-비선담까지다. 편도 3.8km, 왕복 7.6km다. 쉬는 시간 포함하여 오르는 데 2시간, 하산하는 데 1시간 30분이 소요되어 전부 3시간 30분 정도 걸린다고 한다. 이날 우리는 선녀탕 위 옥녀탕까지 편도 3.5km, 왕복 7km를 다녀오는 데 6시간이나 걸렸다. 지리산 깊은 산속 깨끗한 물에서 노는 Quality Time을 많이 누린 것이니 잘한 산행 아닌가?

아내와 다음에는 걷기 좋은 뱀사골 계곡에 가기로 하고 칠선계곡을 빠져나왔다. 예약해둔 거창 금원산 자연휴양림으로 달렸다.

거창 수승대와 북상 13비경

　여행 셋째 날, 거창의 대표 관광지, 수승대에 갔다. 주차장에 차를 세우고 위천(渭川)에 놓인 다리를 건너 성령산 쪽으로 갔다. 다리에서 나와 오른편 산책길로 내려가니 산비탈 소나무 숲 아래 큰 암반 위에 정자가 하나 있었다. 요수정이었다. 요수정(樂水亭)은 요수 신권(樂水 愼權, 1501~1573)이 관직에서 물러나 1540년(중종 35)에 고향에서 제자들을 가르치려고 지은 구연재(龜淵齋)와 함께 건축한 정자다. 올라가 보니 역시 옛 어른들이 풍류를 즐길 만한 멋진 자리였다.

　그다음 자연스럽게 물 쪽으로 내려가 거북바위 앞으로 갔다. 거북바위는 위천 한편에 있는 바위섬인데 이름 그대로 거북처럼 생겼다.

그 앞에 흐르는 물이 많고 깨끗하니 가히 이름날 만한 명소였다. 거북바위를 보고 산 아래 오솔길로 돌아와 계속 위쪽으로 걸었다. 안내 지도를 보니 계곡의 위쪽에 용암정이 있기에 거기까지 가보려 했는데 가는 길을 찾지 못했다. 숲길을 산책하고 물가로 나와 놀았다.

물을 건너와서 구연서원(龜淵書院)에 들어갔다. 구연서원은 고향에서 후학을 가르치던 요수 신권을 모신 서원이다. 신권이 죽은 지 무려 120년이 지난 1694년 지방 유림에서 구연재 터에 구연서원을 세웠다. 이는 퇴계 이황이 죽은 후 그의 제자들이 도산서당 자리에 도산서원을 세운 것과 같다.

수승대에 가면 구연서원의 문루, 관수루(觀水樓)에 꼭 가보라고 한 지인의 말이 생각났다. 관수루는 1740년(영조 16)에 건축되었다. 그가 말하기를 관수루는 자연을 훼손하지 않고 자연환경에 맞추어서 설계하고 지은 건축물이라고 했다.

먼저 정면에서 관수루를 바라보니 건물의 크기가 바위와 바위 사이에 맞춰 설계된 점이 눈에 들어왔다. 또 들어가면서 보니 누각의 바닥을 자연석 그대로 이용하였다. 지인의 말에 따라 서원에 들어가서 뒤돌아 관수루의 하부기둥을 보니 자연 그대로(휘어진 그대로)의 재목을 사용하였다. 옛날 큰 집(고택)에 가보면 기둥은 곧은 나무를 재목으로 골라 사각으로 깎고 다듬어 사용하였다. 그런데 관수루의 기둥들은 자연에서 베어낸 목재가 좀 휘어졌더라도 버리지 않고 그대로 기둥으로 썼다.

관수루(觀水樓)라는 누각의 이름 관수(觀水)는 계곡에 흐르는 물을 본다는 뜻이다. 관수루에 올라가 봐야 하지 않겠는가? 계단을 오를 것도 없다. 그냥 옆 바위에서 올라가면 된다. 위천 쪽을 바라보니 거북바위 너머 요수정이 보였다. 관수루와 요수정은 위천 건너 서로 바라다보인다. 수승대에서는 거북바위가 볼거리지만, 나는 요수정과 관수루가 더 기억에 남았다.

수승대에서 나와 점심을 먹고, 월성계곡의 아름다운 길 5.5km를 걸을 예정이었다. 늦여름이었지만 한낮의 뜨거운 햇볕이 내리쬐니 더워서 걷기 어려웠다. 월성계곡을 걷는 대신 차를 타고 올라가면서 '북상 13비경' 중 몇 곳을 돌아보기로 했다. 북상 13비경은 거창의 북상면, 남덕유산 아래 자락에 있는 경치 좋은 13곳의 명소들이다.

먼저 오전에 가보지 못했던 1경 용암정으로 갔다. 용암정(龍巖亭)은 1801년(순조 원년)에 용암 임석형(龍巖 林碩馨, 1751~1816)이 위천강변 바위 위에 지은 정자다. 용암은 정자를 세운 계곡의 바위 이름이자 임석형의 호다. 임석형은 벼슬에 뜻을 두지 않았다. 그는 조부와 선친을 따라다니며 봐두었던 위천 변, 자연경관이 멋진 이곳에 별서(別墅)를 짓고 기거하였다. 임석형은 갈천 임훈(葛川 林薰, 1500~1584)의 7대손이다.

거북바위가 있어서 사람들이 많이 찾는 수승대의 요수정보다 훨씬 조용하고 아늑해서 좋았다. 넓은 계곡 바닥과 그 위에 기암괴석들, 옥색을 띠고 흐르는 맑은 물, 주위 풍광을 돌아보니 용암이 세상에 나가 벼슬을 하지 않고 이곳에 별서를 짓고 산 삶에 대하여 충분히 공감이 갔다. 용암정에 오르는 통나무 계단도 단순미와 실용주의의 극치로 눈길을 끌었다. 통나무 하나를 골라 4군데에 차례로 'ㄴ'자 형으로 파내고 깎아서 계단을 만들어 누각에 기대어 고정한 것이다.

물가로 내려가자 넓은 바닥과 바위들 사이로 흐르는 물소리가 우리를 세상에서 단절시키는 듯 우렁차게 울렸다. 비경 속에 아내와 나

두 사람만 들어와 있으니 어느새 용암이 즐기던 선경에 든 것이었다. 선경의 멋진 자연에 취해 흐르는 물 사이로 바위를 건너다니며 놀았 다. 용암은 이 계곡에 있는 8개의 멋진 바위를 정하여 거북, 자라, 사 자, 토끼 바위와 우산바위, 병풍바위 등으로 이름 붙였다.

용암정 비경을 두고 나와 차 를 타고 가다 보니 2경 행기숲 을 지나쳐서 3경 갈계숲으로 갔다. 갈계숲은 면적이 약 2만 m^2 이고 수령이 200~300년 된 소나무와 활엽수들이 잘 자 란 숲이다. 남덕유산에서 발원 하여 내려오는 송계사 계곡물 이 위천과 합류되기 전 두 갈 래로 갈라져서 하천 가운데 생 긴 섬의 숲이다. 갈계리 마을 앞에 있다. 이 숲은 벼슬을 사양하고 아버지 임득번을 봉양하기 위하 여 갈계리로 낙향한 임훈과 동생 임운이 아버지와 함께 거닐던 숲이 다. 두 형제는 반듯한 효행으로 널리 알려져 1561년(명종 16)에 정려문 (旌閭門)이 내려졌다.

갈천 임훈은 언양현감, 비안현감과 광주목사 등을 지내고 후에 이 조판서에 추증되었다. 조선 명종 때 선정된 무흠청렴(無欠淸廉)한 6현 신(六賢臣) 중 한 사람이었다. 갈계숲과 갈계리라는 명칭 모두 임훈의 호인 갈천(葛川)에서 유래되었다. 말년에 갈천서당을 짓고 후학을 가 르쳤다. 임훈은 요수정을 지은 신권과 함께 거창 지역에서 임(林)씨와

신(愼)씨의 명문가를 이룬 사람이다.

4경 강선대와 5경 분설담을 보고 6경 장군바위를 지나 올라가다가 계곡의 다리를 건너 7경 월성숲으로 들어갔다. 숲길을 이리저리 걷다가 월성계곡을 바라보는 정자에 앉았다. 간식을 먹고 차를 마시며 이야기를 나누며 쉬었다. 다시 일어나 8경 내계폭포를 지나쳐 9경 사선대로 갔다. 사선대 앞에서 굽이쳐 쏟아져 내려가는 물길 바로 옆 바위 위에서 한참을 신선처럼 앉아 있었다.

햇볕이 수그러진 오후 늦은 시간에 사선대에서 황점마을까지 가는 월성계곡 길을 걷기도 했다. 다음에는 봄이나 가을에 거창여행을 와서 월성계곡 5.5km를 걷기로 하고 2박 3일의 함양–거창여행을 마무리하였다.

주) 거창의 금원산 자연휴양림도 좋다. 이 휴양림은 해발 1,353m의 금원산을 뒤에 두고, 좌측에 있는 기백산(1,331m)과 우측에 있는 현성산(928m)이 감싸고 있는 계곡에 있다.

입구에서 좌측으로 올라가 자운폭포를 보고, 금원산 방향으로 계속 올라가 유안청 2폭포와 유안청 1폭포까지 올라가 보자. 2폭포는 계곡물이 190m나 되는 가파른 바위벽을 타고 흐르는 만나기 쉽지 않은 폭포다. 1폭포는 높이가 80m 되는 장대한 폭포다. 소(沼)가 넓고 소 둘레에 바위들도 있어 여기저기 앉아서 놀기 좋다. 이태가 쓴 소설『남부군』에서 남녀 500명이 목욕했다는 폭포. 이곳에서 남부군이 되어보는 건 어떨까? 계속 올라가면 금원산까지 등산할 수 있다.

입구에서 우측으로 올라가다가 만나는 선녀담을 보고, 더 위로 올라가 계곡물을 건너 문바위로 가보자. 문바위는 단일암으로 국내에서 가장 큰 바위라고 한다. 문바위 위쪽에 옛날에 절이 있었다는 가섭암지와 그 위 큰 바위 사이에 있는 마애삼존불상까지 올라가 보자. 다시 길로 내려와서 지재미골까지(2km쯤) 산속 숲길을 걸어보자. 휴양림을 나오기 전 문바위 옆 계곡 물가에 들어가 물에 발을 담그고 망중한을 누려보자. 이렇게 자연을 만끽하려고 집을 나서서 자연 속으로 들어오는 것 아닌가?

창녕 우포늪

　　여름 더위가 시작되기 전 6월 초 한음회 친구들과 말로만 듣고, 사진으로만 보던 창녕 우포늪에 갔다. 우포늪은 우리나라 내륙에서 가장 큰 자연 습지로, 총면적 2.5㎢(75만 평)이다. 외부에서 창녕 우포늪이라고 말할 때는 이 지역에서 가장 큰 우포늪(1.3㎢, 39만 평)과 그 주변에 있는 다른 4개의 늪(목포늪, 사지포, 산밖벌, 쪽지벌)을 합하여 부르는 말이다. 이 크고 작은 5개의 늪과 그 둘레 습지보호지역을 합하여 모두 8.5㎢(260만 평)가 천연보호구역이다.

　　이곳에는 식물 800여 종, 곤충 800여 종, 조류 200여 종과 포유류, 양서류, 어류 등이 각각 20~30여 종씩 살고 있어서 세계에서도 보기 드문 자연 생태계의 보고라고 한다. 안정된 먹이사슬이 확보되어 있어 다양한 동식물이 살고 있다. 풍부한 먹이가 있으니 철새들의 중간 기착지이기도 하다.

우포늪은 그 생태적 가치를 인정받아 1998년 3월에 국제습지보전 협약인 람사르협약에 등록되었고, 천연보호구역으로 지정되었다. 한 반도는 약 1억8천만 년 전에 지금의 모습이 되었고 우포늪은 각종 지 질변화로 낙동강 상류의 물이 한 곳에 갇히면서 약 1억4천만 년 전 에 형성되었다고 한다. 참고로 최근의 탐구 자료에 의하면 지구의 나 이는 약 46억 년으로 본다.

우포늪 주차장에 차를 세우고 우포늪 생명길 8.4km, 3시간 코스 를 걷기로 했다. 왼쪽 숲탐방로1길로 들어가서 제1전망대 쪽, 시계 방향으로 우포늪을 돌아보기로 했다. 조금 가다가 긴 계단 위에 있는 제1전망대에 올라갔다. 멀리 산이 있고, 그 앞으로 작은 마을과 논이 있는 우리나라의 전형적인 농촌 풍경이 펼쳐졌다. 그 풍경 속에 큰 호수가 있었다. 그렇게도 와서 보고 싶었던 우포다. 우포의 가장자리 는 물이 얕아서 땅 위의 풀들이 물 위에 떠 있는 듯 보였다. 또 물 위 여기저기에 개구리밥이 물 위를 넓게 덮고 있었다. '큰 늪이란 이런 모습이구나.' 하는 생각이 들었다.

전망대에서 내려와 1km 남짓 걷자 길이 오른쪽으로 꺾이더니 어 른 키보다 더 크게 자란 파란 풀밭 사이로 좁은 길이 나 있었다. 억 새도 갈대도 아닌 또 다른 키가 큰 풀, 사초 군락지였다. 구름이 둥 둥 떠 있는 초여름의 파란 하늘 아래 키 큰 초록의 사초밭 속을 한 줄로 걷는 한음회 친구들의 모습! 아름다운 한 폭의 그림이었다. 이 렇게 멋진 길을 걸을 수 있는 것도 행운이다. 장마철이나 비가 많이 내린 후 수위가 상승하면 이 길은 침수되어 걸을 수 없다고 한다.

조금 더 가니 큰 버드나무가 우포 물가에서 자라고 있었다. 한 뿌리에서 자라 물 위로 뻗어 나온 가지가 10개 이상 되는 나무였다. 6월의 짙은 녹음으로 뒤덮인 버드나무 가지가 물 위로 늘어져 물가의 초록 풀과 어우러져 멋진 초록 세상을 만들어 내고 있었다. 다른 데서는 보기 어려운, 그림에서나 봄 직한 풍경이었다. 주위를 둘러보니 이렇게 멋진 큰 버드나무가 한두 그루가 아니었다. 그곳은 왕 버드나무 군락지였다.

나무에 올라가기를 좋아하는 서울댁이 먼저 그 멋진 나무에 오르자 다른 여자들도 따라 올라갔다. 여섯 여자가 한 가지에 한 사람씩 앉고, 서고, 매달렸다. 모두 웃음꽃을 피우고 있는 모습을 사진에 담으니 재미있는 추억의 사진이 되었다. 남자들도, 커플별로도 그렇게 나뭇가지에 올라 사진을 찍으며 왕 버드나무 군락지에서 한동안 놀았다.

왕 버드나무 군락지를 벗어나니 징검다리가 있었다. 이 징검다리는 흐르는 물을 건너는 징검다리가 아니었다. 우포와 쪽지벌에 있는 물을 이어주는, 거의 흐르지 않는 물을 건너는 징검다리였다. 큰 돌을 세 줄로 놓아서 안전하고 편하게 건널 수 있도록 만들어 놓았다. 계속 나아가서 우포와 목포를 가르는 목포제방을 지나고 제2전망대를 지나 숲탐방로3길로 들어섰다.

숲탐방로 초입에 금계국과 개망초꽃이 길 양옆으로 가득 피어 있었다. 앞서가던 여자들이 숲길로 들어가는가 싶더니 탐방로 옆 나무로 몰려들어 나뭇가지를 잡고 무언가를 따고, 먹기도 하였다. 가까이 가보니 시커멓게 익은 뽕나무의 오디가 그 나무를 온통 뒤덮고 있었다.

6월 초순이니 오디가 한창이었다. 이따금 늦은 산딸기도 보였다. 그래, 자연산 열매이니 실컷 따 먹자. 우리가 뭐 시간을 정해놓고 우포늪을 도는 것도 아니지 않은가? 해 지기 전까지 차로 돌아가면 된다. 탐방로에 자연스럽게 자란 뽕나무는 한두 그루가 아니고 계속 이어졌다. 우리는 둘씩, 셋씩 뽕나무 가지를 당겨서 오디를 따먹고 비닐봉지를 꺼내서 담았다.

그렇게 오디를 따면서 1.2km나 되는 숲탐방로3길을 걸었다. 소목마을 주차장을 지나고 400m쯤 차량이 다니는 비포장 시골길을 걷는데도 길 양옆으로 오디와 산딸기는 여전히 많이 보였다. 여자들은 그냥 지나치지를 못하고 오디가 많이 열린 뽕나무 아래에 모여들었다. 남자들은 가지를 당겨서 끌어내려 주어 여자들이 오디를 따는 것을 도왔다.

도로를 벗어나 주매제방으로 올라 숲탐방로2길로 접어들었다. 숲탐방로2길은 언덕 위의 산길이었다. 뽕나무는 더 이상 찾아볼 수 없었다. 오디 따는 재미가 없으니 걸음이 빨라졌다. 초여름의 따가운 햇볕도 우리의 걸음을 재촉했다. 언덕을 내려오니 사지포제방으로 연결되었다. 우포의 늪 풍경은 또 다른 모습으로 우리를 맞이했다.

사지포제방에서 바라보는 우포는 제1전망대에서 내려다보던 호수의 모습이 아니었다. 멀리 호수가 보이기도 했지만 우리 눈 아래 펼쳐진 우포는 초록의 넓은 초원이었다. 키 작은 관목 덤불과 풀밭이 펼쳐지는 사이사이로 물이 들어차 있는 모습이었다.

사지포제방에서 다리를 건너 대대제방으로 올라갔다. 왼편으로는 넓은 농경지가 펼쳐지고 오른편으로 우포였다. 이곳에서 우포를 가장 넓게 보고 새들을 관찰하기 좋다고 한다. 그러나 새는 보이지 않고 더웠다. 제방이다 보니 초여름의 따가운 햇볕을 피할 나무 그늘이 없었다. 여자들은 앞장서서 걸음을 빨리했다. 우리 남자들도 여자들을 쫓아 대대제방을 빠르게 걸어 이날 걷기 시작한 우포늪 생태관으로 돌아왔다. 그리곤 'Ramsar 우포늪 Upo Wetland'라고 쓰인 큰 돌 뒤와 옆에서 또 우포늪을 상징하는 조형물 앞에서 단체기념사진을 찍었다. 이날 벼르고 벼르던 우포늪 생명길 8.4km를 걸으며 아름다운 하루를 보냈다. 함께한 한음회 친구들에게 감사한다.

주) 경남 양산 통도사로 들어가는 멋진 소나무 숲길, 무풍한송로(舞風寒松路)도 걷기 좋은 길이다. 통도사는 우리나라의 아름다운 산사, 산지승원으로 유네스코에 등록된 세계유산 7개 사찰 중 하나다.

대웅전과 금강계단까지 사찰관람을 하고 산속에 있는 암자 몇 곳을 찾아가 보는 것을 추천한다. 무풍한송로가 1km나 될까? 걷는 거리가 짧다. 멀리까지 갔으니 잘 닦여져 있는 자연 속 숲길을 더 걸어보자. 암자마다 나름 잘 가꾼 정원의 아름다움을 느껴보자. 또 암자의 위치와 주위 환경에 따라 각기 다른 풍경을 감상하고 잠시나마 속세를 떠나 명상에 들어보자.

자연 속 숲길을 찾아서 Ⅱ

2부

전라도

무주 구천동

무주구천동 계곡은 어디 내놓아도 손색이 없는 걷기 좋은 숲길이다. 전체 거리는 나제통문(羅濟通門, 석굴문)에서부터 덕유산 향적봉(1,614m)까지 장장 70리다. 나제통문은 옛날 신라와 백제 사람들이 교류하던 국경의 문이다. 1경 나제통문을 시작으로 33경 향적봉까지 33곳의 아름다운 비경이 줄을 잇는다. 그중 우리가 접근하기 쉽고 걷기 좋은 숲길은 구천동(삼공리) 주차장에서부터 32경 백련사까지 약 6km 구간이다. 왕복하면 12km다.

백련사까지 길이 잘 닦여 있고 일반 차량은 통제한다. 차도와 구분하여 탐방객이 걷도록 '구천동 어사길'이라는 계곡길을 따로 만들어 놓았다. 15경 월하탄부터 32경 백련사까지 무주구천동 33경 중 반이 넘는 18경의 명소가 이 계곡에 있다. 백련사로 올라갈 때는 계곡길(어사길)로 가고 내려올 때는 차도로 내려오는 것을 추천한다. 하늘과 사방이 다 숲으로 우거진 계곡길을 탐방하는 것도 좋지만, 시야가 트인 숲속의 길을 걷는 것도 운치가 있다. 4월 하순부터 10월 말까지는 탐방 안내소-백련사 간 친환경 셔틀버스가 운행된다. 65살이 넘은 사람과 노약자는 이 버스를 이용할 수 있다.

10월 초 한음회 가을 모임을 무주구천동에서 가졌다. 11시쯤 만나기로 했는데 연휴 교통체증으로 12시가 다 되어서야 구천동 주차장에 모두 모였다. 백련사에 올라가서 점심을 먹기로 계획했으나 시간상 아예 점심을 먹고 걷기로 했다. 점심 도시락을 싸면서 각 집에서 반찬 한두 가지만 준비하기로 했다. 그런데 귀농한 무안 댁이 여러 가지 반찬을 갖고 와서 모두 펼쳐 놓으니 15가지가 넘는 뷔페가 되었다. 점심을 배불리 먹지 않을 수가 없었다.

점심을 먹은 후 가벼워진 배낭을 메고 구천동 길에 올랐다. 먼저 탐방 안내소 전에 있는 월하탄(月下灘)에 들렀다. 월하탄은 무주구천동 33경 중 15경이다. 달빛 아래 선녀들이 춤을 추며 내려오는 듯한 폭포라고 한다. 내려오는 물의 양이 많아 그럴싸하게 보였다.

조금 오르자 '구천동 어사길' 명패가 걸린 어사길 입구가 보였다. 오랜만에 모두 모였으니 기념사진을 찍고 본격적으로 계곡길을 걷기 시작했다. 둘씩 또는 셋씩 짝을 지어 재잘거리며 걸었다. 모두 기분이 한껏 들떠 목소리 톤이 높아졌다. 이야기꽃을 피우며 걷다 보니 금방 16경 인월담(印月潭)에 도착하였다. 어사길이 시작되는 지점에서부터 인월담까지 800m가 1구간 '숲나들길'이다.

인월담을 바라보니 낙폭은 높지 않지만 작은 폭포를 이루며 떨어지는 물결이 햇빛을 받아 영롱하게 빛나고 있었다. 속세에서 빠져나와 완전히 선경에 들어와 있는 느낌이었다. 가을로 접어들었지만 여전히 녹음이 짙은 아름다운 자연의 계곡 모습을 배경으로 추억 사진을 담았다.

17경 사자담(獅子潭)을 지나면서 계곡의 바닥이 쇳물로 주조한 듯한 암반이 길게 이어졌다. 이 암반 위로 미끄러지며 흐르는 맑은 물이 계곡 양편의 울창한 숲과 어우러져 멋진 풍경을 만들어 내고 있었다. 19경 비파담(琵琶潭)까지 200m 정도 이어지는 선경 같은 이 계곡이 18경 청류동(淸流洞)이다. 비파담으로 떨어지는 옥류를 바라보며 선인들이 차를 마시며 놀았다는 곳이 20경 다연대(茶煙臺)다. 멋진 풍광이었다.

중간에 큰 소나무의 처진 가지 아래로 머리를 숙이고 지나가야 하는 곳이 있었다. '고개를 숙일 줄 아는 겸손한 사람이 되라는 뜻으로 일부러 그 소나무 아래로 길을 낸 것이 아닐까?' 하는 생각이 들었다. 출가하고 산에 와서도 불도에 전념하지 않는 스님을 산신령이 소나무로 변하게 하였다는 설화가 있다. 우리의 머리를 숙이게 하는 이 소나무가 어쩌면 정진하지 않던 스님이 변한 소나무가 아닐까? 소나무로 변한 스님이 뒤늦게 깨닫고 우리에게 하심(下心: 자기를 낮추고 남을 높이는 마음)을 가르치는지도 모를 일이다.

어느새 21경 구월담(九月潭)에 도착하였다. 인월담에서부터 구월담까지 800m가 2구간 '청렴길'이다. 두 줄기의 계곡물이 합류하여 쏟아지는 폭포수가 담(潭)을 이루는 곳이다. 물의 양이 많아 쏟아지는 폭포가 멋졌다. 지난 5월 말 가족여행 때 이곳 물속에 있는 넓은 바위에 앉아 놀았다. 그때는 신발과 양말을 벗고 물속에 들어갔다. 이날은 백련사까지 올라가기로 했으니 물에 들어가 놀 여유가 없었다.

구월담에서 나와 휴게소를 지나치고 22경 금포탄(琴蒲灘)과 23경 호탄암(虎嘆岩)을 지나 계속 올라갔다. 호탄암은 덕유산 산신 할아버지가 중병에 걸리자 호랑이가 지리산에서만 자라는 약초를 구해와서 산신을 살리고 그는 죽어서 바위(호탄암)가 되었다는 이야기가 있는 바위다. 23경 호탄암에서 25경 안심대(安心臺)까지 1.1km가 24경 청류계(淸琉溪)다. 울창한 수림과 기암괴석 사이로 흐르는 계곡의 맑은 물이 비경을 이루어 청류계로 불린다. 무주구천동 계곡길은 어디든 선경(仙境) 같다.

21경 구월담에서 25경 안심대까지 1.7km를 3구간 '치유길'이라 부른다. 옛날에는 구천동에서 백련사까지 왕래할 때 계곡을 건너는 데를 찾기 어려웠던 모양이다. 안심대 앞 여울목은 안심하고 건널 수 있었다고 해서 안심대라고 이름 붙여졌다고 한다. 지금은 출렁다리가 놓여 있어 위에서 내려다볼 수밖에 없다.

안심대의 이름에 관하여 또 다른 이야기가 있다. 수양대군이 조카인 단종을 쫓아내고 스스로 왕(세조)이 되자 벼슬을 버리고 떠난 생육신이 있다. 생육신의 한 사람인 김시습은 임금이 인간의 도리를 지키지 않는 사회에서 책을 읽어 무엇 하랴? 낙심하여 책을 덮었다. 승려가 되어 전국을 떠돌아다니던 중 단종을 다시 왕으로 세우려다 죽임을 당한 사육신의 소식을 들었다.

그는 한양에 올라가 시신을 장사지내지 못하게 한 왕명을 어기고 그들의 주검을 수습하여 묻어주었다. 그 죄로 관군에게 쫓기는 신세가 된 김시습이 이곳 여울목 바위 아래서 백련사 스님을 만나 백련사에 은거, 안심하게 되었다고 한다. 그래서 이곳을 안심대라 부르게 되었다고도 한다.

안심대부터 32경 백련사(白蓮寺)까지는 4구간 '하늘길'이다. 계곡 좌우로 다리를 건너다니며 걷는 평탄한 덱 길이어서 걷기 좋았다. 26경 신양담(新陽潭), 27경 명경담(明鏡潭), 28경 구천폭포(九千瀑布), 29경 백련담(白蓮潭), 30경 연화폭(蓮華瀑), 31경 이속대(離俗臺)를 지나 백련사에 닿는다.

이속대(離俗臺)는 백련사로 들어가기 전 이곳에서 속세의 일들을 잊으라고 붙인 이름이지 않을까? 법주사가 있는 보은 속리산도 마찬가지다. 법주사를 창건하면서 원래 산 이름이었던 구봉산을 속리산(俗離山: 속세를 떠나 들어가는 산)으로 개칭하였다. 결국 이속(離俗)이나 속리(俗離)는 같은 뜻이다. 백련사 천왕문 앞의 계단 숫자가 108개라고 한다. 이 숫자가 뜻하는 바도 마음속에 가득 차있는 사바세계의 온갖 번뇌(108번뇌)를 밟아버리고(마음을 비우고) 불도(佛道)의 세계에 들어오라는 뜻이지 않을까?

백련사는 830년(신라 흥덕왕 5)에 무염국사가 창건했다고 전해지나 기록은 없다고 한다. 그나마 한국전쟁 때 다 소실되고 현재의 전각들은 1960년 이후 새로 지은 것들이다. 백련사는 크지는 않지만 무주구천동 계곡길의 종점으로 이곳을 찾는 사람들의 휴식처 역할을 톡톡히 하며 사랑받고 있다. 천혜의 자연 속에서 한음회 친구들과 우정을 나누며 걷고 놀은 멋진 가을 나들이였다.

진안 마이산

　　진안 마이산의 사진, 신기하게 두 봉우리의 바위가 솟아오른 산을 처음 봤을 때 '나는 중국의 어느 산인가?' 하는 생각이 들었다. 마이산 아래 있는 절, 탑사의 사진을 처음 봤을 때도 우리나라 풍경 같지 않았다. 무슨 돌탑을 그렇게 쌓아놓았는지 '히말라야 산맥 아래 어느 동네인가?' 했다. 우리나라의 보통 사찰과는 너무나 다른 모습이었다.

　　마이산과 탑사의 사진을 처음 본 후로 언젠가 꼭 가보고 싶었다. 은퇴 후 6월에 남도여행을 하면서 드디어 이곳을 찾아갔다. 마이산은 말의 두 귀를 닮았다고 해서 마이산(馬耳山)이라고 한다. 마이산의 서쪽 봉우리가 암마이산(685m)이고 동쪽 봉우리는 숫마이산(680m)이다. 숫마이산에는 오르는 길이 없는지 등산객들은 암마이산으로 오른다.

진안 IC를 빠져나와 마이산 남부(도립공원) 주차장으로 갔다. 해가 서쪽으로 기울어도 햇볕이 닿지 않을 나무그늘에 차를 세우고 여정을 시작했다. 식당과 상점을 지나 문화재 관람료를 내고 올라가니 금방 금당사(金塘寺)가 나왔다. 절을 돌아보고 위로 올라가는 길가 게시판에 나옹선사의 시 「청산은 나를 보고」가 써 있었다. 말 많은 세상에서 '말없이', 깨끗하지 못한 세상에서 '티 없이' 살라 하는 그의 시는 불교 신자들뿐 아니라 우리 일반인들에게도 크게 감동을 준다. 참으로 훌륭한 스님의 시가 아닐 수 없다.

　길 양편에 녹음이 짙은 가로수가 심겨 있었다. 6월의 이른 더위가 시작되었지만 잘 가꾸어진 탐방로는 그늘이 드리워져 있어서 시원했다. 덱 계단을 오르니 왼편으로 탑영제라고 부르는 커다란 호수가 보였다. 호수 건너편에 또 다른 덱 길이 보였다. 내려오면서 그쪽 길로 내려오기로 하고 가던 길로 계속 올라갔다. 주차장에서 탑사까지 거리는 1.8km다. 탑사 조금 못 미쳐 개울가에 쉼터가 있고 탁자와 벤치가 마련되어 있었다. 한적한 자리였다. 잠깐 쉬다 보니 12시였다. 과일과 떡과 빵으로 간단하게 점심을 먹었다.

탑사로 올라갔다. 경사진 산 중턱에 있는 대웅전 아래와 그 뒤에 자연 돌로 쌓은 크고 작은 탑들이 즐비했다. 이 탑을 쌓은 사람은 이 갑용 처사(1860~1957)다. 그는 부모님이 돌아가신 후 인생의 괴로움과 허망함을 깊이 느껴 1885년에 출가하였다. 출가 후 하늘의 계시를 받고 난세와 억조창생을 구원하고자 30년 동안 탑을 쌓았다. 120여 개의 탑을 쌓았다는데 지금 남아 있는 것은 80개 정도라고 한다. 대 웅전 아래 큰 탑이 일광탑과 월광탑이고, 대웅전 뒤에 있는 큰 탑이 양탑과 음탑으로 천지탑이다. 천지탑을 지나 더 오르는 길은 없다.

대웅전 아래와 위에 있는 탑들을 다 돌아보고 아래로 내려와 은수 사를 향해 올라갔다. 탑사부터 은수사까지 300m는 숲길이어서 걷기 좋았다. 은수사로 오르는 길이 협곡(?)이어서 은수사도 좁은 터 위에 세워진 사찰일 것으로 생각했는데 그렇지 않았다. 숫마이봉 바로 아 래 지어진 절로 앞쪽은 꽤 넓고 꽃밭도 아기자기하게 가꾸어져 있었 다. 천연기념물로 키가 15m나 되는 청실배나무도 있으니 두루 돌아 볼 만하다.

은수사 뒤 숫마이봉과 왼편 암마이봉 사이에 만들어진 덱 계단을 오르면 천왕문에 이른다. 계단과 계단 사이가 높지 않고 계단의 폭도 적당히 넓어서 발을 떼어 올리고 디디기는 좋았다. 그래도 오르는 계 단의 전체 거리가 600m나 되니 오르기 만만치 않았다. 6월의 이른 더위에 덱 계단 중간쯤에서 멈추어 쉬지 않을 수 없었다. 땀을 닦고 물을 마시고 계단에 앉아서 쉬었다. 우리가 앉은 자리의 숫마이봉 쪽 은 나무가 심긴 숲이고, 암마이봉 쪽은 바로 바위산 옆이었다. 가까 이서 마이산의 지질을 자세히 관찰할 수 있었다.

마이산은 멀리서 보면 바위산처럼 보이지만 진흙과 모래와 돌이 뭉쳐진 역암으로 이루어진 산이다. 약 1억 년 전에 진안 분지가 형성되었고, 3,800년 전에 호수 바닥이 융기하여 형성된 산이다. 국내에서 역암(퇴적암)으로 된 산은 마이산 하나뿐이다. 오랜 세월이 흐르는 동안 바람과 비와 눈에 의한 풍화작용으로 타포니(풍화혈)라고 불리는 크고 작은 구멍이 생긴 것을 볼 수 있었다. 이 구멍(타포니)이 동굴처럼 커서 그 속에 암자가 들어서기도 했다니 놀랍지 않은가?

마이산의 입구에서 암마이봉으로(금당사 전에 좌측으로) 오르는 등산로에서 제일 먼저 만나는 고금당 나옹암(懶翁庵)이 타포니(천연동굴)에 지어진 절이라고 한다. 나옹암은 고려 말의 고승 나옹선사가 수도하던 동굴이라고 전해진다. 그곳이 원래 금당사(金塘寺)가 있던 자리라고 해서 고금당(古金塘)이라고 불린다. '금당사 옆에 나옹선사의 시 「청산은 나를 보고」가 써 있던 게 이런 연유 때문이었구나.' 하는 생각이 들었다.

일어나서 천왕문으로 올라갔다. 천왕문에 올라서니 이곳에서 물이 북쪽으로 흐르면 금강이 되고 남쪽으로 흐르면 섬진강이 된다는 돌 조각물이 있었다. 또 이곳에서 서쪽으로 오르면 암마이봉이고 동쪽으로 오르면 화엄굴이다. 암마이봉으로 오르는 안내 지도를 보니 거리가 700여m였다. 수직에 가까운 70~80% 경사 구간도 있고 만만치 않아 보였다. 암마이봉까지 오르려면 날씨가 더워서 20~30분쯤 땀을 쏟을 것 같았다.

암마이봉에 오르기를 단념하고 화엄굴 쪽으로 갔다. 철골로 만든 낙석 방책 아래 계단을 타고 올라갔다. 화엄굴에서 흘러나오는 물을 마시면 아들을 낳는다는 설이 있는데 물은 없었다. 어떤 스님이 이 동굴에서 연화경과 화엄경 두 경전을 얻었다고 해서 화엄굴이라 불리게 되었다고 한다.

"마이산은 오르는 산이 아니고 바라보는 산이다."라는 말이 있다. 우리는 화엄굴에서 내려와 북부 주차장 쪽에 있는 마이산전망대로 가기 위하여 북쪽 계단으로 내려갔다. 천왕문에서 내려가서 우측 연인의 길로 접어들었다. 1km 좀 못 가서 좌측 산으로 가는 길을 따라 조금 들어가니 마이산을 바라보는 전망대가 나왔다. 마이산의 두 봉우리, 암마이봉과 숫마이봉을 함께 조망하기 좋은 장소였다. 그곳에서 쉬면서 이날의 하이라이트, 두 봉우리를 감상하였다.

하산하려니 내려가기만 하면 되는 게 아니었다. 차를 세워둔 남부 주차장으로 가야 했으니 다시 천왕문을 향하여 올라갔다. 천왕문에서 다시 은수사까지 600m 덱 계단 길을 조심조심 걸어 내려왔다. 만만치 않은 계단길을 지나 은수사에 도착하여 한참을 쉰 후 천천히 탑사로 내려왔다. 탑사의 탑들을 다시 한 번 더 바라보고 하산하였다. 탑영제를 지날 때는 호수 위에 만들어 놓은 운치 있는 덱 길을 걸어 내려왔다.

마이산 지오트레일 1구간 (남부 주차장-금당사-탑사-은수사-천왕문-연인의 길-북부 주차장)이 4km이다. 남부 주차장에서 연인의 길옆 마이산 전망대까지 다녀왔으니 최소 7km 이상 색다른 지질 트레킹을 한 셈이었다. 가보고 싶었던 마이산과 탑사가 우리나라 전북 진안에 있음을 확인한 하루였다.

장수 장안산

경상도에 BYC(봉화·영양·청송) 오지가 있다면 전라도에는 무진장 오지가 있다. 무주─진안─장수의 깊은 산속에 천혜의 자연이 있다는 말이다. 11월 초순 아내와 둘이 장수의 장안산(해발 1,237m)에 갔다. 내비게이션에 '무룡고개'를 치고 출발했다. 장수 IC로 나와 마을을 벗어나 좌회전하여 산 쪽으로 오르기 시작했다. 도로 양옆에 가로수로 심긴 단풍나무가 울긋불긋 물들어 이렇게 인사를 하는 듯했다. "아름다운 가을에 장안산 군립공원에 잘 오셨습니다. 즐거운 시간 누리시기 바랍니다." 도로 양편 산에 잎갈나무의 바늘잎이 노랗게 물들어 단풍의 화려함을 더 돋보이게 해주고 있었다.

장안 터널을 통과하고 우회전하니 길이 좁아졌는지 좌우에 줄지어선 단풍나무는 더 선명하고 더 화려하게 다가왔다. 양편 산이 도로 바로 옆에 솟아 있으니 열대우림에 들어온 듯하였다. 이렇게 깊은 산속 길이 무룡고개까지 4km가 이어졌다. 무룡고개에는 주차장이 두 군데, 고개 전에 작은 주차장, 고개 넘어 최근에 만든 넓은 주차장이 있다. 장안산에 가려면 작은 주차장에서는 도로로 올라와 우측 계단으로 오르면 된다. 큰 주차장에서는 도로로 나와 맞은편 산 위에 있는 산림 신품종 재배단지(협동조합)로 올라가다가 이정표를 보고 '등산로'로 오르면 된다.

평일이어서 그런지 사람들이 많지 않았다. 산에 오르니 초입은 평범한 동네 산처럼 보였다. 얼마쯤 걷자니 활엽수 나뭇잎이 많이 떨어져 길 위를 덮고 있었다. 길 양옆에 산죽(조릿대)이 자라고 있고 그 뒤로 활엽수 천지였다. 산죽은 고도가 높은 산에서 자라는 수종이지 않은가? 이곳의 산죽은 풀처럼 작은 키가 아니었다. 키가 70~80cm 정도 되는 듯 보였다. 어떤 데서는 어른의 키보다 더 큰 산죽들이 숲을 이루고 있었다. 길 양편을 빽빽이 채운 진녹색의 산죽 뒤엔 활엽수들이 얼마 남지 않은 갈색의 단풍잎을 달고 있었다. 크게 경사지지 않고 흙길이어서 걷기 좋았다.

1.5km를 올라가니 이정표가 서 있고 벤치가 몇 개 놓여 있었다. 무룡고개에서 1.5km 올라왔고, 산의 정상까지가 1.5km다. 그곳에

서 물을 마시고 잠시 쉬었다. 다시 일어나 500m쯤 걸었을까? 억새군
락지가 나타났다. 가까이 또 멀리 보이는 산과 어우러져 보이는 장안
산의 억새밭은 다른 산(명성산이나 오서산)에서 만난 억새밭과는 다르
게 보였다.

　이곳의 억새밭은 장안산으로 오르는 산 능선의 남쪽에 펼쳐져 있
다. 능선에서 바라보는 억새밭은 삼면이 겹겹이 쌓인 산들 가운데 있
다. 왼쪽(동쪽)은 눈앞에 보이는 듯 가까운 백운산(1,279m), 남쪽은 겹
겹이 중첩된 산들과 멀리 높이 솟은 지리산의 천왕봉(1,915m), 오른
쪽(서쪽)으로는 장안산의 남쪽 줄기 능선들이 겹쳐 보인다. 어느 쪽으
로 보아도 억새밭 뒤는 겹겹이 서 있는 산들이다. 억새밭 자체만 보
고 즐기는 다른 산의 억새밭과는 감흥이 다를 수밖에 없다. 전망대에
서 깊은 산속의 억새밭을 감상하고 사진으로 담았다.

　다시 오르기 시작했다. 또 다른 작은 억새밭을 지나 드디어 장안
산 정상에 도착했다. 장안산은 해발 1,237m로 높은 산이다. 하지만

무룡고개(해발 1,076m)에서 오르면 산 정상까지 3km 거리에 고도는 160m 오르는 정도이니 크게 힘들이지 않고 오를 수 있다. 장안산 정상에서 북쪽을 바라보면 멀리 남덕유산(1,507m)이 보인다. 장안산은 동서남북 사면에 우뚝우뚝 솟은 산들로 둘러싸여 있으니 천혜의 위치가 아닐 수 없다.

주) 장안산 아래 덕산계곡에 가보기를 추천한다. 깊은 산속 자연의 운치를 느끼며 걷기 좋은 계곡길이다. 덕산 저수지(용림제)에서 흘러나오는 물길 따라 자연스럽게 생겨난 오솔길과 멋진 용소를 보도록 만들어진 덱 길이 이어진다. 장안산 군립공원 주차장에서 방화동 자연휴양림까지 편도 4.5km, 왕복 9km다.

방화동 자연휴양림은 여름에 물놀이를 즐기고 휴양하는 장소로 가족 단위로 많이 찾아오는 장소다.

김제 수류성당 / 금산교회 / 모악산 금산사

〰〰〰〰〰〰

　　이름난 사찰에 오르는 길은 대개 걷기 좋은 숲길이다. 또 대웅전이 있는 절에서 산 위 암자로 오르는 길도 잘 닦여 있어 걷기 좋다. 걷기 좋은 자연 속 숲길을 찾아다니다 보니 절을 많이 찾게 된다. 어느 날 아내가 절만 찾아다니지 말고 이름난 교회와 성당에도 가보자고 했다. 김제 모악산으로 가면서 수류성당과 금산교회를 찾아갔다.

　　수류성당은 6·25 한국전쟁 시 50여 명의 신도가 순교한 성당이다. 금산교회는 지주 양반이 자기의 머슴을 장로로 섬기고, 공부시켜서 목사가 되게 한 아름다운 이야기가 있는 교회다. 모악산은 전국적으로 유명한 산은 아니지만, 전북, 특히 전주나 김제에 사는 사람들이 즐겨 찾는 도립공원이다. 금산사는 모악산 도립공원 안쪽에 자리 잡은 큰 사찰이다.

　　호남고속도로 금산사 톨게이트를 빠져나와 수류성당을 찾아갔다. 이 성당은 1890년 전후에 프랑스 선교사들이 호남에 와서 개척한 유서 깊은 3개 성당 중 하나다. 다른 두 성당은 익산 망성면의 나바위성당, 완주 화산면의 되재성당이다. 수류성당은 처음에 신부가 상주하지 않고 부정기적으로 미사(예배) 드리던 공소에서 출발하였다.

　　신자들이 많아지자 1889년에 성당으로 승격되었다. 2023년 현재 무려 130년이 넘는 오랜 역사를 갖고 있다. 전주 전동성당과 함께 전라도 지방에서 가장 먼저 설립된 성당이다. 설립 당시 건축된 성당은 한옥이었고, 남자 신도와 여자 신도의 예배자리가 따로 분리되어 있었다. 6·25 한국전쟁 때 성당이 전소되고 공산군에 의해 50명이 넘는 교우가 죽임을 당하는 변고를 겪었다.

현재 우리가 보는 성당 건물은 1959년에 새로 건축된 것이다. 건축 당시 교우들 모두가 자기 집안일보다도 성당 건축하는 일에 더 힘을 쏟았다고 한다. 왜 그러지  않았겠는가? 자신의 가족, 형제자매와 같았던 이웃들 중 많은 이들이 신앙을 지키려다 순교하였으니….

비록 시골에 있는 작은 성당이지만 지금까지 전국에서 신부를 가장 많이(20여 명) 배출한 성당이다. 위기 때 온 교우들이 한 마음으로 뭉쳐서 보인 살신성인의 이타심이 신앙심을 더욱 돈독하게 하였음이 틀림없다. 2003년 상영된 「보리울의 여름」이라는 영화가 이 성당을 배경으로 촬영되었다. 그 후 이 아름다운 성당이 일반인들에게도 알려졌다.

아내와 나는 성당 옆에 있는 십자가의 길을 걸었다. 성당이나 천주교의 성지에 가면 어디나 십자가의 길이 있는 듯하다. 교회 안에 들어가서 기도하는 것도 좋지만 야외에 마련된 십자가의 길을 걸으며 묵상하는 것도 좋다. 살아가면서 이런저런 고통과 굴욕을 당할 때마다 죄가 없는데도 죽기까지 고통을 당하고 굴욕을 참은 예수 그리스도를 생각하면 우리도 어떤 어려움이든지 참고 견딜 수 있지 않을까?

　다음으로 모악산 도립공원으로 들어가는 도로 옆에 있는 금산교회로 갔다. 교회 맞은편 주차장에 차를 세우니 바로 옆에 금산교회 전시관(박물관)이 있었다. 나중에 들어가 보기로 하고 먼저 길 건너 금산교회로 갔다. 이 교회는 1905년 전주에 온 미국인 선교사 Lewis Boyd Tate(한국 이름 최의덕)가 설립한 교회다. 처음에는 동네 사람들에게 전도하고 그곳 부잣집 조덕삼의 사랑채에서 예배를 드렸다.

　1908년 조덕삼이 기부한 땅에 지금 보는 'ㄱ' 자 형의 예배당이 건축되었다. 이 예배당은 한국 초기 교회의 전형적인 모습인데 2023년

현재 그 역사가 115년이다. 'ㄱ' 자의 두 변이 만나는 꼭짓점에 강단을 두고 한 변의 공간에는 남자 교우들, 다른 한 변의 공간에는 여자 교우들이 앉아서 예배를 드렸다. 그 당시 한국사회에 있었던 남녀유별의 유교적 관습을 보여주는 역사적인 교회 건물이다.

이 교회는 또 설립 시 성경의 가르침대로 사는 헌신적인 부자 조덕삼 장로(1867~1919)와 마부(머슴) 출신의 이자익 목사(1879~1958) 이야기가 있어서 유명해졌다. 이자익은 경남 남해 섬에서 태어나 6살 때 고아가 되었다. 나이 들어 육지로 나와서 김제의 부자 조덕삼의 마부로 일하게 되었다. 조덕삼은 이자익이 낮에는 마부로 일하고 저녁에는 그의 아들과 함께 공부하도록 허락하였다.

교회 초기에 첫 번째 장로를 뽑는데 부자 양반 조덕삼이 떨어지고 그의 마부인 이자익이 장로로 선출되었다. 우리나라의 양반과 상놈이라는 구분이 엄연히 존재하던 그 시절에 상놈이면서 조덕삼의 종이나 다름없는 사람이 장로가 되었으니 교인들은 당황하였다. 최의덕 선교사도 걱정이었다. 그즈음 서울과 안동의 교회에서 이런 일이 벌어져 교회가 갈라졌다. 상놈이 장로가 되자 양반들이 그 교회를 떠나 교회를 따로 세우는 불상사가 있었다. 금산교회가 있는 곳은 시골이다. 교회가 둘로 나뉘면 예배당을 두 곳에 건축하고 두 군데서 예배를 드려야 하는데 그럴 수 있는 형편이 아니었다.

참된 신앙인 조덕삼은 선교사와 교우들의 이런 염려를 다 잠재우고 자신의 마부, 이자익을 교회에서는 장로로 섬기고 교회에 충성하였다. 자신의 과수원을 교회 건축 부지로 내놓고 교회를 건축하는 데 헌금도 많이 냈다. 조덕삼은 그다음에 장로로 선출되고, 선임 장로 이자익을 평양 신학교에서 공부하게 해 목사가 되는 데 크게 도움을 주었다. 금산교회 교우들은 신분과 빈부의 차이를 오히려 사랑으로 감싸고 성경의 가르침대로 살아 한국교회의 귀감이 되었다.

교회를 돌아보고 나와서 주차장 옆에 있는 금산교회 전시관에 들어가 보았다. 옛날 교회 내부모습의 모형과 유물, 사진과 당시 회의록 등이 전시되어 있었다. 교우들이 한동네에 사는 사람들이다 보니 각 사람의 생활 태도와 행위가 잘 드러났다. 교우들이 성경 말씀의 가르침대로 살지 않은 경우 징계한 기록을 보았다. 현대 교회에서는 상상도 할 수 없는 일이다. 오롯이 성경의 가르침을 따라 교회를 다스린 이 교회의 지도자들에게 머리가 숙여졌다.

그다음 모악산 도립공원으로 이동하였다. 모악산은 해발 793m지만 김제 평야에 있는 산이다 보니 이 지역에서는 가장 높은 산이다. 1972년 전라북도에서 모악산 일대를 도립공원으로 지정하였다. 전북의 최대 사찰인 금산사로 들어가는 도로를 정비하고 그 왼편 계곡 옆으로 넓은 공원을 조성하였다. 공원 안에는 소나무와 측백나무, 참나무 등을 심어 숲을 울창하게 가꾸었다. 산책길을 만들고 곳곳에 쉴 수 있는 평상을 설치해 놓았다. 원근 각지에서 많은 사람들이 찾아와 걷고 쉬며 힐링하기에 좋은 장소다.

금산사는 600년(백제 무왕 원년)에 창건되었다. 762년(통일신라 경덕왕 21)부터 766년(혜공왕 2)까지 4년 동안 진표율사가 중창하여 큰 사찰의 면모를 갖추었다. 1597년 정유재란 때 대부분 전각이 소실되었다. 오늘날 우리가 보는 고색창연한 전각들은 1630년대(인조 때)에 복원된 것들이다.

금산사는 석가모니 불상을 모신 대웅전보다 미륵불을 모신 미륵전이 더 유명하다. 미륵전은 밖에서는 3층 목조 건물로 보이지만 내부는 뻥 뚫려 있다. 안을 들여다보면 12m 가까이 되는 미륵입상이 있고 좌우에 그보다 좀 작은 불상이 서 있다.

이 절은 후백제의 견훤이 그의 아들에 의해서 3개월간 감금되어 있던 절로도 유명하다. 견훤이 스스로를 미륵이라 하고 민심을 얻으려 이 절을 지원하였다. 그런데 이 절에 갇혀 있었다니 인생의 아이러니가 아닐 수 없다. 매표소에서 금산사로 들어가다 보면 오른편에 돌로 지은 성곽이 있는데 이것이 후백제 시대의 견훤 석성이다.

절을 돌아보고 산속 숲길을 걷고자 절 뒤의 암자로 가는 길을 따라 올라갔다. 500m쯤 올라가니 심원암(1.1km)과 청룡사(1.2km)로 가는 갈림길이 나왔다. 이정표상 주차장에서 1.7km 거리에 올라와 있었다. 나는 심원암이나 청룡사, 어느 쪽으로든 1km 남짓 더 걷고 싶었다. 그러면 주차장에서 3km, 왕복 6km쯤 걷는 셈이다. 하지만 아내는 절을 돌아보았으니 내려가면 4km는 걷는 셈이라고 내려가자고 했다. 아쉽지만 아내 말을 들어야지 어쩌겠는가?

내려갈 때는 절 안으로 들어가지 않고 절의 돌담 밖으로 난 숲길로 걸었다. 이 길의 왼편은 시원한 계곡물이 흐르고 오른편은 운치 있는 돌담이다. 길 양편에 촘촘히 서 있는 나무들이 저마다 가지를 늘어뜨려 울창한 숲길을 만들어 주니 상쾌하고 좋았다. 절 입구에서부터는 물길이 오른편으로 돌아 멀리 흐르니 도로와 물길 사이가 넓은 공원이 되었다. 물길 쪽으로 붙어서 숲속의 호젓한 산책길을 걸어서 내려왔다.

부안 내변산 (계곡) 탐방로

6월 중순 1박 2일 일정으로 서울 선배와 무안 후배, 그리고 우리 세 부부가 부안과 고창으로 여행을 갔다. 첫날 오후에 부안 내변산 탐방지원센터 주차장에서 만났다. 반갑게 인사를 나누고 간식과 물이 든 배낭을 메고 변산반도 국립공원으로 들어갔다. 직소보-직소폭포를 거쳐 재백이 고개까지 다녀오기로 했다. 직소폭포 전망대 전후로 난 길이 다소 험하지만, 이 부분만 제외하면 전 구간이 호젓한 산책길이다. 거리는 편도 3.8km이니, 왕복 8km쯤 된다.

탐방로에 들어서니 걷는 길이 널찍하게 잘 정비되어 있었다. 조금 걷다가 직소폭포로 가는 방향 표시에 따라 좌측 계곡 위 다리를 건넜다. 자생식물 관찰원과 대나무 숲길을 지나니 우측으로 내변산 선인봉 아래 부안 실상사지가 있었다. 실상사는 689년(통일신라 신문왕 9)에 건축된 절로, 꽤 규모가 컸던 모양이다. 시대에 따라 성쇠(盛衰)를 거듭하다가 6·25 한국전쟁 때 모두 불타버리고 폐사가 되었다. 불교에서 말하는 대로 모든 게 무상(無常)이다. 지금은 근래 지은 듯 보이는 작은 건물 한 채와 그 앞에 석등이 있었다.

조금 더 걸으니 봉래교를 지나 우측으로 흐르는 계곡 물 따라 봉래구곡(蓬萊九曲)이 있다는 안내판이 있었다. 9곡의 비경을 일일이 구별하여 찾아볼 수는 없었다. 다만 5곡 봉래곡과 그 안쪽 너른 바위에 '봉래구곡'이라고 쓰인 네 글자를 멀리서나마 볼 수 있었다. 1km쯤 상류에 약 30m 아래로 떨어지는 직소폭포가 봉래 2곡이자 변산

8경 중 2경이다.

미선나무 다리를 지나 조금 가니 우측으로 월명암, 좌측으로 직소폭포로 가는 삼거리가 나왔다. 자연보호헌장탑이 있는 곳이다. 우리가 한창 등산 다니던 50대 때 남여치에서 출발하여 쌍선봉–월명암을 거쳐 이곳을 지나 직소폭포–재백이 고개–관음봉을 찍고 내소사까지 10km가 넘는 산행을 한 적이 있다. 그때 나는 이 지점에서 재백이 고개까지 걷는 호젓한 숲길에 반했다. 그다음 해 봄에 또 와서 월명암에 오르고 이 길을 걸었다. 10여 년이 지난 이 날 또 찾아온 것이다. 이제 우리 모두 60살이 넘었으니 등산은 하지 않고 이 숲길만 걷기로 했다.

직소보 다리를 건너 조금 오르는가 싶더니 직소보에 도착하였다. 내변산 깊숙한 이곳에 이렇게 큰 저수지가 있다는 게 놀라울 따름이다. 직소보는 1991년 부안댐이 건설되기 전에 부안군민의 비상식수원으로 사용할 목적으로 만든 인공 저수지다. 깊은 산속 고요한 호수를 바라보는 전망대는 하트모양이었다.

전망대에서 호수를 바라보니 이곳은 인간세계의 풍광이 아니었다. 정면 저 멀리 관음봉은 구름으로 정상을 가리고 그 모습을 보여 주지 않았다. 호수의 오른편 산들은 6월의 녹음을 겹겹이 입고 온통 푸르렀다. 왼편 산들은 녹음으로 치장하였지만 희끗희끗한 암벽을 드러내며 태곳적부터 온갖 풍상을 겪어왔음을 보여 주는 듯했다. 우리 시야의 저 멀리 한 점으로부터 시작하여 앞으로 오면서 점점 넓게 펼쳐진 호수는 푸른색을 넘어 검푸른 색이었다.

자연의 소리(바람 소리, 물소리, 나뭇가지와 잎들이 흔들리는 소리, 새소리, 벌레 소리) 외에는 어떤 소리도 들리지 않았다. 그 시간 주위에 다른 탐방객들이 없으니 우리만이 신비한 자연 속에 들어와 자연의 일부가 되어 있었다. 나는 이런 공간과 시간 속에 있기를 좋아한다. 전망대 뒤 벤치에 앉아 무념 속에 잠겼다. 젊은 커플 한 팀이 올라와서 우리 앞에서 사진을 찍으니 나는 현실로 돌아왔고, 우리 일행은 움직이기 시작했다.

직소보에서 짧은 내리막길을 내려가, 직소폭포로 올라가는 길은 호수 오른편 물가로 걷는 멋진 길이었다. 직소폭포 400m 전에 왼쪽으로 선녀탕라는 이정표가 나왔다. 여자들은 계속 앞으로 가고 남자들 셋만 왼편 계곡 쪽으로 들어갔다. 선녀탕을 거쳐 나온 물이 넓고 깊은 호수 쪽으로 거의 움직이지 않는 듯 흐르니 계곡물은 자연 그대로 거울 호수였다. 계곡에 쓰러져 오래된 나무와 물속과 주위에 자란 나무들의 모습이 그대로 거울 속에 비치고 있었다. 하늘과 산과 크고 작은 나무들, 아무도 손대지 않은 자연 그대로가 거울 호수에 담겨 하늘과 맞닿아 있으니 환상적인 데칼코마니 그림이었다. 가히 신비스러운 태곳적 모습이었다.

선녀탕과 거울 호수를 감상하고 다시 직소폭포 가는 길로 돌아왔다. 직소폭포 전망대로 올라가는 길은 경사지고 응회암이 날카롭게 쪼개진 돌들로 된 계단이었다. 돌들이 날카로워서 오르는 데 조심해야 했다. 우리가 전망대에 도착하니 먼저 온 여자들이 앉아서 쉬고 있었다. 직소폭포는 외변산 바닷가에서 채석강이 가장 돋보이는 명소이듯이, 내변산에서 가장 멋진 절경이다. 남자들은 더 아래 있는 또 다른 전망대로 내려가서 제2폭포와 분옥담, 제3폭포와 선녀탕을 조망하고 올라왔다. 여자들은 전망대로 올라오는 경사진 너덜길(돌길) 계단을 올라오느라 힘들었는지 내려가지 않았다.

전망대에서 잠시 망중한을 누리다가 다시 일어나 재백이 고개를 향해 출발하였다. 직소폭포 전망대에서 재백이 고개로 가는 초반 50m 정도는 주상절리를 이루는 응회암 바윗길로 걷기에 좋지 않았다. 직소폭포 전망대 전후의 길이 좋지 않아서 탐방지원센터에서 직소폭포까지만 왔다가 돌아가는 탐방객들이 많다. 약간 내리막인 바윗길을 조심스럽게 내려가니 왼편 물길 따라 수풀이 우거진 멋진 오솔길이 나왔다.

왼편 물가로 붙어서 걷는 길옆으로 또 다른 거울 호수가 나타났다. 사람의 손길이 전혀 닿지 않은 원시림처럼 보이는 숲이 거울 호수에 비쳐 또 다른 데칼코마니의 환상적인 풍경을 보여 주었다. 걷다가 중간중간 서서 선경 속에서나 볼 수 있을 것만 같은 아름다운 숲의 모습을 감상하고 사진에 담았다. 오가는 사람이 없으니 우리만이 별유선경 속에서 노닐고 있었다.

어느새 계곡 위로 난 재백이 다리를 건넜다. 드디어 이날 우리의 최종 목적지 재백이 고개에 도착하였다. 재백이 고개 삼거리에서 관음봉 방향으로 올라 내소사로 가거나 원암마을로 갈 수 있다. 재백이 고개에서 원암마을까지는 1.2km로 어렵지 않은 길이다. 다음에 이곳에 또 올 기회가 있으면 원암마

을에 주차하고 내변산 탐방지원센터까지 역방향으로 걸어갔다 와도 되겠다는 생각이 들었다.

재백이 고개에서 쉬고 하산하기 시작하였다. 호젓한 산길을 걸어 직소폭포 전망대를 지나 직소보 전망대에 도착하였다. 한 팀이 그곳에서 쉬고 있다가 우리에게 벤치를 내어주고 내려갔다. 전망대 뒤 벤치에 앉아 선경에서나 볼 수 있을 것 같은 호수를 바라보았다. 늦은 저녁 시간이어서 오고 가는 사람이 아무도 없으니 고즈넉한 분위기가 최고였다. 이상향 같은 내변산의 풍광 속에 빠져 우리는 내려갈 줄 모르고 마냥 앉아 있었다.

고창 선운사-도솔암

여행 둘째 날 오전에 변산 자연휴양림에서 놀고, 오후에 선운사로 갔다. 주차장에 차를 세우고 선운사로 걸어가면서 먼저 길옆에 있는 송악을 보러 갔다. 송악은 잎사귀가 사철나무와 같은 늘 푸른 활엽수다. 덩굴식물로 다른 나무를 타고 올라가며 생장한다. 우리나라에서는 남부지역의 해안이나 섬에서 자란다. 이곳에 있는 송악은 절벽을 타고 자라고 있었다. 내륙지역에 있으면서도 잘 자라서 나무둥치의 둘레가 80cm, 키가 15m나 된다고 한다. 대단한 식물이다.

선운산 도립공원으로 들어가니 길 양옆 녹음이 무성한 나무들이 우리를 반겨주는 듯했다. 도솔산 선운사(兜率山 禪雲寺)라고 쓰인 일주문을 지나 선운사 입구로 갔다. 주차장에서 선운사 입구까지는 800m쯤 된다. 왼편 개울 위 극락교를 뒤로하고 오른편 절의 입구 사천왕문 앞에 섰다. 잠시 기다리니 예약한 문화해설사가 올라왔다. 그의 설명을 들으면서 사찰관람을 했다.

천왕문(天王門)이라고 쓴 하늘색 바탕의 현판은 원교 이광사가 썼다고 한다. 찬찬히 보니 확실히 필체가 힘 있고 살아 있어 기가 넘치는 듯 보였다. 선운사는 신라 진흥왕이 창건했다는 설도 있지만, 577년(백제 위덕왕 24)에 검단선사가 창건하였다는 설이 정설로 받아들여지고 있다. 통일신라와 고려시대를 거치는 오랜 세월 동안 폐사가 되고 중수하기를 반복하였다. 우리나라의 많은 문화재가 불타버린 1597년(선조 30) 정유재란 때 이 절도 소실되어 폐허가 되었다. 그 후 1613년(광해군 5)부터 6년 동안 주요 전각들이 다시 건축되었다.

사천왕문을 들어가니 만세루가 보였다. 선운사의 만세루는 우리나라 어느 사찰의 만세루보다 가장 큰 정면 9칸, 옆면 2칸이다. 그런데 기둥과 대들보와 서까래로 사용된 부재가 모두 구불구불하고 못생기고 볼품없는 목재들이었다. 큰 목재 위에 작은 목재를 올려 이어서 사용한 기둥도 보였다. 현재 보는 이 만세루는 1751년(영조 27) 화재로 소실된 후 불과 1년만인 1752년에 완공된 것이다.

만세루는 스님이나 신도들이 공부하고 집회하는 장소다. 화재 후 조속히 지어져야 했다. 당시 선운사와 건축 관계자들은 비용을 줄이고 공사 기간을 단축하고자 발상의 전환이 필요했다. 좋은 자재로만 전각을 건축하는 통념을 깨고 현실적인 방법을 택하였으리라. 신도들에게 모양은 어떠하든지 단단하여 건축에 쓰일 수 있는 목재라면 구할 수 있는 대로 구해서 다 가져오라고 했으리라. 이렇게 모은 자재를 (신도들이 가져온 것이니 버리지 않고) 모두 사용하다 보니 우리나라에서 가장 큰 만세루를 건축하게 되지 않았을까? 허름해 보여도 이 만세루는 300년 가까이 건재하고 있다. 2020년에 국가 지정 문화재 보물로 지정되었다. 역사는 이름이 알려지지 않은 민중들에 의해서도 쓰인다.

대웅보전과 그 앞의 6층(원래는 9층) 석탑을 돌아보고 천왕문으로 나왔다. 이제부터는 본격적으로 숲길 걷기다. 극락교를 건너지 않고 우측으로 (계곡물을 좌측에 두고) 도솔암 방향으로 걷기 시작하였다. 사찰의 마당과 천왕문 앞 밝은 데 있다가 계곡 옆길로 들어가니 계곡 좌우에 우거진 녹음이 하늘을 가리고 있어서 어둡게 느껴졌다. 눈의 동공을 크게 하여 빛을 많이 받아들여야 했다. 그렇게 빛이 거의 들어오지 않는 숲길을 걸었다. 물가에 있는 정자를 지나 조금 더 가니 주차장에서 도솔암으로 올라가는 도로와 만났다.

10년 전쯤 아내와 나는 이곳에 온 적이 있다. 그때 선운사에는 들르지 않고 이 도로를 걸어서 도솔암-용문굴-낙조대-천마봉으로 등산을 했었다. 이 도로는 암자로 가는 길이어서 그 당시만 해도 왕래하는 차량이 거의 없었다. 길 양옆으로 높이 자란 나무마다 가지를 도로 위로 뻗어 온 하늘을 덮었다. 햇볕이 쨍쨍 내리쬐는 더운 날이었는데도 우리가 걷는 길은 햇빛이 거의 들어오지 않는 녹음의 길이었다. 그때 나는 선운사 앞 도로의 아름다운 정취에 푹 빠졌다. 은퇴후 다시 와보려고 마음먹었던 길이다.

도로를 따라 올라가는가 했더니 도로와 물길을 건너 잘 정비된 숲길로 들어갔다. 이제 계곡물은 우측으로 흐르고, 도로는 물길 너머 우측에 있었다. 야자 매트를 깔아 걷기 좋게 잘 가꾸어 놓은 길이었다. 좁은 길이다 보니 주위가 온통 푸른 아름다운 숲길이었다.

15분쯤 숲속의 길을 걸었을까? 우측 계곡물 위 나무다리를 건너 도로와 합류하였다. 조금 걷다 보니 바로 오른쪽에 도솔암으로 올라가는 언덕길이 나왔다. 도솔암을 거쳐 마애불을 보러 계속 올라갔다. 마애불 앞에 예불하는 자리인지 천막지로 지붕을 올린 넓은 공간이 있었다. 여자들은 올라오느라 힘들었는지 그곳에 앉았다. 남자들 셋은 마애불을 보고 옆에 안내판을 읽으며 잠시 쉬었다.

여자들이 일어날 생각을 하지 않아 남자들만 가파른 계단을 타고 내원궁까지 올라갔다. 도솔천 내원궁(兜率天 內院宮)이라는 암자와 그 뒤 산신각을 둘러보았다. 그곳에서 오래전 우리가 올랐던 천마봉이 보였다. 한창 등산 다니며 젊고 건강하던 시절엔 단숨에 올랐던 곳인데…. 이제는 나이가 들었으니 험한 산에 오르기보다는 '자연 속 숲길을 찾아서' 걷는 게 좋다. "나이는 숫자에 불과하다." 말하지만 절대 나이는 못 속인다. 자만하지 않아야 한다.

내려와서 여자들과 함께 하산하였다. 내려올 때는 차도인 큰길을 따라 내려왔다. 도로 옆에서 수령이 600살로 추정되고 키가 23m, 둥치 둘레가 3m나 되는 '장사송' 소나무를 만나 잠시 살펴보았다. 진흥굴과 연리목을 지나치고 또 다른 암자 참당암으로 가는 길도 지나 계속 내려왔다.

늦은 오후 6시가 지났으니 오가는 사람이 아무도 없었다. 우리 6명만이 둘씩 짝을 지어 도란도란 이야기를 나누며 걷고 있었다. 평일에 녹음 짙은 숲길을 호젓한 분위기에 젖어 걸을 수 있으니 얼마나 좋은

가? 은퇴 후의 삶이 좋다.

템플스테이 전각을 지나 계곡물 위 다리를 건너니 우측은 휴게소고 좌측으로 탐방객이 걸을 수 있는 덱 길이 따로 나 있었다. 이 덱길은 선운사 앞 계곡물 건너편이었다. 그 길을 따라 계곡물을 좌측에 두고 선운사를 지나 내려왔다. 날은 이미 어둑어둑해졌고 주차장으로 가는 길가에 노점상들은 다 철수하였다.

절에 가면 좋은 글들이 새겨져 있거나 걸려 있어 마음을 울린다. 이날 선운사-도솔암 구간 3.5km를 왕복하여 걸으면서 보왕삼매론을 만났다. 보왕삼매론은 명나라 초 묘협 스님의 10가지 가르침이다.

1. 몸에 병 없기를 바라지 말라.
2. 세상살이에 고난 없기를 바라지 말라.
3. 마음공부에 장애 없기를 바라지 말라.
4. 수행하는 데 마(魔) 없기를 바라지 말라.
5. 일을 꾀하되 쉽게 되기를 바라지 말라.
6. 정을 나누되 이롭기를 바라지 말라.
7. 남이 내 뜻대로 순종하기를 바라지 말라.
8. 덕을 베풀되 보답을 바라지 말라.
9. 이익을 분에 넘치게 바라지 말라.
10. 억울함을 자꾸 밝히려고 하지 말라.

이해하기 어려운 가르침의 문장도 있지만 좋은 가르침이지 않은가? 산속의 녹음이 우거진 길을 걷고 선현들의 말씀을 읽고 마음에 새기니 이만한 여행이 어디 있을까?

정읍 내장산

      11월 초순 내장산 단풍이 절정인 어느 날 서울에 사는 친구와 둘이 관광버스를 타고 단풍구경을 갔다. 버스가 내장산 식당가 주차장에 도착하니 12시 20분 전이었다. 함께 온 일행들은 먼저 점심을 먹고 올라간다고 한다. 친구와 나는 점심 먹기에 좀 이른 시간이어서 바로 올라가기로 했다. 마침 버스주차장 옆에 24시 마트가 있어서 들어가 김밥을 샀다. 올라가 단풍길을 걷다가 적당한 장소에서 먹기로 했다. 친구와 나는 내장사로 들어가는 차도를 피해 왼편 계곡 옆으로 난 오솔길을 따라 걷기 시작했다.

내장산 단풍은 기대한 대로 풍성했다. 차도와 계곡 옆 오솔길 사이가 넓은 공원인데 온통 단풍 천지였다. 평일인데도 관광객이 많았다. 중국말을 하는 중국인 관광객들도 여기저기 있었다. 빨갛고 노란 단풍잎이 옆에서 비쳐드는 햇빛에 불타오르고 이글거리는 듯했다. 많은 사람들이 그 황홀한 광경을 사진에 담고 있었다. 사진을 제대로 찍으려는 사람들은 아예 물가로 내려가서 삼각대를 거치하고 사진을 찍고 있었다. 친구와 나도 단풍잎들이 햇빛을 받아 알록달록 빛나는 장면을 만나면 사진에 담았다.

왼쪽으로 장군봉으로 오르는 등산길이 시작되는 동구리 삼거리를 지나니, 오른쪽으로 호수 안에 파란 기와지붕의 우화정이 보였다. 우화정 바로 뒤로 호숫가에 빨간 단풍나무들, 그 뒤에 산언덕을 뒤덮고 있는 울긋불긋한 단풍들, 그리고 멀리 벽련암 뒷산의 바위 봉우리들이 쭉쭉 솟아 열 지어 서 있으니 장관이었다. 조금 더 가니 전망대로 올라가는 케이블카를 타는 승강장이 있었다. 그 앞에 차례를 기다리는 사람들이 줄을 서 있는데 끝이 보이지 않았다.

조금 더 올라가서 일주문 전에 위치한 내장산 탐방안내소에 들렀다. 내장산 단풍을 어떻게 돌아보는 것이 좋은지 문의하였더니 일주문-내장사-원적암-벽련암-일주문 코스로 돌든지 반대로 돌든지 하라고 했다. 밖으로 나와 원적골 자연관찰로(내장산 자연관찰로) 안내 게시판을 보니 이 코스의 거리는 3.6km(다른 게시판에서는 3.9km)로 적당하였다. 사람들도 많이 가지 않아 덜 복잡한 일주문에서 오른편 벽련암 방향으로 오르기 시작했다.

길은 적당히 넓었지만 지그재그로 난 길의 경사가 만만치 않았다. 땀을 흘리며 10분가량 오르니 오르막이 끝나고 걷기 좋은 길이 되었다. 좌우에 단풍으로 물든 걷기 좋은 숲길을 조금 걷자니 우측으로 조그만 가게가 보였다. 친구와 나는 길옆 좌측 테이블이 있는 곳에 가서 앉았다. 도토리묵 무침 한 접시와 어묵 한 그릇을 주문하였다. 숲속에 앉아서 점심으로 사 온 김밥과 도토리묵, 어묵을 먹고 있으려니 '이보다 더 좋은 점심이 어디 있겠나?' 하는 생각이 들었다.

산속 깊은 곳에서 아름다운 단풍에 둘러싸여 친구와 둘이 여유롭게 가을을 즐기며 놀고 있으니 이 모습을 사진으로 남기고 싶었다. 산속에 있는 조그만 가게이다 보니 다른 손님은 없고 두 테이블 건너 젊은 여자 둘이 앉아 있었다. 사진을 찍어달라고 부탁했더니 영어로 뭘 요청하는지 물어

왔다. 홍콩에서 온 관광객이었다. 홍콩에서 내장산을 찾아오다니?

사진을 찍어준 그들과 잠시 이야기를 나누었다. 유럽이나 미국 등 세계 여러 나라에 관광명소가 많고 중국에도 가볼 데가 많은데 어떻게 이곳에 오게 되었는지 물었다. 그들이 대답하기를 홍콩에서 돈을 많이 들이지 않고 가볼 수 있는 나라를 찾다 보니 한국이 선정되었고, 한국에서 가을에 가볼 만한 곳을 찾으니 내장산이 좋다고 해서 오게 되었다고 한다. 모두 인터넷으로 검색하고 찾았다고 하니 인터

넷의 영향력이 대단하다.

친구와 나는 잘 먹고 푹 쉬고 일어났다. 청량감이 가득한 산속 단 풍길을 걸어서 벽련암에 도착했다. 벽련암은 멋진 바위 봉우리가 병 풍처럼 둘러 있는 산 아래 넓은 터에 건축한 절이었다. 앞이 탁 트여 서 전망이 아주 좋았다. 너른 야외 마루에 앉아서 커피를 마시며 앞 산과 골짜기를 조망하며 쉬었다. 이곳 벽련암은 웬만한 절보다 규모 가 컸다. 백련사라고 불리기도 했는데 원래 이 절이 내장사였다고 한 다. 오래전 내장산 앞쪽에 위치해 있던 영은암이라고 불리던 암자가 접근성이 좋아서 내장사로 개칭되었다고 한다. 그 후 이곳을 백련암 으로 고쳐 부르다가 나중에 벽련암으로 부르게 되었다고 한다.

우리는 일어나서 넓은 암자를 돌아보고 원적암 으로 나아갔다. 벽련암에 서 원적암으로 가는 길도 아름다운 단풍길이었다. 조금 걷자니 크고 작은 손바닥만 한 크기의 날카 로운 바위 조각들이 깔려 있는 길이 나왔다. 그 옆에 '너덜겅으로 만 들어진 사랑의 다리'라고 쓰인 표지판이 있었다. "신랑 신부가 이 길 을 지날 때 바위 조각이 부딪치는 '딸각' 소리를 내지 않고 이 길을 통과하면 아들을 낳고 소원이 이루어진다."라고 써 있었다. 실상은 이 길은 너덜겅(바위 조각들)의 길이니 잘못 밟아서 넘어져 다치지 말고 조심조심 지나가라는 뜻이 아니겠는가?

조금 더 가니 '최고령 단풍나무 모수(母樹)'라는 안내판이 붙은 단풍나무 고목이 있었다. 수령이 약 320년으로 내장산에서 최고령 단풍나무란다. 대단한 발견이다.

더 나아가니 삼거리가 나왔다. 오른쪽 산 위로 올라가는 길은 완전 등산길로 불출봉으로 가는 길이었다. 삼거리에서 커다란 비자나무 몇 그루를 보고 조금 더 가니 오른편에 원적암이 있었다. 들여다보니 조그만 암자였다. 원적암을 지나니 내리막길로 돌계단이었다. 돌계단 옆은 대나무 숲이었다.

돌계단을 다 내려오고서부터 내장사로 가는 길은 완만한 숲길이었다. 계곡물이 길 따라 흐르고 있었다. 여기저기 단풍나무들이 빨강, 노랑, 밝은 갈색 등으로 저마다 치장을 하고 제각각 아름다움을 자랑하는 듯하였다. 내장사 뒷문에 도착하니 담 옆에 서 있는 몇 그루의 빨간 단풍나무가 막 시집온 새색시의 치맛자락처럼 눈부시게 아름다웠다.

내장사에 들어가서 경내를 돌아보고 정혜루를 통과하여 나왔다. 정혜루 앞에 있는 연못가에서 다시 한 번 내장사를 바라보고 '또 올게' 하는 마음을 전하고 천왕문을 나섰다. 내려올 때는 차도 옆 단풍길로 내려왔다. 버스 출발 시간에 맞추려니 마음은 급한데 길은 한정 없이 멀게만 느껴졌다. 그럴 만도 한 것이 일주문에서 주차장까지 거리가 3km였다.

일주문-벽련암-원적암-내장사-일주문까지 거리가 약 4km, 주차장-일주문 왕복 거리는 6km다. 그러니 친구와 나는 이날 하루 산속 걷기 좋은 단풍길을 10km가량 걸은 셈이다. 은퇴 후 가고 싶었던, 버킷리스트에 있던 내장산 단풍놀이는 기대 이상으로 흡족했다.

순창 강천산 계곡길

　　순창 강천산 계곡길은 아내와 내가 전라도에 여행 가서 알게 되었다. 우리의 여행 테마 '자연 속 숲길 걷기'에 딱 맞는 곳이었다. 강천산 군립공원 가까이 가자 도로 양옆으로 하늘로 쭉쭉 뻗어 올라간 메타세쿼이아가 가로수로 심겨 있었다. 멋진 길이었다. 공원 입구에 있는 제2주차장으로 들어가 나무그늘에 차를 세우고 위로 올라갔다. 관광안내소에 들러 순창의 볼거리와 강천산에 대하여 설명을 들었다.

식당과 상점들의 거리를 지나 올라가니 제1주차장이 있었다. 주차장이 작아서 차가 거의 만차로 보였다. 매표소에서 공원 입장료를 내고 강천산 계곡길로 들어갔다. 강천산은 1981년 국내 최초로 군립공원으로 지정되었고, 전북 순창군에서 선정한 관광지 9경 중 제1경이다. 강천산은 해발 587m로 높은 산은 아니지만 푸른 숲속에 맑은 물이 흐르고 주위 경관이 수려하다. 계곡을 따라 흐르는 물도 많고 기암괴석을 타고 쏟아지는 폭포도 있어서 호남의 금강산이라고 부른다. 계곡의 모양이 용이 꼬리를 치며 하늘로 올라가는 형상이라고 해서 한때는 용천산이라고도 했단다.

안내 지도를 보고 아내와 나는 계곡길을 걸어서 구장군폭포까지 갔다 오기로 했다. 매표소에서 구장군폭포까지는 편도 3km, 왕복 6km쯤 된다. 계곡 위의 다리를 건너 계곡 길에 들어섰다. 오른편 산에는 말할 것도 없고 왼편 계곡 쪽 언덕과 길옆으로도 활엽수가 촘촘히 심겨 있었다. 길 양편에 녹음이 짙은 나무들이 울창해서 우리가 걷는 길은 완전히 그늘이었다. 길 폭은 3m쯤 되고 바닥은 잘 정비되어 있어 걷기 좋았다.

얼마쯤 걸으니 다리가 나왔다. '도선교'라 이름 새긴 다리 앞 두 기둥과 다리 난간 기둥이 전부 장독 모양이었다. 순창의 특산품이 고추장과 된장 등 장류가 아닌가? 다리 기둥을 이렇게 만들다니 멋진 발상이다. 다리를 건너자 우측으로 폭포수가 수직으로 된 바위에 닿을 듯하면서도 닿지 않고 물방울이 퍼져서 흘러내리는 병풍폭포가 있었다. 바위 앞에 늘어뜨린 비단이 살랑대는 듯한 폭포였다. 큰 폭포의 높이는 40m, 작은 폭포의 높이는 30m란다. 계곡 옆 벤치에 앉아 병풍폭포를 바라보며 잠시 쉬었다.

일어나 조금 가니 다리 난간 기둥을 모두 고추 모양으로 만든 다리가 나왔다. 금강교였다. 그다음에 만난 송음교에는 새끼를 꼬아 묶어 둔 메주가 다리 양편 난간 기둥에 양각으로 조각되어 있었다. 예쁘지 않은가? 녹음이 우거진 자연 속에서 계곡 물소리를 들으며 걷는 것만도 행복한데, 작은 다리 하나도 이렇게 참신한 아이디어를 내어 만든 것을 보니 마음에 감동이 일었다.

우리가 걷는 길은 온통 마사토가 깔려 있어 걷기에 더할 나위 없이 좋았다. 내가 군에 있던 시절 군대 방송에서 '사단장을 한마디로 뭐라고 하느냐?' 물었을 때 한 친구의 대답이 기억난다. "사단장님은 마사토입니다." 사단장이 일선 부대를 방문할 때 병사들이 제일 먼저 해야 하는 일 중 하나가 부대로 진입하는 길을 정비하는 것이었다. 산에서 마사토를 파 와서 길을 평탄하게 다듬는 작업이었다. 그러니 위와 같은 대답이 나올 만하지 않은가? 강천산 계곡길을 걷는 사람은 바로 사단장 정도의 예우를 받는 셈이다. 이렇게 생각하니 흐뭇했다. 강천군에 감사한다.

조금 더 올라가니 메타세쿼이아 길이었다. 또 멋진 포토존을 만나는 것도 재미있었다. 무지개 모양과 하트 모양, 도토리 모양의 포토존이 있었다. 도토리 모양의 포토존 좌우에는 다람쥐 모양의 조형물도 붙여 놓았다. 포토존을 만날 때마다 아직은 젊은 아내의 모습을 사진에 담았다. 걷다 보니 깜찍하게 생긴 다람쥐가 나타나 우리 앞으로 다가오기도 했다.

887년(진성여왕 원년)에 도선국사가 창건하였다는 강천사에 들어가 보았다. 1,100년의 역사를 가진 절인데 지금은 비구니 사찰이라고 한다. 그 앞 계곡 건너 삼인대에 가보았다. 1515년 담양 부사 박상(朴祥), 순창군수 김정(金淨), 무안 현감 유옥(柳沃), 세 사람이 비밀리에 이곳 강천사 계곡에 모였다. 세 사람은 이곳에서 관인(官印)을 걸고, 즉 지위와 목숨을 걸고 1506년(연산군 12) 중종반정 후 폐위된 중종의 비 단경왕후 신씨의 복위 상소를 올리기로 결의하였다.

올린 상소는 받아들여지지 않고 세 사람은 귀양을 갔다. 230년의 세월이 흐른 후 1744년(영조 20) 4월에 이곳에 박상(朴祥), 김정(金淨), 유옥(柳沃), 세 사람의 절의(節義)와 사림(士林) 정신을 기리는 삼인대비(三印臺碑)가 세워졌다. 현재 삼인대는 후손들인 우리가 선조들의 의와 용기를 배우는 역사적인 장소다. 그 옆에 수령 300년쯤 된다는 모과나무가 있었다. 이 나무가 장수하는 이유가 바로 '강천산 계곡의 물이 좋아서'이지 않을까?

고추장과 된장의 맛을 좌우하는 가장 중요한 요소가 물이라고 한다. 순창에서 생산되는 장류의 맛이 좋은 이유는 순창에서 나는 물이 좋아서 그렇다고 한다. 은퇴 후 전국을 여행하다가 순창에 정착했다는 관광안내소 어른이 어쩌면 이 지역 물이 좋아서 그랬는지도 모른다. 좋은 물만 마셔도 병이 생기지 않고 건강하게 살 수 있다는 말이 있다. 인체의 70%가 물이고 뼈의 25%도 물이라고 하니 그럴 만도 하다. 나는 돈 많은 나라보다 산 좋고 물 좋은 나라가 더 좋다.

계속 올라가니 우측에 울창한 대나무 숲 산책로가 있었다. 짧지만 서울 경기지역에서는 보기 쉽지 않은 대나무 숲길이니 걸어보지 않을 수 없었다. 대나무 숲에는 뭔가 형언할 수 없는 스산한 기운이 서려 있는 듯했다.

대나무 숲 산책로를 지나니 강천산의 상징 격인 빨간 구름다리, 현수교로 올라가는 길이 있었다. 산언덕으로 올라가 다리로 갔다. 이 빨간 다리는 북동쪽에 위치한 왕자봉(584m)과 남서쪽에 위치한 신선봉(425m)의 중간, 해발 250m 능선을 연결하고 있다. 폭은 1m, 길이는 78m, 아래 지면에서의 높이는 50m다. 다리 를 건너니 전망대로 오르는 계단과 아래로 내려가는 계단이 나왔다. 마침 위에서 내려오는 사람이 있어서 물어보니 전망대까지 가려면 계단을 15분쯤 올라가야 한다고 했다. 아내와 나는 더운 날씨에 땀을 많이 흘릴 것 같아서 전망대에는 오르지 않고 그냥 내려왔다.

계곡 물길을 따라 조금 더 올라가 드디어 구장군폭포에 도착했다. 이 폭포는 마한시대 아홉 장수(부족장)를 기리는 뜻에서 구장군폭포라고 이름 붙여졌다. 전쟁에 나가 패하기만 하던 아홉 장수가 이 폭포 앞에서 만났다. 패배만 하는 장수로서 부끄럽게 사느니 차라리 다 함께 죽자고 했다. 동반자결 직전 한 장수가 무의미하게 죽지 말고 전쟁에 나가서 싸우다가 죽자고 했다. 그 후 아홉 장수는 전쟁에 나가서 죽기를 각오하고 싸우니 연전연승을 했다고 한다.

계곡 물가에 있는 전망대로 가서 맞은편 구장군폭포를 감상하였다. 그 후 탐방로 뒤 언덕으로 올라가 벤치에 앉았다. 폭포를 바라보며 간식을 먹고 커피를 마시면서 쉬었다. 좌측 산 아래 산수정(山水亭)이라는 정자가 보였다. 그곳에 가보고 싶은 마음도 있었지만 서너 사람이 놀고 있어서 가지 않았다.

내려오는 길에 신발과 양말을 벗고 맨발로 걸었다. 처음에는 발바닥이 아파서 발을 조심조심 내디뎠지만 조금 걷자니 익숙해져서 어느 정도 아파도 잘 걸을 수 있었다. 계곡 길 초입에 있는 병풍폭포 근처에서 계곡물로 내려갔다. 계곡물에 발을 담그고 바위에 기대어 앉았다. 그늘 속에서 발과 종아리를 마사지하며 놀고 있으니 더위가 싹 가셨다.

남원 지리산 뱀사골계곡

　　　장마와 더위가 시작되기 전 6월 중순 서울 선배 부부와 우리 두 부부가 지리산으로 여행을 갔다. 첫날 구례에서 성삼재로 올라가는 길목에 있는 천은사에 갔다. 천은 저수지 둘레길과 절 뒤 소나무 숲길을 걷고 저수지 물가와 소나무 숲에서 놀았다. 둘째 날 뱀사골계곡으로 갔다.

　뱀사골은 지리산 반야봉과 토끼봉에서 반선마을까지 9.2km나 되는 긴 골짜기다. 연중 흐르는 물이 마르지 않고 계곡의 곳곳에 기암괴석과 많은 양의 물이 모이는 소(沼)

가 있다. 소(沼)마다 전해 내려오는 이야기가 있어서 계곡 탐방하는데 재미를 더해준다. 뱀사골이라는 이름은 다음과 같은 설화에서 생겨났다.

　1,300여 년 전 뱀사골 입구에 송림사라는 절이 있었다. 절에서는 매년 7월 백중날(음력 7월 15일)에 스님 한 사람을 뽑아 그날 밤 신선바위에서 기도하게 하였다. 다음날 스님이 사라져 사람들은 그가 신선이 되어 승천하였다고 믿었다. 하지만 이를 괴이하게 여긴 한 스님이 어느 해 기도하러 올라가는 스님의 옷에 독을 묻혔다. 그 다음 날 올

라가 보니 신선바위에 이무기가 죽어 있었다. 매년 백중날 밤마다 기도하던 스님들이 이무기, 뱀의 제물이 되었던 것이다. 그 후로 사람들이 이 계곡을 뱀이 죽은 골짜기, 뱀사골로 불렀다고 한다.

계곡의 입구에 있는 마을도 신선이 되었다는 (희생된) 스님들을 기리는 뜻에서 반선(반 신선)마을로 부르게 되었다. 4km쯤 올라가면 병소 바로 앞에 뱀소가 있다. 이곳이 스님들이 기도하던 신선바위가 있던 곳이고 이무기, 뱀이 죽은 곳이라고 한다. 참고로 백중날은 한 해 농사일을 끝낸 후 수고한 머슴들에게 술과 음식을 거하게 차려주고 용돈도 주며 쉬게 하는 축제일이었다. 1960년대까지만 해도 농사를 짓던 시골에서는 백중날의 모습을 볼 수 있었다. 지금은 농경시대가 아니다 보니 거의 사라진 풍습이 되었다. 불교에서는 백 가지 과일과 채소, 꽃을 부처님께 올리고 복을 비는 날이라고 한다.

뱀사골계곡 길이 시작되는 곳에 아치문을 세우고 그 위에 '뱀사골 신선길'이라는 명패를 걸어 놓았다. 신선길에 들어서니 계곡의 오른편 가장자리에 덱 길을 잘 만들어 놓았다. 왼편 계곡을 바라보니 유구한 세월을 견뎌온 자연 속 바위와 돌들 사이로 지리산 맑은 물이 흐르고 있었다. '과연 지리산 명수(明水)로구나!' 하는 감탄이 절로 나왔다. 우리는 6월의 녹음이 짙은 계곡 속으로 점점 깊이 빨려 들어가고 있었다. 계곡 위 겹겹이 가린 나뭇잎들 사이로 푸른 하늘과 떠가는 흰 구름이 언뜻언뜻 보였다.

거의 경사가 느껴지지 않는 무장애 탐방로였다. 조금 걷다 보니 왼편 아래 계곡에 옥색 빛깔이 나는 아름다운 소(沼)가 넓게 펼쳐져 있었다. 이곳을 '돗소'라고 부르는데 멧돼지가 목욕하던 곳이라고 한다. 20여 년 전까지만 해도 운이 좋으면 멧돼지가 목욕하는 모습을 목격할 수 있었다고 한다. 지금은 멧돼지의 수도 많이 줄었고 사람들의 왕래가 잦아져서 이런 횡재를 맛볼 수는 없지 않을까?

반선에서 1.7km쯤 올라간 지점에 이르니 덱 계단이 나왔다. 길지 않은 계단을 올라 조금 나아가니 계곡 맞은편에 요상하게 생긴 큼직한 바위가 보였다. 용이 머리를 흔들며 승천하는 모습이라고 해서 요룡대라는 이름이 붙여졌다. 요룡대를 지나 조금 더 나아가니 탐방로는 산을 행해 올라가는 도로와 만났다. 도로 옆에 쉼터가 있고 도로 건너편에 화장실이 있었다. 반선에서 2km 지점이었다. 왼쪽으로 다리를 건너 지리산 천년송, 소나무가 있는 와운마을로 가는 갈림길도 보였다. 쉼터에서 잠시 쉬면서 물을 마시고 화장실에 다녀왔다.

어느 정도 쉬고서 계곡을 따라 위로 가니 또 다른 아치문에 '뱀사골 탐방로'라는 명패가 걸려 있었다. 덱 길은 조금 더 이어졌지만, 계곡 왼편으로 나무다리를 건너고부터는 더 이상 덱 길이 아니었다. 크고 작은 돌들이 박혀있는 흙길이었다. 그래도 경사진 길이 아니고 완만한 길이어서 걷기에 나쁘지 않았다. 여전히 녹음이 짙은 숲길을 걷는 기분은 힐링 만점이었다.

계곡의 왼편 길로 어느 정도 오르자 오른편 계곡 건너편에 탁용소가 있었다. 뱀이 허물을 벗고 용이 되어 승천하다가 떨어져 100m 정도 되는 긴 용의 자국이 남아 있다는 곳이다. 맑은 물 아래 계곡 바닥을 보니 용이 지나간 자국 같은 모양이 보이는 듯했다.

송림사의 스님들이 희생되고 이무기가 죽었다는 뱀소와 호리병 모양의 병소를 지나 조금 더 오르니 병풍소가 있었다. 길옆에 병풍소 쉼터가 있어서 그곳에 앉았다. 소(沼)를 둘러싸고 반듯하게 깎인 바위들이 마치 병풍을 두른 듯 연결되어 있는 멋진 병풍소를 감상하고 쉬었다. 반선에서 지리산 깊숙이 4km 들어온 지점이었다.

우리가 차를 세우고 걷기 시작한 반선에서 화개재까지는 9.2km다. 간장소까지는 6.4km, 제승대까지는 5.4km쯤 되지 않을까? 안내 지도를 보니 간장소까지는 그런대로 완만한 길이다. 간장소에서 화개재로 오르는 길은 경사가 좀 심한 듯 보여 간장소를 목표로 하고 다시 걷기 시작했다. 화개재는 지리산 둘레 마을 하동. 구례, 남원의 장사꾼들이 물물교환하던 장소(장터)였다고 한다. 간장소는 화개재에서 물물교환한 소금을 지고 오다가 이곳에 빠뜨려서 간장소라는 이름이 붙여졌다고 한다. 또 다른 설(說)에 의하면 뱀사골 이곳 물이 간장이 서늘할 정도로 뼛속까지 차가워서 간장소라는 이름을 얻게 되었다고도 한다.

제승대에 도착하여 기암괴석과 남색의 깊은 소(沼)와 맑은 물이 어우러진 장관의 경치에 끌려 계곡물로 내려갔다. 1,300여 년 전 송림사의 고승 정진 스님이 불자의 애환과 시름을 달래기 위하여 이곳에서 제사를 올렸다고 한다. 그런 연고로 이곳이 제승대라 불리었다. 우리는 차가운 물에 손을 담그고 씻고 각자 편한 자리를 잡고 앉았다. 준비해간 과일과 떡과 빵으로 점심을 먹었다. 점심 후 각자 이 바위 저 바위로 옮겨 다니며 놀았다. 옥색으로 빛나는 물속을 들여다

보기도 하고, 바위에 누워 녹음 사이로 뚫린 하늘과 구름을 올려다
보기도 했다. 뱀사골 계곡의 멋진 풍광 속에서 우리 두 쌍은 속세를
잊고 놀았다.

신선 세계 같은 제승대
계곡에서 한참을 놀다가
길로 올라왔다. 간장소를
향해 올라가는데 네 사람
다 걸음걸이가 어색하고 발
이 무거웠다. 어느 순간 신
선놀음하던 세계에서 떨어
져 나와 속세에 던져진 것
이다. 이제는 뱀사골 계곡
이 더는 찬란한 녹음의 신
비한 세계로 보이지 않았
다. 험한 산길로만 보이니
땀이 나고 힘들었다. 더 오르지 않고 그 길로 하산하기로 하였다.

하산하다 보니 몸이 가벼워졌다. 다시금 계곡이 청록색으로 빛나며
우리를 감싸는 듯했다. 그러한 계곡의 유혹에 이끌려 또다시 멋진 계
곡물로 내려갔다. 등산화와 양말을 벗고 물로 들어갔다. 또다시 신선
놀음이다! 네 사람 다 시간 가는 줄 모르고 물장난을 치며 놀았다.
간간이 보이던 탐방객이 보이지 않고 산 그림자가 계곡을 덮자 우리
는 일어나지 않을 수 없었다. 계곡 따라 걷는 깊은 산속의 완만한 숲
길 왕복 11km라니! 또 하루의 아름다운 숲속 힐링 여행이었다. 지리
산은 청초한 애인 같고 어머니 품같이 포근하기도 하다.

남원 지리산 구룡계곡

  10월 초, 지리산으로 2박 3일 가족여행을 갔다. 첫날 함양 상림 숲길을 걷고 칠성계곡의 초입에 있는 서암정사에 올랐다. 둘째 날 남원 구룡계곡으로 갔다.

  구룡계곡은 지리산 둘레길 1코스 남원시의 주천면에서 운봉으로 가는 길옆에 있는 깊은 계곡이다. 자동차 내비게이션에 구룡 탐방지원센터를 치고 출발하였다. 탐방지원센터 옆 주차장에 차를 세우고 구룡계곡으로 가는데 춘향묘가 있었다. '춘향묘라니?' 의아했다. 남원에서 관광객 유치를 위하여 소설 속 주인공의 묘를 만들었나 보다. 그 맞은편에 육모정이라는 정자가 있었다.

  구룡계곡에 들어가기 위해서는 사전등록을 해야 한다. 아들이 노고단과 함께 이곳에도 미리 등록했다. 계곡 입구에서 직원의 확인을 받고 구룡계곡으로 들어갔다. 9월 말~10월 초 남부지방에 비를 몰고 온 태풍 미탁의 영향으로 계곡물이 넘쳐서 바로 전날 10월 3일까지 탐방로가 출입금지였다. 다행히 우리가 예약한 이 날부터 개방하였지만, 물살이 세니 조심해서 다녀오시라고 직원이 말했다.

계곡으로 들어가서 걷기 시작하니 눈에 보이는 것은 숲과 물과 하늘과 구름이 전부였다. 길옆 계곡에 흐르는 물의 양이 많아서 물소리가 우렁차게 들리니 아주 상쾌했다. 앞에 가는 사람도 뒤에 오는 사람도 보이지 않았다. 이날 구룡계곡은 우리 가족만의 세상이었다.

계곡의 입구, 구룡계곡 탐방지원센터에서 구룡폭포까지 3.1km다. 구룡폭포까지 다녀오는 두어 시간 동안 신선처럼 놀리라. 공해와 소음과 좋지 않은 뉴스와 이야기가 매일 이어지는 세상을 벗어나 깨끗한 자연 속에서 아내와 딸과 아들과 걷고 있으니 얼마나 행복한가!

이곳도 구곡의 경치를 선정하고 안내판을 세워두었다. 구룡계곡 탐방지원센터를 통과하여 첫 번째 만난 안내판은 3곡 학서암(鶴棲岩)이었다. 1곡 송력동(松瀝洞, 소나무 숲)은 구룡 탐방지원센터 주차장 뒤에 있고 2곡 용소(龍沼)는 육모정 뒤 계곡의 소(沼)다. 3곡 학서암(鶴棲岩)은 학이 물고기를 잡아먹고 놀았다는 곳이고 4곡 서암(瑞岩)은 구시소라고 불리기도 한다.

이날 워낙 계곡물이 많아서 학서암도 서암도 온통 물이 차고 넘쳐서 길가에 세워놓은 안내판에 나오는 경치와는 비슷하면서도 다른 모습을 보여 주었다. 3곡 학서암(鶴棲岩)과 4곡 서암(瑞岩)을 지나 5곡 유선대(遊仙坮)까지는 계곡을 좌우로 건너다니면서 물 옆으로 걷는 길 이어서 완만하고 걷기에 좋았다. 5곡 유선대(遊仙坮)는 신선들이 바위 에 금(선)을 긋고 바둑을 두며 놀았다는 바위다. 유선대는 또 다른 이 름 은선병(隱仙屛)이라고도 한다. 신선들이 노는 것을 인간들이 보지 못하도록 병풍을 치고 놀았다고 해서 붙여진 이름이다.

6곡 지주대(砥柱坮, 하늘을 떠받치듯 높이 솟은 기암절벽)를 바라보면서 출렁다리를 건너가니 오르막 덱 계단길이 시작되었다. 더는 물을 따 라 걷는 계곡 길이 아니었다. 6곡 지주대(砥柱坮)부터 7곡 비폭동(飛 瀑洞)과 8곡 경천벽(擎天壁)을 지나기까지는 비탈과 급경사 계단을 오 르고 내려가고 다시 오르고 내려가는 산행이었다. 힘든 구간이었지만 어디서도 볼 수 없을 것 같은 별유선경(別有仙境)이 이어졌다.

7곡 비폭동(飛瀑洞)은 폭포 다. 바위를 타고 계곡 물이 떨 어지는 폭포의 형상이 마치 용 이 계곡 물에서 솟구치며 하늘 로 날아오를 때 물방울이 흩어 지며 약동하는 모습이라고 한 다. 이날 쏟아지는 폭포물의 양이 워낙 많아서 비폭동이라는 이름값을 톡톡히 했다. 비폭동을 바 라보며 서 있는 우리의 우측에서 물보라를 일으키며 쏟아져 내리는 계곡 물의 양도 엄청났다. 거세게 물보라를 일으키고 굉음을 울리며 물이 쏟아져 내리니 무서울 지경이었다. 물 가까이 가기 두려워하는 아내를 그 물보라가 솟구치는 옆 바위에 기대어 서게 하고 사진을 찍으니 이건 완전 작품이었다.

8곡 경천벽을 지나 내려가니 9곡 구룡폭포(九龍瀑布)를 향해 가는 평평한 길이 나왔다. 구룡폭포에 도착하여 폭포 앞에 서니 쏟아져 내리는 폭포의 물이 엄청나게 많았다. 폭포 소리가 너무나 우렁차서 바로 옆에서 이야기하지 않으면 알아들을 수가 없는 지경이었다. 다른 탐방객이 없어서 넷이 함께 폭포 앞에서 사진을 찍을 수가 없었다. 아내와 나의 사진은 아들이 찍어주었다. 폭포 옆으로 올라가서, 또 폭포 앞 출렁다리에서. 전날까지 태풍 미탁이 몰고 와서 쏟아 놓은 빗물의 양이 워낙 많아서 기암절벽을 타고 내려오는 구룡폭포는 정말 장관이었다.

아내와 딸은 구룡폭포를 감상하면서 쉬고, 아들과 나는 더 올라가서 구룡사에 가보았다. 절은 작고 딱히 볼 것은 없었다. 아래 구룡폭포에서 보이던 다리에 올라가 보았지만 다리가 작고 양편이 다 막혀 있어서 볼만한 경치는 없었다. 아들과 나는 내려와서 기다리고 있던 아내와 딸과 하산하기 시작하였다. 이때까지 아래서 올라오는 사람은 아무도 없었다. 구룡사에서 내려와 구룡폭포를 보고 계곡길로 내려가는 사람이 둘 있었을 뿐이었다.

더 내려오는 사람도 없고, 올라올 사람도 있을 것 같지 않은 늦은 시간이었다. 태풍의 영향으로 어제까지 입산을 통제하였기에 이날도 이 계곡에 들어오지 못하는 줄 알고 사람들이 오지 않은 듯했다. 이 날 우리 네 사람만이 이 계곡 처음부터 끝까지 올라왔다가 내려가는 탐방객이었지 않았을까? 내려가면서 예상외로 힘들었던 발과 다리를 달래며 쉬기로 하였다.

경천벽을 지나 비폭동으로 내려가기 전 덱 길옆 전망대에 돗자리를 펴고 앉았다. 저 멀리 산과 계곡의 경치를 조망하는 멋진 자리였다. 늦은 아침을 먹고 점심을 건너뛴 꼴이었으니 과일과 간식을 먹고 커피를 마시면서 쉬었다. 가까운 산과 먼 산들이 중첩하여 보이는 멋진 풍광을 바라보면서 노닥거리며 한가한 시간을 만끽하였다. 해가 산과 산 사이 계곡으로 기울고 있었다. 그러다가 금방 높은 산 뒤로 넘어 갔다.

산속에는 어둠이 빨리 스며든다. 얼른 털고 일어나야 했다. 험한 산길을 벗어나 계곡길을 뛰다시피 내려오니 세 사람의 여자 탐방객과 한 쌍의 나이 든 부부가 앞에 내려가고 있었다. 그들은 험한 등산로가 시작되기 전에 있는 출렁다리 또는 6곡 지주대(砥柱坮)까지만 왔다가 내려가는 것 같았다. 그래, 나이 들면 끝까지 가려고 무리할 것 없다. 체력과 시간이 되는 대로 걷고 놀다 가면 된다. 우리 세 팀의 탐방객은 어두워지기 전에 탐방로를 빠져나왔다.

장성 백양사-운문암

백양사 뒤 숲길은 젊은 날 아내와 나에게 잊을 수 없는 추억이 서린 곳이다. 6월 전라도 여행 일정에 백양사를 넣었다. 내장산 국립공원 백암 사무소를 지나 백양사 주차장으로 들어갔다. 평일이고 아직 여름 휴가철이 아니어서 그런지 주차장에 차량이 많지 않았다. 우리는 나무그늘을 찾아 주차하였다.

주차장 위에 호수가 보였다. 호수 안에 작은 섬을 만들어 놓고 나무도 심어 놓았다. 호수 안에 있는 섬과 멀리 뒤편에 우뚝 솟은 백학봉(白鶴峰)의 모습이 어우러져 멋진 풍경을 만들어 내고 있었다. 계곡의 물을 막아 호수를 만든 둑 위에 징검다리가 있었다. 나는 징검다리를 건너서 호숫가로 걸어 올라가고 싶었다. 그러나 아내는 물에 빠질까 겁이 난다고 그냥 탐방로로 올라가자고 했다. 나이가 드니 몸과 마음이 젊은 시절 같지 않다.

백양사로 들어가는 도로로 돌아와 위로 올라가니 호수 위쪽에 정자와 물길을 건너는 구름다리가 있었다. 정자 근처에 두 사람 또 자그마한 구름다리를 건너 벤치에 또 다른 두 사람이 짙은 나무그늘에 앉아서 쉬고 있었다. 두 팀 다 연세가 드신 어르신들이었다. 그분들을 보고 이런 생각을 해보았다.

저분들은 백양사 근처에 사는 사람들인가? 70세가 지나면 입장료를 내지 않으니 시간 날 때마다 이런 좋은 곳에 와서 힐링할 수 있으니 좋겠구나. 혹시 타지에서 여행 온 사람들일까? 나이가 들었지만 아직은 차 운전을 하니, 오고 싶은 데 온 것이리라. 멀리 올라갈 체력은 안 되니 산 초입 호숫가 우거진 숲속에서 자연을 즐기고 있는 것 아닐까?

아내와 나도 나이가 더 많아지면 체력이 지금 같지 않을 것이다. 좋은 길이라도 멀리까지 걷지 못하게 될 때가 올 것이다. 그러면 저 어르신들처럼 산속에 들어오자마자 쉬려고 하지 않을까? 우리도 벌써 산 정상에 오르는 등산보다는 숲길 걷기를 선호하지 않는가? 언젠가 잘 걷지 못하는 때가 온다. 그러니 잘 걸을 수 있을 때 가고 싶은 곳에 다녀야 한다.

호수로 흘러드는 물길을 따라 오르니 멀리 2층 누각 쌍계루(雙溪樓)가 보이고 물에 비쳐 아름다운 경치를 만들어 내고 있었다. 역시 녹음이 짙은 산과 물, 산수(山水)가 어우러지니 멋진 그림이 된다. 쌍계루에 올라가 앞의 호수를 바라보고 뒤편 백학봉을 바라보았다. 멋진 풍경이었다. 내려오니 광장 맞은편 산 아래 게시판이 몇 개 서 있었다. 백양사 뒤 멋진 풍광을 자랑하는 백학봉, 고하 송진우 선생 (1890~1945, 독립운동가, 교육자, 언론인)이 공부하던 청류암(청류원), 그리고 절 뒤에 군락을 이루고 있는 천연기념물 비자나무숲에 관한 이야기가 써 있었다.

백양사로 들어가서 대웅전과 350년이 넘은 매화나무 고불매(古佛梅)를 돌아보았다. 고불매라는 이름은 백양사 스님들이 부처님의 원래 가르침을 기리자는 뜻으로 결성한 고불총림에서 따온 듯하다. 백양사는 1,400년 전 632년(백제 무왕 33)에 여환 스님이 창건하였다. 백양사라는 이름은 조선 선조 때 환양선사가 백양사 영천암에서 금강경을 설법하는데 흰 양이 와서 듣고 천국으로 환생하여 갔다고 하는 설화에서 연유하였다고 한다. 절에서 나와 가장 위에 있는 암자 운문암(雲門庵)까지 2.5km를 걷기로 했다. 왕복하면 5km다. 주차장에서 치면 족히 6km 정도 걷게 된다.

절 뒤로 올라가자 비자나무숲이 시작되었다. 운문암으로 올라가는 길에서 오른쪽 약사암으로 갈라지는 지점까지 약 1km 정도의 길 양편에 비자나무가 군락을 이루고 있었다. 우리나라에서 가장 많은 7,000여 그루의 비자나무가 백양사 주변에서 자라고 있다고 한다. 이 비자나무는 고려 시대 각진국

사(1270~1355)가 당시 주변 사람들에게 비자나무 열매를 구충제로 나눠주려고 심었다고 한다. 비자나무(열매)가 허브향 같으면서도 알싸한 향기로 후각을 자극했다.

신혼 초 아내와 나는 요즘 젊은 세대로서는 도저히 이해할 수 없는 고생을 사서 했다. 우리를 위해서가 아니고, 부모님과 동생들이 편히 살 집을 마련하기 위해서였으니…. 나는 뜨거운 열대 나라에 나가 근무하고 아내는 부모님과 동생이 넷이나 되는 시집에 들어가서 몸과 마음이 힘들게 살았다. 첫 휴가 들어와서 나는 시집에 갇혀 지내는 아내에게 어떻게 바깥바람 좀 쐬어줄까? 궁리 끝에 둘이 관광버스를 타고 이곳에 왔었다. 아내는 갇혀 있던 새장에서 풀려난 새가 마음껏 창공을 훨훨 날아다니듯이 백양사 비자나무 숲에서 자유를 만끽했다. 그때 아내의 즐거워하는 모습을 본 후로 나는 시간만 나면 아내의 여행 안내자가 되어 산다.

겨우 하루 동안의 추억이 서려 있는 길이지만 35년 전 생각이 났다. 그때 약사암까지 올라갔던 생각을 하며 약사암에 들러보고 싶었다. 운문암으로 가는 길에서 갈라져 약사암, 백학봉(해발 651m)으로 오르는 길을 보니 험하고 가파르게 보였다. 탐방로 안내도에도 약사암, 백학봉으로 가는 구간이 '(매우) 어려움'으로 표시되어 있었다. 35년 전의 젊은이가 아닌 우리는 아쉽지만, 약사암에 가는 것은 단념하고 운문암으로 올라갔다.

운문암으로 가는 길도 경사진 길이었지만 포장이 잘 되어 있어서 걸을 만했다. 길 양편으로 활엽수와 간간이 섞여 있는 소나무가 들어찬 숲길이었다. 엊그제 비가 내려서 그런지 길옆으로 흐르는 계곡물이 많아서 상쾌함을 더해주었다. 계곡으로 흘러내리는 물은 여기저기에서 자잘한 폭포를 만들어 내며 청량한 물소리로 골짜기를 가득 채 웠다.

얼마쯤 오르자 가파른 골짜기에 멋진 폭포가 보 였다. 두 개의 물줄기가 합쳐져 쏟아지는 폭포수가 목청을 돋우어 "쏴아, 나 좀 봐 주세요!" 하고 우리 를 부르는 듯 울렸다. 폭 포수가 부르는 소리를 듣 고 어찌 그냥 지나칠 수 있겠는가? 가파른 길을 오 르느라 땀이 나고 힘들었 던 우리는 길에서 조금 아
래 계곡으로 들어가 폭포를 마주하고 앉았다. 폭포는 시원한 바람을 일으켜 우리한테 쐬어주며 우리를 반겼다. 시원한 음이온이 나오는 폭포 아래 앉아 땀을 닦고 시원한 생수를 마시고 쉬었다.

다시 일어나서 운문암으로 올라갔다. 암자 입구에 "결제(안거, 수행) 중이오니 돌아가십시오."라는 팻말이 걸려 있었다. 더운데 땀 흘리며 2.5km를 올라왔는데 그냥 내려가라니? 아내는 팻말의 글을 읽어 보 고 올라가지 않겠단다. 나만 조용히 올라가 보기로 했다. 조심조심 발소리를 내지 않으며 암자로 올라갔다. 우측으로 난 길로 올라가니 한자 초서체로 '고화실(枯花室)' 현판이 걸린 염화실(방장실)이 있고, 가 운데 '운문암(雲門庵)' 선원 건물, 좌측에 '소림굴(小林窟)' 작은 법당이 있었다. 안에서 수도승들의 말소리가 들렸지만, 다행히 내다보는 사람은 없었다.

건물을 뒤로하고 앞을 향해 서니 탁 트인 전망이 일품이었다. 가까이 포실한 수목이 가득 찬 푸른 산들로부터 중간엔 짙푸름을 넘어 시커먼 산, 멀리 점점 더 희뿌옇게 보이는 산들의 파노라마가 펼쳐졌다. 나는 산에 오를 때마다 이런 자연이 만들어 내는 놀라운 광경에 감동한다. 암자에 오래 머물러 있을 수 없는 게 몹시 아쉬웠지만 어쩌랴? 조용히 운문암 아래로 내려왔다.

옛날부터 '북 마하연(摩訶衍), 남 운문암(雲門庵)'이라는 말이 있다. 한반도 북쪽에는 금강산 마하연 선방, 남쪽은 백암산 운문암 선방이 속세를 떠나 조용히 불도를 닦기 좋은 곳이라는 말이다. 운문암은 백암산 상왕봉(象王峰, 741m) 아래 해발 500m쯤에 위치하여 산 아래 백양사보다 기온이 3~4도 낮아 여름에도 시원하다고 한다.

내려오다가 비교적 넓고 조용한 계곡물로 들어갔다. 편하게 자리를 잡고 흐르는 계곡물에 발을 담갔다. 쩌릿쩌릿 발이 시려 왔다. 엄청나게 차가운 계곡물에 발을 담그고 있자니 발의 피로가 싹 달아나는 듯했다.

우리 베이비부머들은 젊어서 가난을 타개하려고 열심히 일하지 않았던가? 모을 줄만 알았지, 나를 위해 쓴 돈이 얼마나 되는가? 나이 들어 은퇴한 후 살날이 얼마나 될까? 인생의 끝이 언제일지 알 수 없다. 각자 나름대로 모아 놓은 돈 이제는 고생한 아내와 나를 위해서 어느 정도는 쓰고 살자.

젊어서 고생시킨 아내와 여행 다니는 삶을 살 수 있으니 고진감래(苦盡甘來)다.

담양 소쇄원과 식영정 / 장성 축령산 편백나무 숲

11월 초순 가을 전라도 여행 때 아내와 나는 우리나라의 대표적인 민간 정원인 소쇄원에 갔다. 몇 년 전 전주 한옥마을과 담양 죽녹원-관방제림-메타세쿼이아 길 여행 시 가보고 싶었던 곳이었다. 소쇄원은 산 아래 계곡을 끼고 있는 1,400여 평의 대지에 자연을 훼손하지 않고 지형에 맞춰 지은 아름다운 정원이다. 이 정원은 1520년대에(조선 중종 때) 소쇄공 양산보(1503~1557)가 조성하였다. 그는 조선 중종 때 개혁을 주도하던 스승 조광조가 기묘사화(1519년)로 사사(賜死)되자, 벼슬살이의 꿈을 접고 이곳으로 내려왔다.

소쇄원(瀟灑園)은 어려운 한자를 썼지만 '물 맑고 시원하고 깨끗한 원림'이라는 뜻이다. 청아한 물소리를 들으며 계곡을 따라 깨끗한 자연으로 들어갔다. 길옆에 있는 대나무 숲이 사사삭 시원한 바람 소리를 내며 우리를 반갑게 맞이하는 듯했다. 안으로 들어가서 계곡 바로 위에 세운 정자, 광풍각(光風閣) 쪽으로 올라갔다. 빛이 들고 바람이 불어오는 정자란다. 그 뒤에 또 집이 한 채 있었다. 제월당(霽月堂)이었다. 비 갠 뒤 하늘에서 청명한 달이 은은한 빛을 비추는 집이라는 뜻이다. 제월당은 주인이 거처하는 집이고 광풍각은 손님이 거처하는 사랑방이다.

제월당을 돌아보고 나와 광풍각의 마루에 올라앉았다. 아래 계곡과 계곡 너머 대나무 숲, 멀리 산을 바라보았다. 옛 주인과 손님이 그랬듯이 우리도 멋진 정원의 정취에 빠져 한참 동안 앉아 있었다. 건물이 몇 채가 더 있었다고 하는데 현존하는 건물은 입구의 대봉대와 광풍각, 제월당, 세 채가 전부였다. 계곡과 집 사이에는 대나무와 매화, 소나무, 동백, 오동, 배롱나무 등이 심겨 있었다. 산 위쪽에서 흘러 내려오는 물이 정원 안으로 들어왔다 나가니 수목이 무성하게 자랐다.

계곡물이 흘러들어오는 담장을 지나 산 쪽으로 올라가 보고, 앞에 있는 대나무 숲에도 들어가 보았다. 나오면서 입구에 있는 초가정자의 현판을 보니 대봉대(待鳳臺)라고 써 있었다. 대봉대란 봉황새를 기다리는 곳이라는 뜻이다. 이곳을 방문하는 손님을 봉황새처럼 귀하게 여겨 맞이하겠다는 뜻이지 않을까? 참 좋은 이름이다.

소쇄원에서 나와 가사문학관에 들렀다. 주차장에 차를 그대로 두고 그 옆 언덕 위에 있는 식영정에 올라가 보았다. 식영정은 정면 2칸, 측면 2칸의 단층 팔작집으로 반은 온돌방이고 반은 마루였다. 이 정자는 석천 임억령(石川 林億齡, 1496~1568)을 위하여 그의 제자이자 사위였던 서하당 김성원(棲霞堂 金成遠, 1525~1597)이 건축하였다고 한다. 사위가 장인을 위하여 지은 것이다.

임억령은 벼슬길에서 마땅히 행하여야 할 도리(道理)를 다하고 청렴결백하게 살았다. 1545년 당시 호조판서였던 그의 동생 임백령((1498~1546)이 을사사화를 일으켜 공신이 되었다. 그러나 임억령은 형으로서 이를 말리지 못한 죄책감에 당시 재직하고 있던 금산군수를 사직하고 고향인 해남으로 내려갔다. 1560년(명종 15)에 김성원이 이 별서를 짓고 임억령을 모셨다. 임억령은 정자 이름을 '그림자가 쉬는 곳'이라는 뜻으로 식영정(息影亭)이라고 지었다.

식영정에는 담양에 있는 문인들이 많이 모여들었다. 그중 석천의 가르침을 받고 이곳에서 함께 시를 쓴 사람들이 있었다. 이들을 '식영정 4선(仙)'이라고 부르는데, 석천과 서하당, 제봉 고경명(霽峰 高敬命, 1533~1592)과 송강 정철(松江 鄭澈, 1536~1593)이다. 석천은 이곳 경치 좋은 성산 20곳을 택하여 「식영정 20영」을 지었다. 이를 차운하여 김성원, 고경명, 정철까지 3명의 제자가 20편씩 지었다. 이렇게 지은 80편의 시를 기초로 하여 송강이 성산별곡(星山別曲)을 썼다.

임억령이 자신의 정자 이름을 어떤 사유로 식영정(息影亭) '그림자가 쉬는 곳'이라고 지었을까? 궁금했던 나는 담양 여행에서 돌아온 후 자료를 찾아보았다. '그림자' 이야기는 『장자』의 잡편 제31편에 공자가 어부로부터 가르침을 받는 데서 나온다.

어떤 사람이 자기 그림자가 두렵고 자기 발자국을 싫어하여 이것들로부터 달아나려 했다. 그림자로부터 도망가려고 뛰어 달아나도 그림자는 떨어지지 않고, 뛸수록 발자국은 더 많아졌다. 그는 자신이 느리게 뛰어서 그렇다고 생각하고 쉬지 않고 달렸다. 그는 결국 힘이 다 소진되어 죽고 말았다. 그는 그늘 속에서는 그림자가 보이지 않고, 가만히 쉬고 있으면 발자국이 생기지 않는다는 사실을 깨닫지 못했다.

여기서 '그림자'란 세상의 부와 명예를 추구하는 욕심이라고 한다. 세상에 욕심이 없는 사람이 있는가? 우리에게 그림자처럼 붙어 다니는 욕심과 욕심을 쫓아 사느라 자신이 남긴 추한 흔적(발자국)을 어떻게 없애버릴 수가 있는가? 이 또한 욕심이 아닌가? 석천은 어린 시절에 청백리 눌재 박상(訥齋 朴祥, 1474~1530)으로부터 장자를 공부하였다. 그는 욕심이 따라다니지 않고 추한 발자국이 아예 생기지 않게 사는 법을 깨달았다.

1545년 을사사화의 주역이었던 동생 임백령은 1년 후 사신으로 명나라에 다녀오다가 49살로 객사하였다. 임억령은 산수 좋은 자연 속에서 명사들과 교류하며 73살까지 장수하며 2,000여 편의 시를 남겼다. 인생이 이렇다.

식영정에서 내려와 장성으로 이동하였다. 아내가 인터넷에서 검색한 장성의 맛집을 찾아갔다. 갖가지 맛있는 전라도 음식을 한 상 받아서 점심을 배불리 먹었다. 점심 후 축령산(鷲嶺山, 621m) 편백나무 숲에 갔다. 지난여름 담양 명옥헌(鳴玉軒)과 Slow City 삼지내(삼지천) 마을을 돌아보고 축령산 편백나무 숲에 갔었다. 금곡 영화마을에서 2.8km 올라가, 금곡 안내소 가까이 있는 편백나무 숲속 덱에서 놀다 내려왔다.

축령산에 편백나무를 심은 사람은 순천 출신 춘원 임종국(春園 林種國, 1915~1987)이다. 축령산에 있는 편백나무의 70%를 그가 심었다고 한다. 전에 갔을 때 임종국의 조림공적비와 그가 묻혀 있는 수목장에 가보지 못해 아쉬웠다. 이번에 다시 간 이유는 그 두 장소에 가보고, 또 다른 편백나무 숲길을 걷고 싶었기 때문이다.

이날은 금곡마을 반대편에 있는 모암마을로 갔다. 모암 저수지 아래 주차장을 지나 저수지 위 작은 주차장으로 올라가 차를 세웠다. 간식과 물을 챙겨 배낭을 메고 위로 올라갔다. 짧은 언덕길을 오르니

'Yellow City 장성 축령산 금빛휴양타운'이 나왔다. 그 앞과 그 맞은 편 편의점(카페) 앞에도 차가 몇 대 주차되어 있었다.

산길로 올라가니 왼편 산은 진녹색의 편백나무 숲이고, 길 오른편으로도 편백나무가 심겨 있었다. 오른편 계곡 따라 덱 길도 있었다. 계곡 건너 오른 편 산은 편백나무가 아닌 활엽 수 숲이었다. 간간이 단풍나무 도 보였다. 계곡 건너편 덱 길 위에는 낙엽이 되어 떨어진 활 엽수의 갈색 나뭇잎이 수북이 쌓여 있었다. 뜨문뜨문 보이는 단풍나무의 붉은 단풍잎은 여전히 환한 빛을 발하고 있었다. 오른쪽 덱 길이 끝나고 산길 탐방로와 합쳐지는 지점 오른편에 '장성 편백 치 유의 숲'이라는 간판이 서 있었다.

숲속 탐방로를 따라 조금 오르니 작 은 쉼터 '만남의 광장'이 있었다. 그곳에 서 이정표를 보니 모암 주차장 1.1km ↔ 산림치유센터 0.8km였다. 쉼터 벤치 에 앉아 물을 마시고 잠시 쉬었다. 다시 일어나 '물소리 숲길'을 따라 20분쯤 올 랐을까? 덱 길이 나타났다. 덱 길을 따 라 왼쪽으로 가려는데 위에서 내려오는 사람이 댁 길은 공사 중이니 그냥 산길로 올라오라고 했다. 산길로 올라가니 금방 중앙임도, 큰길을 만났다. 오른쪽으로 가면 금곡마을 방향이고 왼쪽으로 가면 추성마을이다.

왼쪽 추성마을 방향으로 조금 가니 춘원 임종국 조림공적비가 있었다. 비문을 읽어보았다. '예로부터 치산(治山) 치수(治水)는 치국(治國)의 요체라 했는데. 우리 국토는 일제와 6·25(한국전쟁)를 거치면서 심하게 황폐되어 있었다. 공(公)은 이를 안타깝게 여겨…' 춘원은 나라에서도 하지 못한 치산(治山)의 과업을 개인이 해낸 것이다.

6·25 한국전쟁이 끝난 후 황폐해진 이 산에 춘원은 1956년부터 1976년까지 무려 20여 년 동안 축령산 서삼면 일대 600여 ha에 약 300만 그루의 편백나무와 삼나무를 심었다. 600ha는 여의도 면적(290ha)의 2배가 넘는다. 양잠업을 하여 번 돈과 전 재산, 논과 밭은 물론이고, 집까지 팔아 나무 조림에 쏟아부었다. 1968년과 69년 예상치 못한 가뭄으로 조림한 나무가 말라 죽을 지경이 되었다. 극심한 가뭄에 농작물 돌보기도 힘든 판국이었다. 하지만 임종국과 그의 온 가족은 물지게를 지고 산 위 조림지에 물을 퍼 날랐다. 산 위에 있는 나무를 살리겠다고 발버둥 치는 임종국을 우매하다고 하던 동네 사람들도 나중에는 적극적으로 도왔다.

이렇게 정성을 다해 가꾼 축령산의 편백나무와 삼나무는 하늘로 쭉쭉 뻗어 오르며 멋지게 자라 우리나라에서 가장 아름다운 숲이 되었다. 2000년 제1회 아름다운 숲 전국대회에서 '아름다운 천년의 숲'으로 선정되어 공존상(우수상)을 수상하였다. 현재 이 숲은 장성군에서 치유의 숲으로 관리하고 있다.

산림치유센터를 둘러보고 벤치에 앉아 잠시 쉰 후 중앙임도를 따라 임종국 수목장을 향해 걸었다. 왼편 '맨발 숲길'을 지나치고 오른편 '숲 내음 숲길'로 들어갔다. 편백나무 숲을 뚫고 만든 덱 길을 걷자니 숲에서 뿜어져 나오는 피톤치드가 폐 속으로 가득 들어오는 듯했다. 피톤치드를 함유한 산뜻한 가을 공기를 흠뻑 들이마시며 걷자니 '이보다 더 좋은 힐링이 또 있을까?' 하는 생각이 들었다. 다시 중앙임도로 나와 춘원의 수목장으로 갔다. 느티나무 아래 안치된 춘원의 수목장 앞에서 고인의 숭고한 뜻을 생각해보았다. 그 옆에 그의 아내 김영금의 수목장도 있었다.

수목장에서 나와 우물터가 있는 쉼터로 갔다. 우물터 아래 쉼터 주변에 단풍나무 10여 그루가 심겨 있었다. 나무마다 빨갛게 달아오른 단풍잎이 아직도 많이 달려 있고 나무 아래에는 온통 붉은 단풍잎이 땅을 덮고 있었다. 마치 두꺼운 빨간 이불을 땅 위에 깔아 놓은 듯했다. 세상에! 하늘로 쭉쭉 뻗은 편백나무와 삼나무의 녹음 짙은 숲길만 걷는 줄 알았는데, 축령산 한가운데 이렇게 멋진 단풍 숲이 있을 줄이야 상상인들 했겠는가? 철 따라 완전 다른 속살을 보여 주는 자연의 경이로움에 반하지 않을 수 없었다. 그곳 단풍 광장에 평상과 벤치가 있었다. 아내와 나는 벤치에 앉아 일어날 줄을 모르고 황홀한 단풍에 취해 한동안 앉아 있었다.

바로 하산하기가 아쉬워 옆으로 난 '산소 숲길'을 더 걸었다. '산소 숲길'은 자연 그대로의 길이었다. 내려오는 데 '깔딱고개'가 있었다. 경사가 심하지만 흙길이고 그다지 길지 않아서 무난하게 통과하였다. 올라갈 때 잠시 쉬었던 만남의 광장을 지나 주차장으로 하산하였다. 심신 모두가 건강해지는 멋진 편백나무와 삼나무 숲속 걷기였다.

곡성 섬진강 둘레길

아침부터 부슬부슬 비가 내렸다. 큰비는 아니지만 종일 오락가락 비가 내린다는 날씨예보가 있었다. 이날은 비가 오니 섬진강 둘레길을 걷기로 했다. 우산을 챙겨 곡성군 오곡면 송정리에 있는 가정역으로 가서 지하 주차장에 차를 세웠다. 비에 배낭이 젖지 않도록 커버를 씌우고 우산을 쓰고 나왔다. 섬진강 위 멋진 다리를 걸어서 강을 건넜다. 이 다리는 보행자 전용으로 2012년에 새로 건설되었는데 높이 16.5m, 길이 200m, 폭 3m다.

다리에서 내려와 좌측으로 방향을 잡아 섬진강 둘레길을 걷기 시작했다. 넓은 섬진강을 바라보며 부슬부슬 비 내리는 강변을 걷자니 꽤 운치가 있었다. 강변길을 걷다가 가로수가 우거진 도로로 올라갔다. 도로 옆에 '함께 나누는 길'이라고 쓰고 그 아래 자동차-자전거-사람의 세 형상이 그려진 표지판이 서 있었다. 이 길은 자동차도 달리고 자전거도 다니고 사람도 걷고 함께 사용하는 길이니 서로를 배려하자는 뜻이다. 표지판의 그림이 참 좋다는 생각이 들었다.

조금 걷자니 도로 옆 언덕 위에 잘 지어진 카페가 있었다. 카페의

창이 큰 통유리로 섬진강을 향하고 있었다. 저 카페에서 섬진강을 바라보며 달콤한 차 한 잔을 들면서 시간 가는 줄 모르고 앉아 있으면 좋겠다는 생각이 들기도 했다. 그렇지만 아직은 피가 뛰고 기운이 솟는 몸이니 걷는 게 더 좋다. 나이가 더 들면 하루에 7~8km가 아니고 3~4km 걷기도 소화해내지 못하는 때가 오리라. 그때는 내 몸도 마음의 명령에 굴복하고 저 카페에 앉아 있으리라.

굽어지는 길에 서 있는 반사판 거울 아래 '토닥토닥 걷는 길'이라고 쓴 팻말이 보였다. 멋진 우리말로 써 놓은 글이 정겹게 다가왔다. 1km 남짓 걷자니 두가헌이라는 명패가 붙은 집이

있었다. 안을 들여다보니 전통 한옥 네댓 채가 조화롭게 지어져 있었다. 장독대도 있고 정원을 잘 가꾸어 놓았다. 두가헌은 이 길을 걷는 여행자들이 들르는 카페, 식당 또 숙박하는 펜션인 듯했다.

이정표를 보니 1.5km 더 가면 도깨비 마을이다. 아내와 나는 도깨비 마을까지 갔다 오기로 했다. 걷다 보니 나무에 걸려 있는 '도깨비 마을'의 방향을 가리키는 팻말이 이채롭다. 다섯 글자를 거꾸로 쓰고 각각의 글자를 빨강, 노랑, 파랑의 색깔을 사용하였다. 팻말도 삐뚤게 나무에 걸어 놓았다. 도깨비 마을을 예고하는 참신한 아이디어다.

도깨비 마을 앞에 도착하니 키가 6~7m쯤 되고 머리에 뿔이 둘 달린 도깨비 동상이 오른손에는 창을, 왼손에는 도끼를 들고 섬진강을 바라보며 서 있었다. 맞은편 길가에는 키가 1.5m 정도인 작은 도깨

비 동상이 복스러운 얼굴에 웃는 얼굴을 하고 우리를 맞이했다. 도깨비 마을 앞 길가 화장실에도 남녀 칸을 구분하는데 앙증맞고 예쁜 남녀 도깨비 그림을 붙여 놓았다.

길가 큰 게시판에 이곳 송정리와 호곡리 마을에 옛날부터 전해 내려오는 이야기가 씌어 있었다. 홀어머니를 모시고 살던 마천목 장군이 한겨울에 어머니가 먹고 싶다는 생선을 잡는데, 어찌어찌하여 도깨비들의 도움을 받았다는 이야기다. 아들의 효성에 감복한 하늘이 도왔다는 전래 동화 같은 재미있는 이야기였다.

길가 덱 쉼터에서 잠시 쉬고 도깨비 마을 입구에 있는 전망대로 올라갔다. 전망대에 오르니 섬진강과 강 양편에 구름이 걸려 있는 산들이 차분하면서도 산뜻하게 다가왔다. 햇살 좋은 날도 좋겠지만, 조용히 가느다란 비가 내리는 이 날도 좋았다. 섬진강 둘레길을 걷는 사람을 한 사람도 보지 못했으니 유유히 흐르는 섬진강과 구름이 피어오르는 산들이 이날은 다 우리 둘만을 위해 있는 것 같았다. 잠시 살다 가는 인생길에서 세상 것을 좀 더 많이 가지려고 마음 졸이고 상하고 지쳐서야 되겠는가? 이렇게 아름답고 경이로운 자연에만 들어오면 언제나 마음이 감동하고 풍요로워지는데!

감동적인 전망대 풍경을 뒤로하고 숲길을 따라 도깨비 마을로 올라갔다. 가는 길 여기저기에 여러 가지 모양의 작고 깜찍한 도깨비 형상이 있고 도깨비에 관한 짤막한 퀴즈와 답이 나무판에 써 있었다. 재미난 길이었다. 도깨비 마을은 문을 닫아서 들어가지 못했다. 여전히 코로나 사태로 관광객을 맞이할 입장이 아니고 사람들도 오지 않는가 보다.

계속 걷다 보니 산 위 마을로 통하는 길이 나왔다. 이곳 도깨비 마을 입구에 천하대도깨비와 지하여도깨비 장승이 서 있었다. 두 장승이 활짝 웃는 모습을 대하니 우리 마음이 푸근해졌다. 장승 앞에는 또 금계국이 활짝 피어 있어서 보기 좋았다. 계곡을 따라 큰길로 내려오면서 우리가 걸어 올라간 길이 울창한 숲속에 있었음을 알게 되니 기분이 한층 더 좋아졌다.

두 시가 다 되어가고 있었다. 점심은 가정역 아래 식당에서 재첩국을 먹기로 했다. 돌아올 때 섬진강을 건너와서 가정역 쪽 강변길을 걸었다. 길 위에 오디가 많이 떨어져 있었다. 나무 위를 쳐다보니 오디가 검붉게 익어 한창이었다. 오디를 그냥 지나칠 아내가 아니다. 오디를 따서 먹고 컵에 모으고 하다 보니 시간이 훌쩍 지나갔다. 식당에 세 시가 넘어서 들어갔더니 음식을 만드는 아주머니가 출타 중이어서 점심 준비가 안 된단다. 어쩔 수 없이 차를 타고 곡성 기차 마을 전통시장에 가서 점심을 먹었다.

곡성에 왔는데 기차 마을에 가보지 않아서야 되겠는가? 기차마을에 갔더니 안타깝게도 모든 시설이 정지 상태였다. 코로나 사태로 관광객이 오지 않는지 운영하지 않았다. 기차 마을 입구에 있는 화통이 달린 옛날 기차를 사진에 담고 나왔다. 차를 타고 다니다 보니 그 지역 버스 정류장이 예쁜 기차 모양이어서 눈길을 끌었다.

숙소로 돌아오는 길에 아내와 나는 섬진강과 들과 산과 마을을 바라보는 길가 언덕 위 커피숍에 들어갔다. 따뜻한 차와 커피를 주문하여 마시면서 창밖에 부슬부슬 비 내리는 풍경을 바라보며 앉아 있었다. 멀리 마을의 집들에 하나둘 등이 켜지고 섬진강 다리 위 가로등에 불이 들어올 때까지. 비가 오니 모처럼 조용히 느리게 산 하루였다.

구례 지리산 성삼재-노고단

지리산 가족여행 셋째 날엔 새벽에 일어나 성삼재로 차를 몰았다. 시암재와 성삼재에서 일출을 보고 노고단으로 올라가기 위해서였다. 아침 해 뜨기 직전 간신히 시암재에 도착했다. 그 시각 시암재에서 바라보는 새벽 풍경은 경이로움 그 자체였다. 흰 구름의 바다 위로 언뜻언뜻 솟은 산봉우리와 산 능선들. 보이지는 않지만 떠오르는 태양 빛을 받아 차차 옅어지는 구름과 점점 뚜렷해지는 산줄기들. 큰 빌딩의 1층 로비 정면에 걸려 있거나 미술 전시회에 나와 있는 대형 그림 내지는 사진 작품에서 본 듯한 풍경이었다.

이 광경은 내가 사우디에서 고생하던 때를 생각나게 했다. 사우디 사막 모래바람 속에서 힘들게 생활하다가 출장차 독일에 갔던 때였다. 이른 아침 프랑크푸르트 공항으로 접근하는 비행기 안에서 내려다본 독일의 산하는 정말 아름다웠다.

산과 산 사이에 흐르는 여러 갈래의 강줄기 위로 피어오른 안개는 산과 산 사이를 꽉 채우고 있었다. 아침 햇살에 아직 거둬지지 않은 안개는 비행기에서 내려다보니 마치 구름이 피어오른 듯하였다. 완전히 극과 극의 환경을 연상하지 않을 수 없었다. 삭막한 사우디 사막에서 독일의 아름다운 자연으로 3박 4일 동안의 여행이라니! 출장 업무를 성공적으로 수행해야 한다는 부담감이야 있지만 벌레 한 마리살 수 없는 사막에서 사람 사는 세상으로 나온 해방감을 무엇에다 비교할 수 있었겠는가?

이 멋진 광경을 감상하고 핸드폰 사진으로 담고 조금 더 위, 성삼재로 올라갔다. 이른 아침인데도 벌써 주차장이 꽉 차 있었다. 요행히 나가는 차를 발견하고 그 자리에 차를 세웠다. 식당 옆 전망대로가서 시암재에서 보다는 옅어진 구름과 모습을 드러낸 산을 바라보고 포토존에서 기념사진을 찍었다. 식당에서 아침을 사 먹고 차로 돌아와 등산 채비를 하였다.

노고단으로 오르는 길은 적당히 넓고 약간 오르막길이어서 걷기운동하기에 딱 좋았다. 길의 양편에는 나무들이 우거져 지리산이 확실히 깊은 산임을 말해주고 있었다. 이제 가을로 접어들었으니 짙은 녹색의 나뭇잎이 윤기를 잃고 빛이 바래기 시작했다. 길옆으로 파놓은 작은 물길에 맑은 물이 재잘거리며 흐르고 있었다. 사람들이 둘씩 또는 서넛이 함께 담소하면서 웃으며 걷는 모습이 평화와 행복 그 자체였다.

1.5km를 오르자 왼편으로 나무 덱 계단과 그 앞에 이정표가 있었다. 계속 흙길로 걸어가면 노고단 고개까지 3.2km이고 계단을 타고올라가면 1.1km다. 아내와 딸은 잘 닦인 완만한 흙길로 가기로 했다. 아들과 나는 계단으로 또 그 후에는 경사가 있는 돌길로 등산하다시피 올라갔다. 아들과 나는 노고단 대피소에 도착하여 화장실에들렀다가 대피소 건물 옆 쉼터에서 아내와 딸이 오기를 기다렸다.

아내와 딸이 도착하여 함께 간식을 먹고 잠시나마 여유를 부리며 쉬었다. 노고단 고개에서 노고단 정상에 오르기 위해서는 사전에 등록하여야 한다. 아들이 여행 오기 전 우리 네 사람의 이름을 등록해 놓았다. 지리산국립공원에서 나와 있는 직원의 확인을 받고 노고단 정상을 향해 오르기 시작했다.

노고단 정상에 올라 첩첩이 겹쳐진 산들과 그 사이로 흐르는 섬진강 줄기를 조망하자니 과연 노고단이 높은 곳임을 실감하였다. 노고단은 해발 1,507m로 천왕봉(1,915m), 반야봉(1,732m)과 함께 지리산의 3대 봉우리다.

저 멀리 산 중간 한 지점에서 하얀 구름이 피어오르고 하늘로 올라갈수록 크게 퍼지는 모습이 보였다. 그곳에 마치 산불이라도 난 것처럼 보였다. 한참을 쳐다봐도 소방차 소리가 들리지 않고 빨간색 소방

차도 나타나지 않았다. 냄새도 나지 않아서 불이 난 게 아니고 구름이 올라가는 것임을 확신하였다. 구름이 생성되어 하늘로 오르는 생생한 현상을 목격하다니? 이 놀라운 광경은 이날 노고단을 찾은 사람들에게 자연이 준 특별한 선물이었다.

한편에 앉아 간식을 꺼내 먹으며 파란 하늘과 흰 구름과 멀리 넓게 펼쳐진 지리산을 감상하였다. 노고단(老姑檀)은 지금 산봉우리의 이름이지만, 옛날에는 지리산의 신령인 산신 할머니, 노고(老姑)를 모시는 단(檀)이었다. '노고단' 표지석 옆에 서서 기념사진을 찍던 사람들이 뜸해져서 우리도 기념사진을 찍었다. 내려가기가 아쉬워 주위를 한 번 더 돌며 사방을 조망하고 하산하였다. 성삼재로 내려올 때는 넷이 함께 완만한 길로 내려왔다.

구례 지리산 운조루 / 화엄사-연기암

운조루(雲鳥樓)는 전남 구례군 토지면 오미리에 있는 고택이다. 오미마을은 지리산 둘레길 중 구례와 하동 사이에 있다. 지리산 둘레길은 난동, 방광-오미-송정으로 이어진다. 이 고택은 영조때 삼수부사와 낙안군수를 지낸 귀만 류이주(歸晚 柳爾冑, 1726~1797)가 은퇴 후 살 집으로 지었다. 1770년부터 1776년까지 6년 동안 건축하였다.

집 앞의 연못을 지나 대문을 바라보니 용(龍)과 호(虎), 두 글자가 써 있고 뼈 두 개가 대문 위에 걸려 있었다. 전해 내려오는 이야기에 의하면 류이주가 문경새재를 넘다가 호랑이를 만나 제압하고 거둔 뼈를 이 집을 지은 후 대문 위에 매달아 놓았다고 한다. 그 뼈가 집으로 들어오는 액운을 막고 있다고 한다. 집에 들어서니 대문 좌우로 붙어 있는 행랑채에 있는 방의 수가 18개다. 한눈에 큰 집임을 알 수 있었다. 마당을 지나 맞은편에 사랑채가 'ㄱ'자 형태로 지어져 있었다. 건축한 지 250년이 지났는데도 여전히 반듯하였다.

그는 원래 경북 대구지방 사람이었는데 이곳 전라도 땅에서 여생을 보내고자 땅을 사고 집을 짓고 정착하였다. 그는 호를 귀만(歸晚)이라 하고 이 집을 귀만와(歸晚窩)로 이름 지었다. 그의 호와 집 이름을 보아도 그가 은퇴 후 남은 일생을 살 집으로 이 집을 지은 것이 분명하다.

지금은 이 고택을 운조루라고 부른다. 운조루는 원래 사랑채의 왼편으로 달아내어 만든 누각의 이름이었다. 주위 경치를 조망하기 좋도록 누각을 오른쪽의 마루와 방의 레벨보다 한 자(30cm) 정도 높여서 지었다. 운조루(雲鳥樓)는 구름 속에 들어 보이지 않는 새처럼 은거하여 사는 누각이라는 뜻이다. 이 이름은 중국의 도연명의 시 「귀거래사」 중 아래 두 구절의 첫 글자에서 따온 것이다.

운무심이출수(雲無心以出岫, 구름은 무심히 산골짜기에 피어오르고)

조권비이지환(鳥倦飛而知還, 새들은 날기에 지쳐 둥우리로 돌아오네)

류이주는 벼슬길에서 은퇴 후 이곳에 정착하면서 도연명이 고향으로 돌아가면서 쓴 귀거래사를 떠올리고 집안의 누각을 운조루(雲鳥樓)로 이름 지었다.

이날 내가 감명 깊게 본 것은 사랑채 부엌에 있는 뒤주와 나무로 만든 쌀독, 그리고 사랑채에 내달아 지은 운조루였다. 사랑채의 'ㄱ'자 꼭짓점은 부엌이고, 부엌 한구석에 쌀을 보관하는 뒤주와 쌀독이 있었다. 쌀독에서 쌀이 나오는 출구 부분에 '타인능해(他人能解)'라는 글씨가 써 있었다. 타인능해(他人能解)는 말 그대로 다른 사람도 쌀을 받아 갈 수 있다는 뜻이다.

쌀이 없어서 밥을 지어 먹지 못하는 동네 사람들이 있으면 아무나 이곳에 와서 쌀을 퍼 가도록 한 것이다. 누구든지 쌀을 퍼 갈 때 주인의 눈치를 보지 않도록 뒤주를 사랑채 부엌에 두었다고 한다. 이집 주인 류씨 집안 사람들의 마음 씀씀이가 존경스러웠다.

큰 부자이면서도 이렇게 동네 사람들을 사랑하는 마음으로 살았기에 세상이 어지러운 때에도−전라도에서 일어난 1894년 동학농민혁명과 1948년 여순사건을 겪고서도, 또 6·25 한국전쟁 때 집 뒷산과 연결된 지리산이 빨치산의 근거지였음에도 불구하고−집이 훼손되지 않고 온전히 보존되었다.

1992년 미국 LA에서 흑인을 집단폭행한 백인 경찰들이 무죄로 석방되자 흑인들이 들고일어나 폭동을 일으켰다. 불똥이 한인 사회로 튀어서 무차별로 한국인 이민자들의 가게를 약탈하고 부수는 사건으로 변질되었다. 하지만 평상시 흑인들을 사랑하는 마음으로 후하게 대한 한인 가게는 이 LA 폭동 때 흑인들이 와서 오히려 지켜주고 보호해 주었다고 한다. 나보다 못한 주위 사람들을 사랑하고 베풀며 살아야겠다.

아내의 특출한 눈썰미(관찰력) 덕에 이 집에서 아주 새로운 사실을 발견하였다. 운조루의 맞은편 행랑채 오른쪽 끝에 물건을 보관하는 광과 같은 방이 있었다. '가빈터(家殯)'라는 안내판이 붙어 있고 설명을 곁들여 써 놓았다. '가빈터'란 집안에 죽은 사람을 모셔 두는 곳이다. 조선 시대 사대부 집안에서는 전국 각지에 부음을 전하고 문상객이 장례에 참석할 수 있도록 장례 기간이 90일 정도였다고 한다. 100일장으로 치르기도 했다니 놀랍다. 조선 시대에 이렇게 장례 기간을 길게 한 집안이 있었다니 새로운 사실을 알게 되었다.

고택을 나와서 200m쯤 떨어져 있는 운조루 유물전시관으로 갔다.

코로나 사태로 문을 닫아 들어가 보지 못해 안타까웠다. 이 동네에서 또 다른 부잣집 고택 곡전재에 가서 집안을 둘러보고 마을 앞 정자 '오미정'으로 갔다. 아무도 없는 조용한 정자에 신발을 벗고 올라갔다. 시원한 바람이 솔솔 불어왔다. 오미마을과 마을 뒤를 두른 산을 바라보며 준비해간 과일, 떡과 옥수수로 점심을 먹었다.

점심을 먹고 쉬면서 인터넷으로 운조루 유물전시관을 찾아보았다. 그중 눈에 뜨이는 것이 운조루 정신 열 가지 중 두 가지였다. 첫째는 '나눔과 베풂의 정신'이었다. 운조루 집안에서는 쌀 수확량의 20%를 남을 돕기 위해 따로 떼어 두었다니 놀랍지 않은가? 기독교에서는 십일조라고 해서 수입의 1/10, 즉 10%를 헌금으로 드리라고 한다. 웬만큼 사는 사람들 모두가 20%나 10%도 아니고 자기 수입의 5%만이라도 떼어서 어려운 사람들에게 베푼다면 얼마나 좋은 사회가 될까?

두 번째 '수분(守分) 정신'이었다. 류씨 집안에서는 자식들이 기거하는 누마루에 수분실(守分室)이라는 현판을 걸어 두었다고 한다. 세상을 살아가면서 자신의 분수에 맞는 생활을 하고 겸손하게 살라는 뜻이다. 참으로 훌륭한 가르침이 아닐 수 없다. 운조루에 와서 새로운 지식도 얻고 문화 류씨 집안의 정신을 알고 마음에 깊은 감동을 받았다.

오미정에서 나와 화엄사로 향했다. 아내에게 먼저 화엄사를 둘러보고 연기암까지 걸어 올라가자고 했다. 그런데 아내의 생각은 달랐다. "지금은 한낮이어서 햇볕이 따갑고 더우니 화엄사는 햇볕이 좀 약해지고 한낮의 열기가 식은 뒤, 나중에 돌아보죠. 연기암에 먼저 가는데 차를 타고 가요. 임도에 나무가 우거져 그늘졌다고 해도 이 날씨에 걸어 올라가려면 땀이 많이 나고 힘들어요."

아내 말을 따라야지. 어쩌겠는가? 차를 운전하여 연기암으로 올라갔다. 연기암으로 올라가는 임도는 완만하고 길의 양옆은 완전 숲이었다. 오후여서 그런지 오르는 사람은 보이지 않고 중간중간 걸어 내려오는 사람들이 보였다.

연기암은 화엄사에서 가장 위에 있는 암자다. 1,500여 년 전, 6세기 중엽 화엄사를 창건하기 전에 인도의 고승 연기조사가 해발 560m가 되는 이곳에 토굴을 짓고 수양하였다고 한다. 화엄사 창건 후에도 존속했지만, 임진왜란 때 전소되고 폐사가 되었다. 450여 년 동안 방치되다가 1989년에 원응당 종원선사가 중건하였다. 연기암은 문수보살 기도 도량이어서 최근에 국내 최대 높이 13m의 문수보살 입상을 세웠다.

내 눈길을 끈 것은 마니차(윤장대)였다. 마니차란 불교의 경전을 넣어 둔 큰 통이다. 이 통을 돌리면서 '옴마니반메훔'이라는 주문을 반복하여 말하면 통 속에 든 경전을 다 읽는 것과 같다고 한다. 이 말을 들으면 웃는 사람들이 있다. 티벳은 문맹률이 높아 경전을 읽을 수 없는 사람들이 많아 이런 장치를 고안하였다고 한다. 그들의 문화를 이해하여야 한다. 요즘 우리나라에도 다른 문화권에서 이주해 온 사람들이 늘어나고 있다. 그들을 바르게 이해하고 더불어 살아가는 아름다운 사회가 되어야 한다.

연기암의 가장 위 숲속에 위치한 관음전에 올라가 보고 그 아래 문수전과 대웅전(대웅상적광전), 그 옆에 있는 13m 높이의 석조 문수보살상을 돌아보았다. 적멸당 앞 마니차 옆에서 멀리 보이는 섬진강을 바라보고 절 마당 가장 안쪽에 있는 원응당으로 갔다. 원응당 한편에 다실이라고 쓰인 방이 있어서 들어가 보았는데 아무도 없어서 다실 안을 둘러보고 그냥 나왔다. 그런데 벽에 걸려 있는 족자의 글이 내 마음에 들어왔다.

"내 집은 비록 가난해도 늘 한가롭다네."- 법관

한가로운 삶이 어쩌면 어떤 경지에 오른 사람의 삶이 아닐까? 현대 사회에서 잘살려면 아무래도 부지런히 바쁘게 살아야 한다. 나도 지금까지 하루하루, 매시간을 허투루 보내지 않고 열심히 살아왔다. 은퇴하였으니 이제는 한가롭게 살고 싶다.

화엄사 주차장으로 내려와서 차를 세우고 화엄사로 걸어 올라갔다. 화엄사는 544년(백제 성왕 22)에 인도에서 온 연기대사가 창건하였다.

그 후 신라의 자장율사와 의상대사, 고려의 대각국사 의천 등 시대의 흐름에 따라 여러 사람이 중창하였다. 1424년(조선 세종 6)에는 선종 대본산으로 승격되었다. 1592년 임진왜란 때 주지였던 설홍대사가 300여 명의 승려와 함께 왜군에 맞서 싸우다 전사하고, 모든 전각이 전소되었다. 현재 우리가 보는 대웅전과 각황전 등 모든 건물은 1,600년 이후 건축되었다.

일주문을 지나 들어가니 길 가운데 돌로 만든 동자승 셋을 세워 놓고- 각각 손으로 눈을 가리고, 귀를 막고, 입을 막고 -그 앞에 불교의 가르침을 써 놓았다. 또 오른편 축대 돌담에도 불교의 큰 가르침이 새겨져 있었다. 불교 신자가 아니라도 이렇게 좋은 말씀은 마음에 담아 두어야 하지 않을까?

첫째 불견(不見): 남의 잘못을 보지 말고 나를 살펴야 한다.
둘째 불문(不聞): 비방에 흔들리지 말고 칭찬에도 우쭐하지 말고 마음의 평정을 잃지 마라.
셋째 불언(不言): 나쁜 말을 하지 마라. 악담은 고통을 몰고 나에게 돌아온다.
일체유심조(一切唯心造): 모든 것은 마음이 지어낸다.

대웅전, 각황전과 그 앞의 석등과 4사자 석탑 등을 돌아보고 대웅전 뒤 대나무 숲길을 통과하여 구층암으로 올라갔다. 구층암은 암자의 마루 기둥을 제재목이나 반듯한 나무로 세우지 않고 모과나무 등 치를 자연 모습 그대로 사용하였다. 여행에서 돌아와 어떤 연유로 이런 기둥을 세웠는지 궁금해서 여기저기 찾아보았지만 어떤 뜻이 있는지는 알 수 없었다. 단순히 그 당시 기둥으로 사용할 수 있는 모과나무를 택하지 않았을까?

구층암을 나와 계곡 쪽으로 내려오다가 왼편에 멋진 무지개 나무다리를 건너 탐방길로 들어섰다. 탐방길의 양옆이 다 대나무 숲이었다. 대나무 숲은 중부 이북 지방에서는 보기 어려운데 남도 지방에 여행와서 종종 본다. 이 탐방길을 따라 올라가면 연기암으로 간다. 연기암을 지나 노고단까지도 등산할 수 있다. 탐방로는 두 사람이 나란히함께 걸을 수 있을 정도의 폭이고 걷기 좋게 잘 포장되어 있었다. 얼마쯤 내려오니 대나무 숲길이 끝나고 활엽수 숲길이었다. 다 내려오니 화엄사 자연관찰로(화엄 계곡 치유 탐방로) 입구였다.

자연관찰로 입구에 있는 찻집(다향 찻집)이 문을 닫았는지 건물 안의 등이 꺼져 있었다. 사람들이 다 내려간 모양이다. 해가 졌는지 어느새 어스름이 슬금슬금 밀려왔다. 찻집 뜰에 있는 야외 테이블에 앉았다. 고즈넉한 분위기가 좋아 마냥 앉아 있었다. 그때 어스름한 길을 따라 위로 올라가는 스님 한 분이 눈에 들어왔다. 문득 시 한 편이 읊조려졌다.

산사에서

해지고 어스름이 밀려오는
고즈넉한 산사
사람들 다 세상으로 내려가고
혼자 암자로 올라가는 스님

행여 바깥세상에 보일세라
높은 능선 길 비켜서
온통 수목 뒤덮인 낮은 골짝 길로 다니며
자연을 벗 삼아 고고(孤高)함을 누린다

광주 무등산

여행을 하다 보면 계획한 여정이 현지에서 바뀌기도 한다. 우리의 계획에 무등산 등산은 들어 있지 않았다. 광주에 며칠 묵어보니 무등산에 올라야겠다는 생각이 들었다. 무등산에는 광주나 전라도 사람들뿐 아니라 전국 각지에서 많은 등산객이 온다. 이왕 광주에 왔으니 우리나라 다른 어떤 산에서도 볼 수 없는 특이한 지질 지형을 볼 수 있는 입석대와 서석대에 오르기로 했다. 전날 섬진강 둘레길을 걷고 아늑한 카페에서 쉬기도 하였으니 우리 몸에 에너지도 충전된 상태였다.

이날 아내와 나는 다른 어떤 데도 가지 않고 무등산만 오르기로 했다. 아내가 앞서서 자신의 컨디션에 맞춰 천천히 오르고 나는 뒤따라가기로 했다. 과일과 떡,  빵 등으로 간식을 충분히 챙겼다. 얼린 물과 생수를 각각 두 병씩 준비했다. 뜨거운 물도 보온병 두 개에 채웠다. 10시쯤 집을 나섰다. 무등산으로 가는 길에 점심으로 먹을 김밥을 샀다.

증심사 아래 주차장에 차를 세우고 오르다가 시계를 보니 11시였다. 증심교를 지나 증심사에 들러 사찰을 둘러보고 산길로 들어섰다. 산길을 조금 오르니 신림교회 오방 수련원이 있었다. 그 앞에 있는 오방 기념비를 보고 오방 최흥중 목사에 대하여 알게 되었다.

그는 일본강점기 때 하나님을 만났다. 인간 최흥중의 사망통지서를 만들어 주위에 알리고 완전하게 거듭난 사람이 되었다. 나환자들과 결핵 환자들을 위한 삶을 살고 세속의 것에는 전혀 관심을 두지 않았다. 말 그대로 무소유의 삶을 실천한 목사였다. '사도 바울과 같은 삶을 산 사람이지 않았나?' 하는 생각이 들었다. 여행 중에 문득문득 이렇게 훌륭한 사람을 만나 나의 삶을 되돌아보게 된다.

남도에서 종종 보게 되는 대나무 숲을 지나 너덜길(돌이 많이 흩어져 깔려 있는 비탈길)이 시작되었다. 쉽지 않은 등산길을 20여 분 올랐을까? 수령이 500년이나 된다는 당산나무가 있는 휴식터에 도착했다. 12시였다. 아내와 나는 당산나무 그늘이 진 벤치에 앉아서 물을 마시고 땀을 닦았다. 간식으로 작은 떡과 크루아상 하나씩을 먹고 커피를 마시며 쉬었다. 고 노무현 대통령도 2007년 5월 19일 증심사-장불재 구간을 등산하면서 이곳에서 쉬었다고 한다. 노 대통령은 참으로 소탈한 형님 같은 대통령이었다.

일어나서 중머리재 쪽으로 오르기로 했다. 처음에는 흙길을 걷는가 했더니 또 너덜길이 시작되었다. 앞을 올려다보니 완전 돌밭이다. '무등산에 오르는 길이 다 이렇다면 정말 만만치 않겠구나.' 하는 생각이 들었다. 그래도 검푸른 녹음 속으로 땀을 흘리며 오르는 이 환희를 어디 가서 맛보랴? 아직도 젊음이 살아 있는 오늘 아내와 나의 인생길에서 무등산 등산의 역사를 써야 한다. 힘을 내자!

30분쯤 가파른 돌길을 오르자 침엽수 몇 그루가 있고, 계곡물가에 벤치가 있었다. 땀에 흠뻑 젖은 아내가 배낭을 벤치에 두고 물가에 가서 차가운 물에 손을 담그고 땀으로 젖은 수건을 빨았다. 벤치에 앉아서 얼굴과 몸에 흐르는 땀을 닦고 쉬었다.

다시 힘을 내 올라갔다. 중머리재(해발 617m)에 도착하니 1시가 다 되었다. 중머리재 휴식 장소는 꽤 넓었다. 중머리재에서 바라보는 앞산의 파노라마가 멋졌다. 한 그룹의 사람들이 점심을 먹고 있었다. 아내와 나는 최고지점인 서석대에 오른 후 점심을 먹기로 하고 좀 쉬면서 간식만 먹었다.

다시 일어나서 장불재를 향해 오르기 시작했다. 나는 1년 전 광교산과 청계산을 종주하면서 14km를 7~8시간 동안 등산한 적이 있다. 하지만 아내는 최근 몇 해 동안 평지는 10여km 걷기도 했지만, 등산은 광교산 자락 5~6km를 3~4시간 오르내린 정도였다. 나는 힘들어하는 아내에게 최대한 천천히 걸으라고 독려하며 아내 뒤에서 따라 걸었다.

드디어 장불재에 도착했다. '장불재 해발 919m'라고 쓰인 돌기둥 옆에서 사진을 찍으려는데 국립공원해설사가 나와서 우리 둘의 사진을 찍어주었다. 그리고 "여기 장불재까지 올라오셨으니 어려운 코스는 다 하셨습니다. 입석대와 서석대는 금방 올라갑니다." 하면서 힘을 보태 주었다.

휴게소에 들어가니 아무도 없었다. 한쪽에 자리를 잡고 신발과 양말을 벗고 아예 누웠다. 다리를 올려 벽에 기대고 종아리를 주무르고 발을 두드리며 마사지를 하였다. 2시였다. 점심 먹을 시간이었지만 지금 먹고 올라가면 위에 부담이 간다. 물만 마시고 장불재에 대한 안내판을 읽어 보고 입석대를 향해서 올라갔다.

장불재는 2007년 5월 19일 고 노무현 대통령이 이곳까지 등산하고 산상 연설을 한 곳이기도 하다. "멀리 봅시다. 눈앞의 이익을 좇는 사람이 영리해 보이지만 우리는 그런 사람이 되지 말고 멀리 대의를 좇아 사는 사람이 됩시다." 여기서 대의란 자기가 속한 당의 당론을 말함이 결코 아니다. 진정으로 국민과 나라의 미래를 바라보는 마음이리라.

입석대까지 거리가 불과 400m였지만 오르기 만만치 않았다. 입석대까지 올라가는데 늦은 시간이어서 그런지 올라가는 사람도, 내려오는 사람도 없었다. 입석대(해발 1,017m) 앞에 도착하여 주상절리를 보니 과연 다른 데서는 볼 수 없는 형상의 바위였다. 무등산 주상절리대에 관한 안내판이 옆에 있었다. "주상절리는 용암이 식을 때 수축되어 생기는 바위 중 5각형이나 6각형의 기둥 모양을 말한다. 무등산 주상절리는 약 7천만 년 전에 형성된 것으로 서석대, 입석대와 규봉이 대표적이다. (중략) 서석대와 입석대는 천연기념물로 지정되었다."

입석대를 지나 서석대로 올라가다 보니 주상절리 기둥 몇 다발이 비스듬히 누워 하늘로 올라가는 형태를 하고 있었다. 옛날에 이무기가 승천하였다는 장소, 승천암이라고 한다. 승천암 앞에서 뒤돌아 내려다보는 백마능선과 그 뒤로 멀리 있는 산들의 향연이 이날 서석대와 입석대 다음가는 또 다른 멋진 풍경이었다.

드디어 '무등산 서석대 1,100m'라고 쓰인 표지석 앞에 섰다. 천만다행으로 입석대로 내려가던 한 사람이 보였다. 나는 염치불구하고 기념사진을 부탁하였다. 이렇게 해서 우리 두 사람이 함께한 서석대 등정의 인증샷이 만들어졌다. 무등산의 최고봉은 천왕봉(해발 1,187m)이지만 군부대가 자리하고 있어 입산이 통제되고 있다.

사진에서만 보던 서석대의 멋진 주상절리를 보러 아래로 내려갔다. 서석대를 아래서 위로 올려다보는 덱 전망대에 다행히 또 다른 한 사람이 머물고 있었다. 또다시 행운으로 우리 둘이 함께 포즈를 취하고 서석대 주상절리 앞에 서서 기념사진을 챙길 수 있었다. 그 사람이 내려가고 나서 다시는 아무도 나타나지 않았다. 전망대 한편에 자리를 잡고 앉아서 김밥을 먹었다. 4시가 다 되어 먹는 아주 늦은 점심이었다.

식사 후 중봉 방향으로 하산하기 시작했다. 서석대에서 중봉으로 내려오는 길은 가파르고 험했다. 주위에 아무도 보이지 않았다. 아내와 나 두 사람뿐이었으니 조심조심 천천히 내려왔다. 6월 하순이 가까우니 낮이 아주 길어서 큰 다행이었다. 중봉을 지나 중머리재로 내려왔다. 아내와 나는 중머리재의 넓고 휑한 쉼터에서 각자 벤치를 찾아 누웠다. 종아리와 발 마사지를 하고 한참을 쉬자니 6시 반이었다. 어두워지기 전에 증심교까지 내려가야 했다. 우리는 서둘러서 그러나 조심조심 내려왔다. 숲속 등산로를 벗어나 증심사 옆 포장된 길로 내려오니 7시 반이었다. 막 어둠이 깔리기 시작했다. 도로로 나왔지만 6월의 가로수 나뭇잎이 하늘을 가려 어둠침침했다. 밝지는 않았지만 아내와 나는 길을 찾아 계곡으로 내려가서 등산화와 양말을 벗고 바지를 무릎까지 걷어붙이고 물에 들어갔다. 계곡물에 발을 담그니 물이 차가워서 발이 쩌릿쩌릿했다. 발과 종아리를 찬물에 담그고 마사지를 했다. 모기가 있었지만 더위가 싹 가시고 서늘해지기까지 물속에서 피로를 풀었다.

증심사 아래 주차장에서 무등산의 서석대와 입석대까지 올라갔다 내려오는 데 편도 6.5km, 왕복 13km가 넘는다. 보통 등산객들은 통상 6시간 정도면 다녀온다고 한다. 하지만 우리는 9시간이나 걸렸다. 그래도 아주 흡족한 등산이었다.

화순 둔동마을 숲정이길 / 고인돌 유적 / 운주사

이날은 느리게 여행을 하기로 했다. 나는 평생 열심히 살아왔기에 느리게 사는 데 익숙하지 않다. 하루하루 허투루 보내는 시간이 없도록 빡빡한 일정을 세우고 그렇게 살았다. 여행을 다녀도 계획을 짜고 그 일정대로 다녔다. 아내는 그게 불만이다. 이젠 은퇴하였으니 여유를 즐기는 여행을 하자고 한다. 그래서 이날은 내가 아내를 따라다니기로 했다.

첫 번째 행선지는 화순에 있는 둔동마을 숲정이길이었다. 둔동마을의 주소는 화순군 동복면 연둔리다. 광주와 화순을 연결하는 자동차 전용도로에서 내려 둔동마을로 향했다. 길 양옆에 있는 가로수가 배롱나무였다. 심은 지 그리 오래되지 않은 작은 나무였지만 밝은 분홍색 꽃이 막 피기 시작했다. 2~3주만 지나면 풍성한 꽃이 10월까지 이 도로를 장식하리라.

둔동교를 건너 왼편 둑으로 들어가서 나무그늘에 차를 세웠다. 연둔교는 노후되어 차량통행금지였다. 오른쪽으로 숲정이길이 이어졌다. 이곳에 마을이 형성된 때는 500여 년 전이다. 장마나 우기에 마을 앞 동복천이 범람하여 홍수 피해를 당하는 일이 잦았다. 홍수피해를 막고자 마을 사람들이 천변에 둑을 쌓고 나무를 심었다. 그때 심은 나무가 400~500년 동안 자라고 번식하여 지금 마을 앞 제방 물가에 울창한 숲길이 되었다. 마을 앞 동복천은 폭이 40~50m 정도 되고 숲길의 거리는 1km가 좀 안 된다. 이 숲길을 '숲정이길'이라고 부른다.

아내와 나는 아름다운 숲정이길을 느리게 걸었다. 수령이 500년이 넘었다는 왕버들 나무가 오랜 세월에 울퉁불퉁해진 가지를 물 쪽으로 드리우고 있었다. 역시 수령이 500년쯤 된다고 하는 느티나무와 팽나무도 그 줄기를 물 위로 늘어뜨리고 있었다. 나뭇가지마다 잎이 풍성하게 달려 있으니 온통 녹음의 길이었다. 얼마나 오래 살았는지 둥치의 직경이 1m는 되어 보이는 서어나무도 있었다.

날씨가 벌써 더워졌지만 물 위로 불어오는 서늘한 바람에 시원했다. 들리는 소리는 자연의 소리, 무성한 나뭇잎을 스치는 바람 소리와 새소리뿐이었다. 잔잔히 흐르는 물소리는 나뭇잎 흔들리는 소리와 새소리에 가려 들리지 않았다.

아름다운 숲정이길을 걷다 보니 둑에서 물 쪽으로 이어낸 반원형의 땅, 쉼터가 있었다. 그 자리 위에는 평평한 돌들을 깔아 놓아서 사람들이 앉아 쉴 수 있도록 만들었다. 반지름이 5~6m쯤 될까? 열 사람에서 스무 사람까지도 커다란 원을 만들고 앉아서 담소할 수 있는 크기였다. 또는 서너 커플이 따로따로 떨어져 물가에 앉을 수도 있는 자리였다. 천변 둑 가에 심긴 오래된 나뭇가지가 양편에서 이 자리 위로 뻗어 그늘을 만들어 주고 있었다. 참으로 멋진 자리였다.

한 커플이 그 자리에 앉아 있는데 그 모습이 너무나 아름다웠다. 숲정이길에 온 다른 사람이 없으니 두 사람은 아무한테도 방해받지 않았다. 작은 접이식 테이블을 펴놓고 마주 보고 앉아 차를 마시고 있었다. 그 둘을 부러워하며 더 걷다 보니 그런 자리가 또 하나 있었다. 아무도 없었다. 아내는 그 자리를 우리가 차지하고 점심을 먹자고 했다. 우리는 숲길 끝까지 걷고 돌아와서 그 자리를 잡기로 했다. 여행객으로 보이는 사람이 없는데 누가 그 자리를 차지하겠나?

다행히 길의 끝은 멀지 않았다. 울창한 나무숲 그늘이 끝나고 뙤약볕이 내리쬐는 농로가 시작되었다. 따가운 햇볕에 조금 걷다가 되돌아올 수밖에 없었다. 둑길에서 물로 나가 있는 그 쉼터로 돌아와 아내는 자리를 잡고 앉았다. 나는 빠른 걸음으로 차로 갔다. 점심으로 준비한 과일과 떡과 빵이 차에 실려 있었다. 차를 타고 마을로 들어가는 길을 따라 들어갔다가 봐둔 길로 나와서 아내가 있는 그 자리로 왔다. 차를 물가 나무 아래 바짝 붙여서 세웠다. 와우! 우리도 멋진 지리, 아마도 세상 어디에서도 누리기 어려운 자리를 차지했다.

나는 돗자리와 작은 아이스박스와 배낭을 차에서 꺼내왔다. 돗자리를 넓게 폈다. 아이스박스에서 과일과 두유와 물을, 배낭에서 떡과 빵을 꺼냈다. 돗자리 위에 올라 신발을 벗고 다리를 쭉 펴고 편하게 앉았다. 물을 바라보며 나란히 앉으니 여기가 무릉도원이었다. 물 건너편은 푸른 갈대밭이었다. 물가에 잘 자란 나무도 듬성듬성 보였다. 그 중간중간 나무를 자르고 정리해둔 나무 더미가 말라서 가을 색처럼 갈색으로 변했다. 그 너머 가까운 산은 짙은 녹색으로, 먼 산은 검푸른 색으로 보였다. 위로는 파란 하늘 가운데 흰 구름이 여기저기 떠 있었다.

아내와 나는 점심을 먹고 커피를 마셨다. 이런 별천지 무릉도원에 앉아 있으니 시간 가는 줄 몰랐다. 어디 다른 데 가서 무얼 하랴? 여기가 천국인 것을! 이런 생각을 하고 있는 나에게 아내가 말했다. "여행이란 뭐 새로운 것을 보고 경험하러 다니는 것이긴 하죠. 그러나 매일 이것저것 보러 바삐 쫓아다니는 것을 좋은 여행이라고 하기에는 좀 그렇죠? 오늘처럼 멋진 자연 속에 푹 빠져 시간 가는 줄 모르고 앉아 있는 것도 멋진 여행이지 않아요?"

그렇다! 여유를 즐기는 인생이 되어야 한다. 더욱이 우리는 은퇴 후 시간을 살고 있지 않은가? 무엇을 이루려고 바쁘게 산단 말인가?

오후 세 시가 넘어 무릉도원에서 나와 다음 행선지로 향했다. 화순 학재 고택과 양참사 댁에 들러보고 고인돌 유적 탐방에 올랐다. 고인돌은 청동기 시대(B.C. 1500~300)의 대표적인 무덤 양식으로 지석묘라고도 한다. 정치 권력자나 경제력이 있던 지배계급 사람들의 무덤이다. 화순 고인돌 유적은 강화와 고창에 있는 고인돌 유적과 함께 2000년 12월 유네스코 세계문화유산에 등재되었다.

도곡면 효산리에 있는 안내소에 들러 고인돌 유적 관람에 대하여 들었다. 안내 책자를 받아들고 고인돌을 보러 유적지로 들어갔다. 이곳에서부터 춘양면 대신리까지 산과 계곡 약 5km 거리에 고인돌 600여 기가 군데군데 몰려있다. 처음 만나는 유적지까지 차를 타고 들어가서 주차를 하고 끝에 있는 유적지까지 걸어갔다 오면 8km쯤 될 것 같다. 딱 걷기 좋은 거리다. 날씨가 걷기 좋은 봄, 가을이라면 걸었을 텐데 이미 여름이고 이날은 더웠다. 차를 타고 가면서 중간중간 고인돌이 모여 있는 지역에 멈춰서 고인돌을 보기로 했다.

고인돌 유적을 돌아보면서 이런 생각을 했다. 고인돌 주변에 있는 나무들은 30~40년, 오래되었어야 60~70년 정도 된 것 같았다. 아마도 6·25 한국전쟁 때 다 불타고 그 후에 다시 자란 나무들이 아닐까? 3,000여 년 전 옛사람, 우리의 조상일지도 모르는 사람들이 이곳에 묻혔다. 그들의 몸이 썩어서 흙에 섞였다. 그 흙 위에 나무와 풀이, 그 흙 속에서는 각종 벌레와 미생물이 살고 죽기를 수없이 반복하였다. 우리 인간 생명체도 마찬가지다. '나'라는 존재는 수천 년의 생명 사슬 중 '한 세대'일뿐이다. 그저 주어진 환경에서 욕심을 비워내고 편한 마음으로 잘 살자.

중·고등학교 때 책에서 보고 배운 바에 의하면 나는 고인돌이란 어느 정도 정형화된 모양을 갖추고 있을 것으로 생각했다. 그런데 실제 와보니 땅 위에 자연스레 흩어져 있는 바위 덩어리를 고인돌이라고 하니 그런가 보다 할 뿐이었다. 괴바위 고인돌 지구에서부터 시작하여 끝 지점에 위치한 팽매바위 지구와 그 위에 있는 감태바위 채석장까지 여러 가지 모양의 고인돌을 돌아보았다. 평일이어서 그런지 5km에 걸친 고인돌 유적에서 만난 사람은 세 팀으로 예닐곱 사람이 전부였다. 중간중간 앉아서 쉴 수 있는 자리가 있고 음용수 시설과 화장실을 설치해 놓아서 좋았다. 춘양면으로 나오니 어느새 다섯 시 반이 다 되었다.

이날의 최종 목적지 운주사로 갔다. 주차장에 도착하니 6시가 다 되었다. 넓은 주차장에 서 있는 차는 두 대뿐이었다. 저녁때지만 아직도 햇볕이 있으니 나무그늘 아래 차를 세웠다. 6시가 넘어서 들어가니 입장료 없이 무료 통과였다. '영귀산 운주사(靈龜山 雲住寺)'라는 현판이 있는 일주문을 지나 절로 들어갔다. 일주문의 안쪽에 또 다른 현판이 있는데 '천불천탑 도장(千佛千塔 道場)'이라고 써 있었다. 운주사는 아마도 고려 시대에 창건되지 않았나? 추측한다. 그러나 누가 언제 이 절을 세웠는지 이런저런 설이 있지만 확실한 건 없다.

이 절에는 크고 작은 석불과 석탑이 천 개씩 있었다고 하는데 지금 남아 있는 석불은 90여 구, 석탑은 20여 구라고 한다. 사찰 안쪽으로 들어가면서 갖가지 다른 여러 모양의 석불과 석탑을 만났다. 누가 어떤 뜻으로 이런 불상과 탑을 만들고 모아 놓았는지? 이런저런 이야기가 있지만 역시 추측일 뿐이다.

야외에 여기저기 모아놓은 석불은 유명한 조각가가 제작한 멋진 불상이 아니었다. 보통 석공들이 만든 불상이다 보니 그 형상이 입체적이지 않고 평면적이었다. 크기도 제각각이어서 작은 것은 몇십cm에서 큰 것은 10m가 넘는 것도 있었다. 말 그대로 군상들의 모습, 불교에서 말하는 중생들의 모습이었다. 그중 특이한 것은 원형다층 석탑 앞에 있는 석조불감이었다. 지붕이 있는 석실 안에 불상이 있는데 석실의 앞에서 보아도, 뒤에서 보아도 불상이 앉아 있다. 큰 화강암 속 (석실 안)에 등을 맞대고 앉은 두 불상을 조각한 것이다. 이런 형태의 불상은 우리나라 어디에도 없지 않을까?

석탑도 여러 가지였다. 3층에서 5층, 7층, 9층탑까지 있는데 모양과 높이가 다 제각각이었다. 기단 위에 탑을 세우고 맨 위에 옥개석을 얹는 전통적인 축조 방식을 따르지 않은 탑도 있었다. 형태도 사각형뿐 아니라 원형, 원반형도 있고 구형(주판알 모양)의 돌을 쌓은 탑도 있었다.

대웅전을 지나 오른쪽 위로 올라가니 이런저런 모양의 탑들이 여러 구 있었다. 우리나라의 다른 사찰에서는 볼 수 없는 형태의 탑들이지 않을까? 더 위로 올라가니 또 바위 앞에 몇 구의 석상이 모여 있었다. 더 올라가 맨 위에는 희미하지만 큰 바위에 새겨진 마애여래좌상도 있었다.

대웅전 앞으로 나와서 운주사에서 가장 유명한 와형석조여래불을 보러 우측 계단으로 올라갔다. 올라가는 길의 경사가 만만치 않았다. 그래도 운주사에서 가장 유명한 석불이 위에 있다는데 올라가 봐야 하지 않겠는가? 석불 앞에 도착하여 아래서 보니 바위에 새겨진 석불이 2구라고 했는데 1구로 보였다. 사방을 돌아보고서 2구인 것을 확인할 수 있었다.

와형석조여래불에서 내려오는 길옆에도 석불과 석탑이 여기저기 있었다. 맞은편 산 위에도 석탑이 있었다. 대웅전을 골짜기 가운데에 두고 석불과 석탑들이 앞과 뒤 그리고 좌우에 있는 산 곳곳에서 사찰을 둘러싸고 있었다. 이런 모습을 보고 나는 다음과 같은 생각을 해보았다.

'운주사는 대웅전에 있는 잘생긴 불상을 모신 절이 아니다. 절의 주인은 전각 안에 있는 불상이나 스님이 아니다. 사찰 경내든 밖에든 이 지역에 서 있는 모든 불상과 불탑이 주인이다. 달리 말하면 이곳에 들어오는 보통 사람들, 곧 중생들이 다 절의 주인이라는 뜻이 아닐까? 운주사는 바로 중생들을 모시는 절이다.'

순천 조계산 송광사 / 선암사

송광사는 신라 말에 혜린선사가 창건하고 고려 때 (918~1392) 보조국사 지눌 스님(普照國師 知訥, 1158~1210)이 크게 중창하였다. 정유재란(1597)과 한국전쟁(1950) 등으로 피해를 입기도 했지만 중창을 거듭하여 오늘에 이르렀다. 송광사는 우리나라 삼보(三寶) 사찰 중 하나인 승보사찰로 유명하다. '삼보'라 함은 불교의 세 가지 보물, 즉 불보(佛寶), 법보(法寶), 승보(僧寶)를 말한다. 불보는 석가모니를, 법보는 석가모니의 가르침을, 승보는 불법을 가르치는 스님들을 가리키는 말이다.

송광사는 고려 중엽 보조국사로부터 조선 초 고봉국사까지 우리나라에서 제일 많은 16명의 대사를 배출한 곳이기에 승보사찰이라고 한다. 참고로 양산 통도사는 부처의 사리를 간직하고 있어서 불보사찰, 가야 해인사는 팔만대장경을 소장하고 있어서 법보사찰로 불린다. 이 세 절을 삼보사찰이라고 한다.

송광사 입구 주차장에 도착하여 그늘에 차를 세웠다. 식당과 상점들을 지나 매표소에서 입장료를 지불하고 올라갔다. 청량각이라는 현판이 있는 전각 다리를 건너 좌측으로 송광사를 향해 걸었다. 채 1km 가 되지 않는 길이지만 운치가 있는 길이다. 왼편으로는 계곡물이 흐르고 오른편으로는 산이다. 걷는 길 양측에 물오른 나무가 짙푸른 숲길을 만들어 주고 있었다. 길은 온통 그늘이니 한여름이어도 상쾌하고 시원했다.

조계산 대승선종 송광사라고 쓰인 멋진 일주문(조계문이라고 한다.)을 지나니 정면에 보조국사 지눌 스님의 지팡이, 고향수(枯香樹)가 있었다. 이 향나무는 지눌 스님의 지팡이였는데 이곳에 꽂아 두었더니 잎이 나고 자랐다고 한다. 그 후 지눌 스님이 입적하자 이 나무도 말라 죽었다고 한다. 장차 지눌 스님이 환생하면 이 향나무도 다시 살아난다는 이야기가 있어서 유명해진 나무다. 지눌 스님은 당시 교종과 선종으로 분리되어 파벌싸움이 심해진 불교를 통합하는 데 앞장서서 우리나라 불교를 중흥시킨 큰 스님이다. 송광사에서 배출한 16국사 중 1대 국사다.

　절 안으로 들어가는 삼청교(능허교라고도 한다)는 석조로 건축된 아치형 다리(홍교)다. 그 다리 위에 지어진 전각 우화각과 그 왼편 물속에 기둥(석주)을 박고 세운 건물, 임경당이 서로 어우러져 멋진 한 폭의 그림이 된다. 다리 앞 이쪽 저쪽에서 또 다리 난간에 앉아 이 멋진 정취를 감상하였다. 사찰의 입구가 송광사만큼 아름다운 데가 또 있을까?

　절 안에서 대웅보전과 그 왼편에 있는 승보전을 들여다보고, 승보전 옆에 놓여 있는 기다란 목조 비사리구시(쌀 7가마, 4천 명분의 밥이 들어간다는 밥통)도 찾아보았다. 절을 나와 내려오면서 승보 박물관에 들렀다. 소지하고 다니는 삼존불과 '능견난사'라는 밥그릇이 기억에 남앉다. 탱화나 불교 그림은 언제쯤이나 이해할 수 있을는지? 내 지식이 참으로 빈약하다.

내려오다가 청량각 다리 못 미쳐 오른편에 '무소유길' 이정표가 있었다. 송광사에 와서 이 길을 걷지 않고 간다면 안 될 말이지. 이정표가 가리키는 방향으로 따라가다 보니 산으로 올라가는 오르막길이 시작되었다. 그 길을 올라 오래된 소나무 몇 그루 있는 숲을 지나니 편백나무 숲이 보였다.

편백나무 숲을 지나 계속 경사진 길을 오르니 참나무들이 길 양옆을 차지하고 있었다. 곧이어 대나무 숲이 나타났다. 대나무 숲길 한편에 이정표가 서 있었다. 계속 가면 감로암과 송광사이고 왼쪽 길로 가면 불일암이다. 왼쪽 대나무 숲길로 들어서서 조금 가니 드디어 불일암 안내판이 서 있고, 그 위에 불일암이 있었다.

불일암에 올라서니 무소유의 삶을 살다간 법정 스님을 대하는 듯 감동이 밀려왔다. 면전에서 스님이 말씀하시는 듯 다음의 말들이 들렸다.

무소유란 아무것도 갖지 않는 것이 아니라 불필요한 것을 갖지 않는다는 뜻이다. 우리가 선택한 맑은 가난은 넘치는 부보다 훨씬 값지고 고귀한 것이다.

행복의 비결은 필요한 것을 얼마나 갖고 있는가가 아니라 불필요한 것에서 얼마나 자유로워져 있는가 하는 것이다.

－『산에는 꽃이 피네』 중에서－

아름다운 마무리는 진정한 내려놓음에서 완성된다.

아름다운 마무리는 비움이다

채움만을 위해 달려온 생각을 버리고 비움에 다가가는 것이다.

비움이 주는 충만으로 자신을 채운다.

아름다운 마무리는 삶의 본질인 놀이를 회복하는 것.

심각함과 복잡한 생각을 내려놓고 천진과 순수로 돌아가 존재의 기쁨
을 누린다.

−『아름다운 마무리』 중에서−

법정스님(法頂, 1932~2010)
은 말과 글과 행동이 일치
하신 분이었다. 그런 분이었
기에 후배들인 우리들에게
존경을 받는 것 아닌가? 나
도 나이가 들었으니 더 이
상 세상 것에 마음 두지 않
고 남은 인생을 겸허하게 살아야겠다는 마음이 들었다. 역시 여행에
서 만나는 현인 선배들로부터 배우고 감화받는 바가 크다. 불일암으
로 오르는 계단 옆, 암자 앞 후박나무 아래 법정 스님의 유골이 묻혀
있었다. 암자를 둘러보고 암자 옆 벤치에 앉았다.

현재 불일암 자리에는 송광사 16국사 중 7대 자정국사가 세운 자
정암(慈靜庵)이 있었다. 자정국사의 묘광탑(부도)이 암자 옆 50m 떨어
진 곳에 있다. 자정국사의 출생과 입적에 대한 기록은 없고 고려 말

1293년에 송광사의 7대 국사가 되었다는 기록만 남아 있다. 자정암은 자정국사가 죽은 후 폐허가 되고 중수되기를 반복하였다. 오랫동안 폐허가 된 이 자리에 1975년 법정(法頂) 스님이 암자를 짓고 불일암(佛日庵)이라는 편액을 걸었다. 법정 스님은 1992년 강원도 오두막으로 거처를 옮길 때까지 17년 동안 이 암자에서 수도에 정진하며 책을 썼다.

그는 해남에서 태어나 23세인 1954년에 출가하였다. 1970년대에 함석헌 등과 함께 『씨알의 소리』를 발행하기도 하고 불교신문사 주필을 맡기도 하였다. 송광사에서는 수련원장을 맡아 사찰 수련회의 초석을 놓았다. 『무소유』, 『그물에 걸리지 않는 바람처럼』, 『맑고 향기롭게』, 『아름다운 마무리』 등 많은 저서를 남겼다. 나는 『무소유』와 『인도기행: 삶과 죽음을 넘어서』 두 권을 읽어보았는데, 기회 닿는 대로 그가 쓴 다른 책들도 읽어보아야겠다.

다음 목적지 선암사로 갔다. 선암사는 신라 법흥왕 때(514~540) 아도화상이 창건하고 신라 말에 도선국사(826~898)가 대 가람으로 일으켰다. 1094년(고려 선종 11)에 대각국사 의천 스님이 또 크게 중창하였다. 송광사와 마찬가지로 정유재란(1597)과 한국전쟁(1950) 때 큰 피해를 당했지만 중창을 거듭하여 오늘에 이르렀다.

선암사는 한국적인 절의 옛 모습을 가장 잘 보존한 천년고찰이다. 2018년 '산사, 한국의 산지승원'으로 유네스코 세계유산에 등재된 일곱 사찰 중 하나다. 주차장에 차를 세우고 절로 들어가는 길이 송광사 진입로보다 더 길고(1.5km쯤) 훨씬 더 운치가 있었다. 사람의 왕래가 많지 않은 한적한 숲길이어서 정말 좋았다. 자연에서 뿜어 나오는 맑은 산소를 마시려고 크게 심호흡을 하면서 느리게 걸었다.

조금 들어가니 매표소
가 있었다. 입장료를 지
불하고 올라갔다. 한참을
올라가니 왼편 계곡물을
건너는 다리가 있고 물길
건너 맞은편에 작은 길이
있었다. 이 작은 길은 계
곡 오른편에 큰길을 내기

전에 다니던 길이다. 조금 더 위쪽에 아치형 다리(홍교)인 유명한 승선
교(昇仙橋)가 있다. 다리를 건너 계곡 왼편 옛길을 걸었다. 계곡 아래
로 내려가서 선암사 하면 나오는 사진처럼 승선교 다리 안에 강선루
를 넣어서 사진을 찍었다. 승선교를 건너 다시 계곡물의 오른편 길로
돌아왔다. 이 층 누각, 강선루(降仙樓)를 지나 위로 올라갔다.

일주문 조금 못 미쳐 길 오른편에 삼인당(三印塘)이라고 명명한 작
은 연못이 있었다. 이 연못에 대하여 설명해 놓은 글을 읽어보았다.
882년(신라 경문왕 2)에 도선국사가 사찰을 중창하면서 만들었다고 하
니 1,100년이 넘은 오래된 연못이다. 삼인(三印)이란 제행무상(諸行無
常印), 제법무아(諸法無我印), 열반적정(涅槃寂靜印)의 삼법인(三法印)이
다. 모든 것은 변하여 머무른 것이 없고 '나(我)'라고 할 만한 것도 없
으므로 이를 알면 열반에 들어간다는 불교사상을 나타낸 말이다.

모든 것이 인연(因緣)으로부터 생겨난다. 어느 것에도 집착하지 않
고 살면 자유이고 마음에 평화가 온다는 불교의 가르침이다. 성경에
도 "욕심이 죄를 낳고 죄가 장성한즉 사망을 낳느니라."라고 했다. 앞

으로 살날이 얼마인지 알 수 없는 은퇴한 우리는 이제 정말 어떤 것에도 집착하지 말고 허망한 욕심 부리지 말고 살아야겠다는 생각을 했다. 자유롭고 평안한 삶을 위하여!

일주문을 지나 절 안으로 들어갔다. 사천왕문이 없고 바로 범종루가 보였다. 안으로 들어가니 만세루에 스님들이 모여 앉아서 강의를 듣고 있었다. 앞에서 강의하는 사람은 스님이 아닌지 양복을 입고 있었다. 만세루 맞은편은 마당을 두고 대웅전이었다. 마당 좌우에 3층 석탑이 있고 마당에서 1.2m쯤 단을 올려서 대웅전이 있는데 크지 않았다. 대웅전 안을 들여다보니 불상 하나만이 모셔져 있었다. 대웅전의 소박한 모습에 감동이 일었다.

절을 둘러보고 뒤로 올라갔다. 산쪽으로 올라가는 길의 좌우 전각들 담장 옆에 매화나무가 가로수처럼 심겨 있었다. 이 돌담길에는 모두 30여 그루의 매화나무가 있어서 꽃이 피는 3월에는 매화 향기가 사찰에 가득하다고 한다. 수령이 300~600년이나 되는 선암사의 이곳 매화를 선암매라고 부른다. 백양사의 고불매와 구례 화엄사의 화엄매, 강릉 오죽헌의 율곡매와 함께 한국의 4대 매화라고 한다.

아내와 나는 가장 위에 있는 암자, 운수암까지 올라갔다 오기로 했다. 대웅전과 전각들이 모여 있는 곳을 빠져나와 운수암으로 가는 길은 울창한 숲 사이로 난 좁은 길이었다. 길 양편에 있는 키 큰 나무들이 길 위에 짙은 그늘을 만들어 주니 걷기에 상쾌하고 좋았다. 조금 걸으니 오르막이 시작되었다. 하지만 암자로 오르는 길은 약 300m 거리로 그다지 멀지 않았다.

관음전이라고 쓰인 암자 아래 넓고 평평한 큰 바위가 있었다. 그 바위 바로 뒤에 오래된 느티나무의 무성한 가지가 그늘을 만들어 주고 있었다. 그 앞으로 넝쿨이 뒤덮인 고목과 전나무 몇 그루가 원시림 분위기를 자아내고 있었다. 또 바위 옆에는 오래된 배롱나무가 있었다. 아내와 나는 오르막을 올라왔으니 그 바위에 걸터앉아서 얼굴과 목에 흐르는 땀을 닦았다. 그러다가 아예 신발과 양말을 벗고 바위 위에 깔판을 깔고 올라앉았다. 등산 다니던 때 산 정상에 올라서 땀을 식히며 주위를 조망하듯이 앞산을 내려다보았다.

서울과 경기도에 있는 산에 오른 것과는 차원이 달랐다. 아파트도 보이지 않았고 차 소리도 들리지 않았다. 여기까지 올라온 사람은 아무도 없었다. 우리 두 사람만이 청량감이 나는 깊은 산속에 들어와 있었다. 내려가고 싶지 않았다. 간식을 꺼내 먹고 커피를 타 마시며 한참 동안 산속의 정취에 빠졌다. 가장 친한 친구인 아내와 이렇게 살다 가면 행복한 인생소풍이 아니겠는가?

관음전이라고 현판을 붙인 암자와 그 옆으로 조금 떨어진 곳에 있는 다른 건물을 돌아보고 내려왔다. 내려올 때는 사찰 밖 계곡 길로 걸었다. 내려오다 보니 계곡 위에 작은 건물이 있었다. 눈썰미 좋은 아내가 화장실이란다. 안으로 들어가 보니 내가 어릴 적 지리산 시골 집에서 사용하던 화장실이었다. 긴 직사각형 구멍 위에서 일을 보면 배설물이 저 아래 계곡으로 떨어지도록 되어 있었다. 환경오염으로 이 화장실을 사용할 수는 없었다.

선암사에 가면 재래식 화장실에 가보라는 말이 생각났다. 아내와 나는 절 입구까지 내려와서 다시 들어가 해우소를 찾아보았다. 문이 없는 '뒷간'을 보니 정호승의 시 「선암사」가 생각났다.

선암사 / 정호승

눈물이 나면 기차를 타고 선암사로 가라
선암사 해우소로 가서 실컷 울어라
해우소에 쭈그리고 앉아 울고 있으면
죽은 소나무 뿌리가 기어 다니고
목어가 푸른 하늘을 날아다닌다
풀잎들이 손수건을 꺼내 눈물을 닦아주고
새들이 가슴 속으로 날아와 종소리를 울린다
눈물이 나면 걸어서라도 선암사로 가라
선암사 해우소 앞
등 굽은 소나무에 기대어 통곡하라.

이 시에서 등 굽은 나무는 선암사 왼편 위에 있는 와송을 가리키는지? '뒤ㅅ간'에서 나와 위로 더 올라가서 와송을 보러 갔다. 이 와송도 선암매와 함께 600년 동안 선암사와 함께 살고 있다. 둥치 하나는 하늘로 또 다른 둥치 하나는 땅 위로 바짝 붙어 누워서 자라고 있는 소나무다. 이 와송 앞에서는 복을 비는 것보다야 시인의 말대로 통곡하는 편이 더 낫다. 우리 몸의 찌꺼기를 비워주는 해우소와 응어리진 마음을 풀어주는 와송이 있는 선암사는 이래저래 마음에 든다.

순천만 습지

전날 무등산 등산으로 피곤했으니 늦잠을 자고 오전에 쉬었다. 점심을 먹고 오후에 순천만 습지에 갔다. 이곳을 추천한 친구가 저녁 해지기 전에 용산 전망대에 올라서 석양과 습지 갈대밭을 바라보는 맛이 최고라고 했다. 그래서 아내와 나는 3시가 지나서 비싼 입장료 8,000원 / 성인 × 2 = 16,000원을 내고 입장하였다. 이날은 구름이 온 하늘을 덮고 있어서 석양을 감상하지는 못했다. 대신 구름이 햇볕을 막아주어서 뜨겁지 않고 덥지 않아 마음 가는 대로 걸어 다닐 수 있어서 좋았다.

순천만 습지는 순천을 관통하는 동천과 상사면에서 흘러온 이사천이 만나는 지점에서부터 하구까지 약 3km 물길 좌우에 형성된 갈대밭과 갯벌이다. 갈대밭의 넓이는 약 5.4㎢(170만 평)이고 갯벌은 약 22.6㎢(690만 평)나 된다. 자연 그대로이던 이곳에 1990년대 들어 경제 개발의 부산물인 쓰레기가 버려지고 골재 채취 사업이 진행되면서 갯벌의 생태계가 무너질 뻔하였다.

다행히도 시민들의 환경보호운동과 순천시의 관심으로 2003년에 순천만이 습지보호구역으로 지정되고, 2006년에는 세계자연보호연맹 람사르 협약에 등록되었다. 람사르 협약이란 세계 여러 나라에 있는 습지와 그 주위의 자연 보고를 지속적으로 보호하여 사람과 생물에게 유익을 주자고 많은 나라가 약속한 조약이다. 그 후 순천시는 그 주변 지역도 생태계보존지구로 지정하고 순천만 습지를 친환경 지역으로 보전하여 후손에게 물려주고자 노력하고 있다.

2021년 7월 중국 푸저우에서 열린 유네스코 세계유산 위원회 제44차 회의에서 '한국의 갯벌(Getbol, Korean Tidal Flats)' 4곳을 세계유산 목록에 등재하기로 결정했다. 우리나라 서남해안 지역인 충남 서천군, 전북 고창군, 전남 신안군, 순천시와 보성군 4개 지역이다. 유네스코에 등재된 세계유산은 문화유산과 자연유산으로 나뉜다. 우리나라의 문화유산은 꽤 많이 유네스코 세계문화유산으로 등재되어 있다.

우리나라 자연유산이 유네스코 세계유산으로 등재된 것은 2007년 제주 화산섬과 용암동굴이 처음이었다. 2021년에 등재 결정된 서남해안 4개 지역의 갯벌이 두 번째다. 한국 서남해안 갯벌은 영국과 유럽 사이의 북해 연안, 캐나다 동부 연안, 미국 동부 조지아 연안, 남미 아마존 유역과 함께 '세계 5대 갯벌'이 되었다.

순천만 습지에는 세계적으로 귀한 흑두루미와 검은머리갈매기들이 서식하고 있다. 겨울철에는 이곳에 날아와 겨울을 지내는 철새들도 있다. 예전에는 낙동강 하구가 귀한 새들의 서식지였고 철새들의 도래지였다. 경제 개발 시기인 1970~1980년대 영남지방에 많은 공장이 건설되고 가동되자 그곳 생태계가 파괴되었다. 열악해진 환경에서 살 수 없게 된 새들이 서식지를 순천만 습지로 옮겼다고 한다.

갯벌은 생태계의 보고다. 수많은 생명체가 먹이를 구하고 사는 생명의 터전이다. 바닷가 주민들에게 큰 수입을 올려주는 보물창고다. 낙지, 꼬막, 키조개, 바지락, 짱뚱어, 숭어 등 많은 수산물이 갯벌에서 난다. 갯벌은 바닷가에 사는 주민들의 삶의 현장, 일터다.

순천만 습지에 입장하자 바로 앞에 이곳에서 사는 대표 생물, 게와 짱뚱어 조형물이 서 있었다. 우리는 이국적인 그라스 가든, 람사르 광장과 흑두루미 소망터널을 지나 안으로 들어갔다. 무진교를 건너 갈대숲 탐방로로 들어가는데 생태 체험선을 타는 선착장이 보였다. 습지에 관심 있는 사람은 배를 타고 갈대숲 사이를 다니며 해설사의 설명을 듣는 것도 좋은 관광이겠다는 생각이 들었다.

아내와 나는 걷는 것이 좋다. 탐방로는 넓은 갈대숲 사이사이로 낸 덱 길이었다. 갈대숲과 숲 사잇길을 걷고 물길 옆 갈대숲 속에 매어 놓은 배 위에 올라보기도 했다. 갈대숲 옆 갯벌 위로 올라온 게도 관찰하고 갈대숲 사이로 흐르는 물길을 바라보기도 했다. 용산 전망대 방향으로 가면서 짱뚱어 다리를 만났다. 습지에서 산다는 짱뚱어를 찾아보았지만 보지는 못했다.

갈대밭을 다 지나고 출렁다리를 건너서 용산 전망대로 향했다. 보통 관광지에서 전망대라고 하면 그렇게 멀리 있지 않은데 이곳 용산 전망대는 갈대숲에서 꽤

멀었다. 산에 오르면 바로 나타나는 게 아니었다. 경사진 길을 따라 산에 오른 후 산 능선을 타고 다리(갯바람 다리)를 건너 보조 전망대에 도착하였다. 지구본처럼 생긴 조형물 아래서 순천만을 조망하며 잠시 쉬었다. 보조 전망대를 지나 또 다리(솔바람 다리)를 건너고 얼마쯤 걷다가 오르막을 오르니 드디어 용산 전망대에 도착하였다. 30분쯤 등산을 한 듯하였다.

용산 전망대에서 순천만 습지의 갈대밭과 칠면초밭을 내려다보니 사진으로 보던 대로 멋진 풍경이 펼쳐졌다. 갈대숲이 갈색으로 변하고 칠면초가 빨간색으로 물드는 가을에 보면 훨씬 더 장관이라고 아내가 말했다. 내가 해외 근무하던 때 아내는 한음회 친구들과 가을에 이곳에 왔었다. 아래층으로 내려가서 순천만 습지에 관한 영상을 보았다.

저녁 늦게 순천만 습지에서 나와 바로 앞 상가에 있는 한 식당에 들어갔다. 이 지방에서는 여름철에 습지에서 자라는 짱뚱어로 만든 짱뚱어탕이 제철 음식이라고 한다. 벌교가 멀지 않으니 메뉴판에 꼬막과 짱뚱어탕이 함께 나오는 정식도 있었다. 정식으로 주문할까 하다가 아내가 이날은 그냥 짱뚱어탕만 먹고, 꼬막은 다음에 벌교에 가서 먹자고 했다. 짱뚱어탕으로 주문했다. 추어탕과 비슷하다고 들었는데 조금은 달랐다. 이 지방의 여름철 보양 음식이라고 하는 짱뚱어탕을 먹고 순천만 습지 여행을 마쳤다.

강진 백운동 정원 / 차밭 / 월출산 경포대

　　　　　아내와 나는 10여 년 전 한음회 친구들과 월출산에 갔었다. 그때 천황사에서 구름다리를 건너 천황봉에 올랐었다. 60살이넘은 아내와 나는 이제 무리한 등산은 하지 않으려 한다. 이날 백운동 정원에 가보고 월출산 경포대 탐방로를 걷기로 했다. 오후에 시간을 낼 수 있다는 처형과 함께 이른 점심을 먹고 출발했다.

　백운동 별서 정원은 담양의 소쇄원, 완도에 있는 보길도 부용동과 함께 호남의 3대 정원이다. 고려때 백운암이라는 암자가 기암괴석 봉우리가 보이는 월출산의 기슭에 있었다고 한다. 백운동 정원은 그 암자와 아랫마을 사이에 조성되었다. 백운동(白雲洞)은 월출산에서 흘러내린 물이 다시 안개가되고 구름이 되어 올라간다는 곳이다.

　백운동 별서 정원을 조성한 사람은 원주 이씨 이담로(李聃老, 1627~?)다. 젊어서 그는 과거에 급제한 아버지를 본받아 과거 공부를했다. 그러나 그의 인생관이 노자와 장자의 사상, 즉 무위자연에 가까워서 현실사회와 과거를 그다지 중하게 여기지 않았다. 열심히 공부하지 않은 탓인지 번번이 과거 시험에 실패하였다. 결국, 그는 나이 마흔 살이 넘어서 1670년경, 그의 본래 성향을 따라 집에서 약 6km 떨어진 백운동으로 들어갔다.

1692년 그의 나이 65살이 넘자, 아예 집안 살림을 모두 맏아들 이태래(1657~1734)에게 맡기고 그 당시 아홉 살인 어린 둘째 손자 이 언길(1684~1767)을 데리고 갔다. 이언길은 첫째 손자인 형 이언열 (1680~1719)만큼 똑똑하지는 않았지만, 성품이 단정하였다. 이담로는 20년 넘게 둘째 손자를 데리고 정원을 가꾸고 책과 거문고를 즐기며 살았다. 이담로의 호는 백운동은(白雲洞隱)이다. 그의 호를 보아도 그 는 자연에 은거하여 사는 삶을 좋아했음을 알 수 있다.

그의 장손 이언열은 영리하여 34살 되던 해, 1713년에 생원시에 급 제하고 그다음 해에 문과 승문원 박사에 올랐다. 5년 남짓 관직에 있 다가 40살에 병사하였다. 인생의 앞날을 누가 알 수 있단 말인가? 형 은 똑똑하여 관직에 오르고 잘 나가는 듯하였지만 40살을 넘기지 못 하고 이승을 하직했다. 동생 이언길은 덜 똑똑해도 84살까지 살았 다. 할아버지인 이담로는 90살 가까이 살았다고 한다.

평균 수명이 50살에 훨씬 못 미치던 그 시대에 80살을 넘기며 오 래 살았다고 해서 잘살았다고 말하는 게 아니다. 경치 좋고 물 맑은 산속에서 아름다운 정원을 가꾸고 책을 읽고 음악을 즐기며 산 것이 좋은 삶 아닐까? 우리 모두 각자 수명을 알 수 없을진대 인생을 어떻 게 사는 것이 좋을까? 생각하게 하는 대목이 아닐는지….

영리하고 똑똑한 머리가 좋은 인생을 살게 하는가? 출세하고 돈 많 이 버는 게 좋은 삶인가? 결단코 그렇지 않다. 생각 없이 무작정 위 로 올라가려는 무리에 휩쓸려 살지 말아야 한다. 나만의 멋진 인생을 살아야 하지 않겠는가?

백운동 별서 정원에서 이담로의 생활은 어떠했을까? 이담로가 쓴 『백운동한면록』을 읽어보자.

> 내가 한가로이 지내며 일이 없는지라
> 문묵(文墨)과 도서를 회심의 벗으로 삼고
> 물과 구름, 꽃과 바위를 정관(靜觀)의 벗으로 삼으며
> 등나무 평상과 대나무 침대를 마음에 맞는 벗으로 여겼다.
> 바야흐로 꿈을 꿀 때는 꿈이 깨는 것을 알지 못하고,
> 꿈에서 깨어나면 깨어난 후 꿈이 있는 줄을 모른다.
> (중략)
> 이 몸과 세상을 돌아다보면 무엇인들 꿈이 아니랴.
> 지나간 일이 모두 꿈이거늘 뒤에 죽을 것만 홀로 꿈이 아닐 것인가?

그는 책을 읽다가, 주변 풍경을 보다가, 무료해지면 그대로 평상에 드러누워 꿈나라로 들어갔다. 꿈과 생시의 구별이 없는 삶을 사니 세상만사가 꿈이 아닐는지? 그는 달관의 경지에서 살았다.

다산 정약용(1762~1836)은 1801년에 강진에 유배 와서 18년 동안 살았다. 1812년 제자들과 월출산에 놀러 갔다가 백운동에 들러 하룻밤을 유숙하였다. 그때 다산은 백운동 별서 정원 12경의 시를 쓰고, 함께 갔던 초의선사(1786~1866)는 「백운동도」를 그렸다. 그 후 『백운첩』을 만들어 선물한 것이 현재까지 남아 있어서 요즘 이 정원을 복원하는 데 큰 도움이 되고 있다고 한다.

이 정원을 돌아보면서 첫 번째 인상 깊었던 것은 다산이 제2경으로

명명한 '유차성음'이다. 백운동 입구에서 별서로 들어가는 길옆 계곡 물 따라 동백나무가 빽빽하게 들어차 있다. 동백나무의 별칭인 유차 나무가 그늘을 드리운 길이 곧 유차성음이다. 이날은 햇볕이 강한 밝은 날이었는데도 이 울창한 숲길이 컴컴해서 눈을 크게 뜨고 주의해서 걷지 않으면 안 될 정도였다.

두 번째 인상 깊었던 것은 다산이 제12경으로 지명한 '운당천운'이다. 오른쪽 담장 밖과 집 뒤편에 있는 1만여 그루의 대나무 숲을 가리킨다. 운당원이라고 부르기도 하는데 이곳의 대나무가 쭉쭉 뻗어 올라가서 하늘의 구름까지 가 닿는 듯하다고 해서 운당천운이라고 하였다. 동백나무와 대나무는 백운동을 감싸는 대표적인 수종이다.

세 번째는 제11경 '선대봉출' 곧 정선대다. 신선조차 가던 길을 멈추고 쉬어가는 정자라는 뜻이다. 별서 앞쪽 담장 밖으로 나와서 계단을 오르면 아담하게 지어진 정자가 있다. 바로 정선대다. 이곳에 앉으면 제1경 '옥판상기', 즉 월출산의 옥판봉이 자연스럽게 눈에 들어온다. 정선대 마루에 걸터앉아 아래 백운동 정원을 내려다보고, 위로 제1경 월출산 옥판봉을 바라보니 가히 선계(仙界)에 든 듯하였다.

백운동 별서 정원을 빠져나와 차를 타고 월출산 경포대 방향으로 가는데 세상에! 월출산 옥판봉 아래가 온통 차밭이었다. 나는 보성 차밭의 사진만 보고 가보지 않았기에 언젠가 차밭에 가보고 싶었다. 보성차밭만 유명한 줄 알았는데 이 동네 강진차밭도 넓었다. 도로 옆에 차를 세우고 왼편 월출산 아래 차밭으로 들어갔다.

사진을 몇 장 찍고 차를 타고 가는데 오른편 아래 차밭으로 들어가는 도로가 있었다. 도로를 따라 들어가 보니 오설록 월출산 다원이었다. 넓은 차밭에서 처형과 아내와 나 세 사람은 각자 멋진 차밭을 쫓아다니느라 저절로 흩어졌다. 월출산 바위 봉우리들을 멀리 두고 넓게 펼쳐진 초록색 차밭을 사진에 담으니 멋진 그림이 되었다.

차밭에서 나와 옆 월출산 경포대 주차장으로 갔다. 차를 세우고 나오는데 주차장 뒤 월출산 바위 봉우리 아래가 또 차밭이었다. 그 멋진 풍경에 차밭 쪽으로 가보지 않을 수 없었다. 계곡 위에 놓인 다리를 건너 월출산 아래가 다 차밭이었다. 기계차가 차밭 고랑을 왔다 갔다 하면서 차밭에 살수하고 있었다. 소독약을 뿌리는 듯했다. 그렇지! 이 넓은 밭에 차를 경작하려면 기계화하지 않고는 차 농사를 할 수가 없지. 월출산 암봉과 차밭을 배경으로 또 멋진 사진을 한 장 더 찰칵!

월출산 경포대 탐방로로 들어갔다. 월출산 경포대(鏡布臺)는 강릉의 바닷가 경포대(鏡浦臺)와 다른 한자를 쓴다. 가운데 '포' 자가 '베 포' 자다. 월출산에서 흘러 내려오는 계곡물이 무명베를 길게 펼쳐 놓은 것처럼 보인다고 해서 경포대(鏡布臺)라고 했단다. 우리는 탐방로를 따라 걷다가 계곡으로 들어갔다. 계곡의 깨끗한 바위 사이로 흐르는 물의 양이 많았다. 손을 담그니 쩌릿하게 차가웠다. 처형과 아내는 더운데 올라가느니 시원한 물에서 놀다가 내려가겠다고 한다.

나는 계곡 물에서 노는 것보다 산속 숲길을 걷는 게 더 좋다. 나 혼자 올라가는 데 평탄하고 걷기 좋은 길이었다. 15분가량 올라가니 경포대 삼거리(탐방로 입구에서부터 1km)였다. 오른쪽 천황봉 방향으로

1.4km위 약수터까지는 크게 경사진 길이 아닌 듯 보였다. 왼쪽으로 1.2km 더 가면 도갑사에서 올라오는 길과 만나는 바람재 삼거리였다. 산 중턱을 이어주는 길이니 완만한 산길이 아닐까?

어느 쪽으로든 더 걷고 싶었다. 하지만 처형과 아내가 함께 오지 않고 물가에서 놀고 있으니 더 갈 수가 없었다. 내려오니 처형과 아내는 경포대 계곡 물에 있지 않고 탐방로 입구에 계곡물을 끌어다 만든 큰 족욕탕에서 발을 담그고 놀고 있었다. 계곡물이 위쪽에서 들어오고 아래쪽으로 나가게 해 놓은 족욕탕이었다. 오후 늦은 시간이어서인지 다른 사람은 보이지 않고 우리뿐이었다.

나도 얼른 등산화와 양말을 벗고 족욕탕에 들어갔다. 차가운 물에 발을 담그니 아주 상쾌했다. 머리도 담그고 세수도 했다. 이곳에 족욕탕을 만들어 놓은 것은 참으로 잘한 일이다. 등산객들이 하산 후 뜨거워진 몸을 식히고 땀을 씻을 수 있으니 얼마나 좋은가? 또 사람들이 계곡에 들어가고 싶은 유혹을 뿌리치게 하여 계곡도 보전하니 일거양득이지 않은가? 처형과 아내는 물에서 먼저 나가고 나도 금방 한기를 느끼고 몸을 말리고 일어났다.

강진 다산초당-백련사 / 사의재-영랑 생가

　　강진여행에서 다음으로 간 곳은 다산초당이었다. 다산박물
관 주차장에 차를 세웠다. 박물관에는 다산초당과 백련사에 다녀온
다음에 들어가 보기로 하고 위로 올라갔다. 몇 가구 되지 않는 마을
을 지나는데 잘 쌓은 돌담이 보였다. 내가 어린 시절 시골에 살던 때
골목길마다 양옆에 있던 돌담이 떠올랐다. 정감이 가는 마을을 지나
산길로 접어들었다.

　　다산초당까지는 걷기 좋은 오솔길이 아니었다. 길의 흙이 파여 나
무뿌리가 다 드러나 있어 조심해서 걸어야 하는 뿌리 길도 있었다.
돌길이고 경사가 만만치 않은 계단을 숨을 헐떡이며 오르니 다산초당
이 바로 앞에 모습을 드러냈다. (2022년 봄에 다시 갔을 때는 공사 중이었으
니 지금쯤은 계단 길로 정비되었으리라.)

다산 정약용(茶山 丁若鏞, 1762~1836)은 정조(1752~1800)의 신임을 받아 출세 가도를 달렸다. 화성행궁을 설계하고, 정조의 화성 행차 때는 한강을 건너는 배다리를 만드는 등 중책을 맡아 일했다. 그러나 앞날을 누가 알랴? 정조가 갑자기 죽자 11살 어린 나이에 왕위에 오른 순조 대신 영조 비가 대리청정을 하고 신하들은 권력다툼을 하게 되었다.

혼란의 불똥이 천주교로 튀어서 천주교 탄압사건인 신유사옥(1801)이 터졌다. 천주교와 서양문물에 관심을 갖고 있던 정약용은 신유사옥에 연루되어 귀양을 갔다. 신유사옥으로 천주교뿐 아니라 서양 문물을 배척한 우리나라는 그만큼 세계화가 늦어지고 일본에 크게 뒤처지고 말았다.

정약용은 1801년 강진으로 귀양 와서 18년 가까이 유배생활을 하였다. 그중 초기 4년 동안은 장사꾼과 많은 사람들이 들락거리는 어수선한 주막집(사의재)에서 지냈다. 1805년 아들 정학연이 내려왔다. 주막집은 다산과 아들이 함께 기거할 집이 되지 못했다. 이 소식을 들은 백련사의 혜장 스님이 두 사람이 함께 살 수 있도록 고성암(고성사) 산방(보은 산방)을 주선해주었다. 다산은 아들과 함께 산방에서 1년쯤 지냈다. 그 후 1년 반쯤은 제자 이청(이학래)의 집에서 살았다.

1808년 다산은 그의 외가 해남 윤씨의 산정인 이곳으로 거처를 옮겼다. 이곳(다산초당)에서 비로소 다산은 마음의 안정을 찾고 유배 중인 몸이지만 선비의 삶을 살 수 있었다. 다산은 외가인 해남 윤씨 집안에서 소장하고 있는 책을 마음껏 가져다 읽었다. 해남 윤씨와 주위 선비들의 자제들을 가르치며 자부심을 갖고 살 수 있었다. 백련사에 있던 아암 혜장(兒菴 惠藏, 1772~1811)과 오가며 우정을 나누고 학문을 토론하는 즐거움을 누렸다.

혜장 스님은 다산보다 10살 아래였지만 논어와 주역 등을 깊이 공부한 인물이었다. 그는 다산이 어려운 처지에 있던 때 거처를 주선하여 주었고, 다산이 좋아하는 차를 마련하여 꾸준히 선물하였다. 우리나라의 다도(茶道)를 정립하여 다성(茶聖)이라고 불리는 초의선사를 다산에게 소개한 사람도 혜장 스님이었다.

혜장 스님이 너무 일찍 40세에 죽어서 그를 잃은 슬픔도 컸지만, 다산은 유배가 풀리던 1818년까지 10여 년 동안 이곳 초당에서 잘 지냈다. 제자들과 함께 목민관(공무원)이 지켜야 할 지침을 쓴 『목민심서』, 제도개혁을 제시한 『경세유표』, 사건을 처리하는 형법서 격인 『흠흠신서』 등 500여 권의 책을 이곳에서 집필하여 후세에 남겼다.

1958년 지역 주민들이 다산유적보존회를 만들고 폐가로 남아 있던 건물을 복원하기 시작했다. 200여 년 전 다산이 기거하던 다산초당은 초가집이었으나 1970년대 복원 공사 후 기와집으로 바뀌었다. 관리하기 좋게 기와집으로 지은 것이리라. 건물의 정면에 걸려 있는 현판 다산초당(茶山草堂)은 추사 김정희의 글씨를 집자(集字)한 것이라고 한다.

집 앞에는 정약용이 차를 끓여 마시던 바위(다조, 茶竈)가 그대로 남아 있고 우측에는 연못(蓮池)과 연못 안에 조그만 산처럼 생긴 섬(연지석가산, 蓮池石假山)도 복원하여 놓았다. 다조(茶竈)와 연지(蓮池), 초당 뒤 좌측 바위에 다산이 새긴 '정석(丁石)'이라는 글자와 초당 뒤편에 있는 샘물, 약천(藥泉)을 다산 4경이라고 한다.

다산초당의 좌우에는 20~30m 거리를 두고 동암(東庵)과 서암(西庵)이 있다. 동암은 그 앞에 멋진 소나무가 있어서 송풍루(松風樓)라고도 불린다. 다산은 대부분 시간을 이곳에서 보내며 책을 집필하였다. 동암에는 현판이 두 개 걸려 있다. 다산동암(茶山東庵)은 다산의 글씨이고, 보정산방(寶丁山房)은 추사의 글씨다. 추사가 보배로운 정약용이 사용하는 산속의 방이라는 뜻으로 써 주었다고 한다. 서암은 제자들이 책을 읽고 공부하던 곳이다. 다성각(茶星閣)이라는 현판이 붙어 있는데 제자들이 차와 벗하며 밤늦도록 학문을 탐구한다는 뜻이다.

동암을 지나 산으로 오르니 길이 다산초당 뒤편 왼쪽으로 꺾이면서 오른편에 천일각이 있었다. 천일각(天一閣)은 천애일각(天涯一閣), 즉 하늘 끝 한 모퉁이에 있는 집이라는 뜻이다. 이 건물은 다산이 있던 시절에는 없던 건물인데 다산초당을 복원하면서 강진군에서 1975년에 세웠다. 아마도 다산이 이쯤에서 강진만 바다를 바라보며 흑산도에서 유배 생활하는 형(정약전)과 가족을 생각하지 않았을까?

천일각에 올라보고 나와서 백련사로 가는 숲길을 걸었다. 2005~2006년에 강진군이 이 길을 걷기 좋은 길로 정비하였다. 그 후 많은 탐방객이 역사기행과 산책코스로 즐겨 찾고 있다. 이 길은 2009년 제10회 아름다운 숲 전국대회에서 숲길 부문 장려상을 수상하였다. 경사가 심하지는 않지만 그래도 언덕을 하나 두고 양편에서 500여m씩 오르고 내려가야 하는 길이다.

길옆에 차밭이 넓지는 않지만 잘 가꾸어져 있었다. 야생 차밭이라고 들었는데 '차엽(茶葉) 채취 금지'라는 경고팻말이 차밭 앞에 서 있었다. 이 차밭은 현재 '강진 다산 명차'의 소유라고 한다. 백련사에 가까이 가자 길의 오른편, 산 아래에 또 차밭이 있었다. 왼편, 산 위쪽에는 동백나무숲(천연기념물 151호)이 우거져 있었다. 동백꽃은 3월에 핀다니 볼 수는 없었지만 무성한 잎이 맑은 초록으로 빛나고 있었다.

백련사에 도착하니 절 앞에 수령 150년이 된다는 큰 배롱나무가 막 꽃을 피우고 있었다. 7월 초순이니 앞으로 백일 동안 피고 지기를 반복하며 이곳에 오는 손님들을 반겨 주리라. 만경루 아래 입구를 통과하여 절 안으로 들어갔다. 이 절은 왕의 자리를 동생(세종)에게 양보하고 전국을 유람하던 효령대군이 8년 동안 기거하면서 유명해졌다. 또 효령대군이 이 절에 있었기에 사찰이 크게 확장되고 번창하는 혜택을 누리기도 하였으리라.

사찰을 돌아보고 대웅전 앞 만경루에 올라갔다. 전면 창가에 앉아 만경루 앞에 심긴 배롱나무의 꽃, 진분홍색 백일홍과 멀리 강진만을 바라보았다. 혜장스님과 다산도 이 자리에서 차를 마시며 이 아름다운 풍경을 바라보지 않았을까? 유배 온 다산과 출가하여 불도에 든 혜장스님 두 사람은 인생의 삶에 대하여 많은 이야기를 나누지 않았을까? 인생길에서 학문을 토론하는 것도 좋지만 마음을 토로하는 것이 더 중요하지 않은가?

정약용의 호는 다산(茶山)이다. 다산초당과 백련사 사이를 오가며 걷던 오솔길과 그 길옆의 야생 차밭이 있는 언덕을 다산(茶山)이라고 여겨서 그의 호를 다산이라고 하지 않았을까?

백련사를 나와서 왔던 길을 되돌아 다산초당을 지나 다산박물관 앞 주차장으로 내려왔다. 다산박물관으로 들어갔다. 박물관의 여러 전시물 중에서 내 마음을 울린 것은 하피첩과 매화병제도에 대한 글이었다. 박물관에 써 있는 글 일부를 옮겨 본다.

다산 정약용이 남긴 유물 중 하피첩(霞帔帖)과 매화병제도(梅花倂題圖)는 홍씨 부인의 빛바랜 치마에서 나와 가족에 대한 사랑과 그리움이 오롯이 담겨있다.

(중략)

유배 간 남편과 헤어진 지 5년째인 1806년, 이 해는 결혼 30년이 되는 해였다. 홍씨 부인은 간절한 마음으로 남편을 그리며 쓴 시와 함께 자신이 시집을 올 때 가져온 치마를 유배지의 남편에게 보냈다.

치마를 받은 다산은 부인의 시에 차운하여 시를 짓고 부인의 치마를 마름질해 여러 폭으로 나누어 두 아들에게 경계의 말을 적어 보내주었다. 이것이 하피첩이다. 그리고 남은 치맛자락은 유배생활로 12년 동안 보지 못한 딸의 결혼을 축하하며 매화 꽃가지 위에 정다운 멥새를 그려 선물로 보내주었다. 이것이 매화병제도다.

1810년에 두 아들에게 보낸 하피첩의 글 일부를 여기 적어본다.

오직 두 글자

너희들에게 주노니

너희는 소홀하게 여기지 말아라.

한 글자는 근(勤)이요,

또 한 글자는 검(儉)이다.

근면함(勤)은 곧 부지런함이다. "부지런한 부자는 하늘도 못 막는다."라는 속담이 있다. 현대그룹을 일군 정주영 회장은 "부지런하면 천하에 어려움이 없다."라고 말했다. 우리도 어른들로부터 "부지런하기만 하면 남한테 손 벌리지 않고 살 수 있다."라는 말을 듣고 자라지 않았던가? 부지런함도 중요하지만 검소함(儉)도 중요한 덕목이다. 돈을 아무리 잘 벌어도 모으지 않고 다 써버리면 남는 게 있겠는가?

나의 부모님은 시골에서 말 그대로 빈주먹으로 지방 도시에 올라와서 5남매를 다 가르치고 집 두 채를 남기셨다. 온갖 고생을 다 하시고 밤낮없이 부지런하게 일하셨기에 남들이 볼 때는 불가능한 일을 해내셨다. 아버지 어머니가 늘 하시던 말씀이 생각난다. "우리가 이만큼 사는 것은 결코 잘 벌어서가 아니다. 남들 쓸 때 쓰지 않아서 모아진 거다."

매화병제도(梅花倂題圖)는 두 마리의 새가 매화나무 가지에 앉아 있는 그림이다. 큰 가지부터 꽃망울이 터져 매화가 피고 있는 중이다. 장차 풍성한 열매를 맺을 매화나무다. 딸이 출가하여 가정을 꾸렸으니 양식이 풍족하고 번창하기를 바라는 아버지의 마음이 담긴 그림이다.

위 하피첩의 글 다음 칸에 아래 글이 크게 써 있었다. 이 글은 목민심서에 목민관(공무원)의 자세에 대해 쓴 글이리라.

만일 포목 몇 자,
동전 몇 닢 때문에
잠깐이라도 양심을 저버리면
그 즉시 호연지기가
없어지는 것이다.

공무원에게만 해당되는 글일까? 아니다. 세상 살아가는 모든 사람이 명심하여야 할 말이다. 내가 어릴 적부터 어머니께 귀가 닳도록 들은 '정직'과 '단돈 1원이라도…'와 같은 맥락의 말이지 않은가? 2021년 우리나라 부패인식지수는 세계 32위로 경제력에 비해서 아주 낮다. 우리나라는 언제 국민이 기대하는 부정부패 없는 청렴한 나라가 될 수 있을까? 우리나라에도 속히 싱가포르 리콴유수상처럼 역사적인 인물이 나오기를 바라마지 않는다.

다음 행선지 강진읍으로 향했다. 강진읍에는 다산이 18년 유배생활 중 처음 4년 동안 묵었던 주막이 있다. 1801년 다산은 죄인의 신분으로 강진에 유배를 왔다. 귀양 초

기에는 사람들이 피해서 거처할 집도 구할 수 없었다. 겨우 주막집에 들어 먹고 자는 신세였다. 별의별 사람들이 다 들락거리는 주막에서 살았으니 다산은 그를 알지 못하는 사람들로부터 업신여김을 받고 비난도 감내해야 했을 것이다. 당시 사람들이 그를 어떻게 대하든 다산은 아래 네 가지를 염두에 두고 지키며 살았다고 한다.

첫째 맑은 생각
둘째 단정한 용모
셋째 과묵한 말씨
넷째 신중한 행동

사의재란 위 네 가지를 마땅히 지켜서 살아가는 사람의 방(집)이라는 뜻이다. 참으로 심중에 깊이 새겨두어야 할 가르침이다. 나는 경기도 남양주 조안면에 있는 그의 집 여유당과 실학박물관에도 가 보았지만 다산을 큰 인물로 생각하지는 않았다. 그런데 이곳 사의재에 와서 그가 그의 생애 중 어쩌면 가장 어려웠던 시기에 지켜야 할 네 가지를 정해 염두에 두고 생활했다니 존경하는 마음이 들지 않을 수 없었다. 2007년 강진군에서 이 주막과 주변을 깔끔하게 정비하고 보존, 기념하고 있다.

사의재에서 그다지 멀지 않은, 영랑 김윤식(1903~1950)의 생가로 갔다. 이 집은 1948년 그가 서울로 이사 간 후 다른 사람에게 팔렸다. 몇 사람의 손을 거치다가 1985년 강진군에서 매입하여 정비한 후 1986년 전남 지방문화재로 지정하였다. 2007년 국가지정문화재로 승격되었다.

영랑은 조선 말 강진에서 대지주의 큰아들로 태어났다. 고향에서 보통학교를 졸업하고 1916년 상경하여 서울에서 휘문학교에 다녔다. 1919년 3·1 독립운동이 일어나자 그는 독립선언문을 숨겨서 고향 강진으로 내려왔다. 그리곤 강진 장날 독립만세 거사를 계획하다가 일본 경찰에 붙잡혀 대구형무소에서 몇 달(6개월쯤) 동안 옥살이를 하였다.

감옥에서 풀려난 후 1920년 일본으로 건너가서 공부하였다. 1923년 관동 대지진이 일어나 사회가 혼란스러워지자 학업을 중단하고 귀국하였다. 귀국 후에 시 창작에 심취하여 시를 썼다. 1930년 3월 그 당시 최고의

작가들 박용철, 정지용 등이 창간한 『시문학』 잡지에 시를 싣고 등단하였다. 1934년 그의 작품 중 가장 많이 읽히는 시 「모란이 피기까지는」을 발표하였다. 1935년에 『영랑 시집』, 1949년에 『영랑 시선』을 출간하였다. 그는 생애 모두 87편의 시를 남겼다.

그의 집안은 일본의 강압에 의한 삭발령을 무시하였고, 창씨개명과 신사참배를 거부한 흠 없는 애국 집안이었다. 해방 후 나라와 민족을 위하여 더 일해야 했을 영랑은 애석하게도 한국전쟁 때 47세의 나이로 생을 마감하였다. 불행하게도 전쟁터가 아닌 서울에서 유탄에 맞아 절명하였다. 영랑은 강진 군민들이 사랑하고 자랑해 마지않는 사람이라고 한다.

해남 두륜산 대흥사-일지암

5월 중순 우리 가족은 해남과 땅끝마을, 청산도와 완도 여행을 했다. 첫날 해남 두륜산 대흥사에 갔다. 아들과 나는 매표소 앞 주차장에 내리고 아내와 딸은 케이블카를 타러 갔다. 아내와 딸은 케이블카를 타고 전망대에 올라가서 주위 경관을 감상하고 오겠다고 했다. 아들은 주로 엄마 편인데 이때는 내 편을 들어서 나를 외롭게 혼자 두지 않고 나를 따라왔다. 매표소에서 표를 끊고 대흥사를 향해 걷기 시작했다.

매표소에서 대흥사까지 가는 길 1.5㎞는 아름다운 숲길이다. 옛날에는 4km, 십 리쯤 되었는지 '십리숲길'이라 불렀다고 한다. 주차장으로 올라오기 전에 있는 매정 사거리에서부터 치면 대흥사까지 4km, 십 리쯤 되지 않을까? 인구가 늘면서 동네가 산(대흥사) 쪽으로 확장되어 사찰로 들어가는 숲길이 십 리, 4km에서 1.5km로 줄어들지 않았을까? 이 길은 봄날이 오랫동안 머문다고 해서 '장춘(長春)숲길'이라고도 하였다.

대흥사로 들어가는 도로 양옆이 숲이다. 길가 큰 나무들이 가지를 길 위로 뻗어 연초록색 잎들이 하늘을 가리고 있었다. 아름답고 싱그러운 숲길을 걷다가 다리를 건너 오른쪽 '물소리길'로 접어들었다. '물소리길'은 계곡 바로 옆길이어서 말 그대로 물소리를 들으며 호젓하게 걸을 수 있는 길이다. 아들과 나는 맑은 산소와 피톤치드를 폐 속 가득 넣고자 심호흡을 하면서 느리게 걸었다.

10여 분쯤 걸었을까? 물소리길이 끝나고 큰길, 차도로 나왔다. 왼편에 백화암, 오른편에 유선관이 보였다. 유선관은 1914년 1,000여 평의 대지에 12칸짜리 전통 한옥으로 건축되었다. 초기에는 대흥사를 찾는 수도자나 신도들이 거처하던 집이었다. 차츰 일반 사람들도 묵는 유서 깊은 여관이 되었다. 리뉴얼 후 2022년 호텔급 한옥 6객실과 유선카페로 재탄생하였다.

유선관은 '신선이 노닐다 가는 집'이라는 뜻이다. 서편제, 천년학, 장군의 아들 등 임권택 감독의 영화 일부가 이곳에서 촬영되어 유명세를 타게 되었다. 아들과 나는 잠시 유선관 마당에 들어가 보았다. 시골에 잘 관리된 넓은 기와집 마당(정원) 같은 분위기였다. 건물 안을 들여다볼 수는 없어서 아쉬웠다. 언제 기회가 되면 이곳에서 숙박을 해보리라.

얼마쯤 더 올라가니 우리가 걷는 길은 오른편 아래에서 올라오는 녹음이 짙은 도로와 합쳐졌다. 두륜산 대흥사(頭崙山 大興寺)라고 쓰인 현판이 있는 일주문과 해탈문

을 통과하여 경내로 들어갔다. 대흥사는 426년(백제 구이신왕 7) 신라 정관존자(淨觀尊者)가 창건하였다는 설도 있고, 544년(신라 진흥왕 5) 아도화상(阿度和尙)이 창건하였다는 설도 있다. 대웅보전(大雄寶殿) 옆 응진전(應眞殿) 앞에 있는 삼층석탑의 제작 연대가 통일신라(676~935) 말기로 추정됨으로 대흥사가 통일신라 말기 이전에 창건된 것은 확실해 보인다.

서산대사(1520~1604)가 임진왜란 후 입적하던 때 그의 의발을 이곳에 전수, 보관케 하면서 대흥사가 전국적으로 알려졌다. 서산대사는 이곳을 '전쟁을 비롯한 삼재가 미치지 못할 곳(三災不入之處)으로 만년 동안 훼손되지 않는 땅(萬年不毁之地)'이라고 했다. 2018년 6월 대흥사는 우리나라의 다른 여섯 사찰과 함께 '산사, 한국의 산지승원'으로 유네스코 세계유산에 등재됨으로써 부동의 대한민국 천년고찰로 인정받았다.

아들과 나는 먼저 범종루와 느티나무 연리근을 지나 대흥사의 중심법전인 대웅보전이 있는 북원으로 갔다. '대웅보전(大雄寶殿)' 현판은 원교 이광사(員嶠 李匡師, 1705~1777)의 글씨다. 대웅보전 현판 글씨에 얽힌 이야기가 우리에게 가르침을 준다. 추사 김정희(秋史 金正喜, 1786년~1856)는 이곳 대흥사에서 40여 년을 산 초의선사(草衣禪師, 1786~1866)와 동갑내기로 각별한 사이였다. 1840년 추사가 제주도로 유배 가면서 그를 만나러 대흥사에 들렀다. 추사는 원교 이광사가 쓴 대웅보전의 현판을 보고 글씨가 마음에 들지 않는다고 자신이 새 현판을 써주면서 바꿔 달라고 하였다. 초의는 원교가 쓴 현판을 내리고 추사가 쓴 대웅보전 현판을 걸었다.

8년 후 1848년 제주도 유배에서 풀려난 추사가 한양으로 올라가면서 다시 초의를 보러 대흥사에 들렀다. 추사는 8년 전에 내린 원교가 쓴 대웅보전 현판이 어디 있는지 다시 보고 싶다고 하였다. 원교가 쓴 현판을 다시 본 추사는 그 글씨의 훌륭함을 알아보고 자신이 8년 전에 써준 대웅보전의 현판을 내리고 다시 원교가 쓴 현판을 달도록 하였다. 중국에서도 소문나고 조선에서 제일가는 서예 대가인 추사도 나이 들고 세월의 흐름 따라 원숙해지니 남을 인정하게 되더라는 이야기다. "익은 벼가(벼는 익을수록) 머리를 숙인다."라는 속담이 맞는 말이다.

북원을 돌아보고 나와서 남원의 천불전을 찾아보고 성보박물관으로 갔다. 성보박물관의 문은 닫혀 있어 애석하게도 들어가 보지 못했다. 아들과 나는 초의선사가 기거하던, 1km쯤 위에 있는 일지암으로 올라갔다.

초의선사는 대흥사 13대 종사다. 일지암은 초의선사가 40세 즈음에 세상에 이름이 알려지자 찾아오는 사람들이 많아 번거로움을 피해 산으로 올라가 지은 암자다. 그는 이 암자에서 40여 년간 은거하며 지관(止觀: 마음을 고요히 하여 진리의 실상을 관찰하는 불교의 수행법)과 다선(茶禪)으로 수행하다가 81세로 입적하였다. 일지암(一枝庵)은 중국 당나라의 시승(詩僧) 한산(寒山)의 시 "뱁새는 언제나 한마음이기 때문에 나무 끝 한 가지(一枝)에 살아도 편안하다."에서 따왔다고 한다. 이 마음이 바로 초의선사의 마음이리라!

초의선사는 우리나라 차문화(茶文化)를 일으키고 정립하여 다성(茶聖)으로 불린다. 한국의 다경(茶經)으로 불리는 『동다송(東茶頌)』, 차의 지침서인 『다신전(茶神傳)』을 이곳에서 집필하였다. 그는 차(茶)와 선(禪)은 둘이 아니라고 여기고 다선일미(茶禪一味)를 주창하였다. 일지암을 돌아보면서 이곳에서 수행하던 그의 단출한 행색을 떠올리고 그의 냄새를 맡았다. 초의선사가 살던 자우홍련사(자우산방)의 누마루(樓抹樓)에 올라앉아 일지암을 내려다보며 한참을 앉아 있었다. 초의선사가 추사와 다산과 또 소치와 이곳에서 차를 마시며 담소하던 모습이 그려졌다.

그는 다산 정약용(1762~1836)이 강진으로 유배 왔을 때 그의 제자를 자청하여 성리학을 공부하였다. 추사 김정희와 교류하면서 시, 서, 화에도 재능을 보였다. 진도에 있는 운림산방의 주인 소치 허련(小痴 許鍊, 1808~1893)을 가르치다가 추사에게 보내 공부하게 하였다. 소치는 걸출한 스승 초의와 추사의 지도를 받아 남종화의 대가로 우뚝 서고 우리나라의 전통 회화를 확립한 인물이다.

초의와 추사는 동갑내기로 평생 우정을 나누었다. 추사가 제주도에 유배되었을 때 초의는 당시 험난한 뱃길을 건너 세 차례나 추사에게 손수 법제한 차를 보내주었고 추사는 초의에게 감사의 표시로 글을 써 보냈다. 추사가 답례로 쓴 '명선(茗禪: 차를 마시며 선정에 들다. 또는 차를 마시는 선승이라는 뜻)'이라는 글씨가 그가 쓴 글씨 중에서 가장 크다. 두 사람이 이렇게 교류한 이야기는 170여 년이 지난 지금까지도 회자되고 있으니 부러울 따름이다.

추사의 유명한 그림 「세한도(歲寒圖)」에 대한 이야기도 덧붙여야겠다. 추사가 제주도에서 유배생활을 하던 때 그를 찾아오는 이는 거의 없었다. 그런데 그의 제자였던 우선 이상적(藕船 李尙迪, 1804~1865)이 중국에 다녀오면서 귀중한 책들을 구해와 추사에게 보냈다. 우선은 그 책들을 자신의 출세를 위하여 권력자나 윗사람에게 선물할 수도 있었을 것이다. 그러나 우선은 그렇게 하지 않고 귀양살이하는 스승을 생각하였다. 추사가 얼마나 감동하였겠는가? 우선에게 감사의 뜻으로 그려준 그림이 바로 세한도다. 그림 옆에 쓴 아래 글은 공자의 말이다.

"歲寒然後 知松柏之後彫(세한연후 지송백지후조)."
"날이 추워진 뒤 소나무, 잣나무가 늦게 시드는 것을 안다."

나는 이곳에 와서 추사를 만나기 전까지 그를 기예가 뛰어난 서예가로만 알고 있었다. 그런데 그가 현실에 바탕을 두고 실질적인 학문과 정치를 주장하던 실사구시(實事求是)의 실학자라는 사실을 알게 되었다. 그 당시 성리학의 이론만 갖고 사회를 지배하고 있던 상류계층에 맞선 이유로(?) 추사는 두 번에 걸쳐 10여 년 동안 귀양살이를 했다.

산속이어서 예상한 시간보다 해가 빨리 졌다. 아들과 나는 빠른 걸음으로 대흥사로 내려왔다. 대흥사에 탐방 온 사람들은 다 내려갔는지 오가는 사람이 한 사람도 보이지 않았다. 마침 그때 아내와 딸이 올라왔다. 우리 가족 네 사람은 차량통행이 거의 없는 큰길로 도란도란 이야기를 나누며 걸어 내려왔다. 도로 양옆 가로수는 수령 200여 년쯤 되는 나무들이다. 하늘로 죽죽 뻗어 나뭇가지들이 하늘을 온통 가리고 있으니 어두컴컴했다. 어둑어둑해지는 고즈넉한 산길에 우리 가족 네 사람만이 걷고 있었다. 정말 아름다운 산사 길이었다.

매표소 앞 주차장에서 대흥사를 지나 일지암까지는 약 2.5km다. 아들과 나는 대흥사를 돌아보고 일지암까지 올라갔다가 왔으니 5km 이상 6km쯤 아름다운 숲길을 걸은 셈이다.

해남 달마산 미황사-도솔암

5월 중순 서울 선배와 우리 부부, 넷이 남도 끝 동네로 여행을 갔다. 5박 6일 동안 진도-해남-강진-장흥을 돌면서 가볼 만한 데에 가보고 걷기 좋은 숲길을 찾아 걸었다. 여행 셋째 날 오후 달마고도 4코스를 걸으러 달마산 아래 미황사로 갔다.

달마산은 백두대간에서 남서쪽 내륙으로 뻗어 내려오면서 지리산과 월출산, 대흥사가 있는 두륜산을 지나 바다로 들어가기 직전에 솟은 산이다. 해발 489m로 그다지 높은 산은 아니지만, 산세가 웅장하여 남도의 금강산으로 불린다. 달마산 능선에 1만 개의 기암괴석이 줄지어 서 있는데 모두 부처의 형상이라고 한다. 온 산이 부처의 형상인 명산이기에 중국의 달마대사가 입적 후 이곳에 왔고, 인도에서 절을 세우려 이곳에 오지 않았겠는가? 달마산과 달마고도는 달마대사의 이름에서 따왔다.

미황사가 세워지게 된 설화는 신비한 이야기로 다음과 같다. 서기 749년(신라 경덕왕 8) 어느 날 돌로 만든 배가 달마산 아래 포구에 나타났다. 배는 달마산 아래에 절을 세우려고 우전국(優塡國, 현재의 인도)에서 화엄경, 법화경, 불상, 탱화 등 불교 관련 물건들과 검은 돌을 싣고 왔다. 의조화상은 꿈에서 금인(金人)의 모습을 한 인도 왕으로부터 검은 돌에서 나온 검은 소가 멈춘 자리에 절을 세우라는 계시를 받았다. 이렇게 해서 세워진 절이 지금의 미황사다. 미황사(美黃寺)라는 절의 이름은 검은 소의 울음소리가 아름다워서 미(美) 자를. 꿈에 나타난 인도 왕, 금인(金人)의 황금빛 자태에서 황(黃) 자를 따와서 지었다고 한다.

주차장에 차를 세우고 일주문-천왕문-자하루를 통과하여 대웅보전으로 올라갔다. 올라가는 길은 등산로처럼 가팔랐다. 힘들게 올라갔지만 대웅보전은 전면 해체 후 복원 공사를 하고 있어서 들어가 볼 수 없었다. 아쉬웠지만 어쩌랴? 사찰 관람을 마치고 미황사의 오른편으로 빠져나와 달마고도 4코스에 들어섰다. 달마고도 4코스는 미황사 창건 설화에 나오는 검은 소가 한반도의 땅끝마을 포구에서부터 미황사까지 걸었다는 길이다. 미황사에서 땅끝마을로 이어지는 남파랑길 90코스이고 땅끝 천년숲 옛길 52km의 일부이기도 하다.

현재의 달마고도는 1989년 약관 나이 23살에 이곳 미황사에 와서 지게스님으로 불리며 절을 중건하고 주지가 된 금강 스님의 주도로 재건되었다. 2017년 2월에 중장비를 전혀 사용하지 않고 '맨손공법'으로 공사를 시작하여 11월에 완성되었다. 전라남도의 지원에 더하여 해남군과 인근 주민들의 도움도 컸다. 달마산의 관음봉-달마봉(불썬봉)-떡봉-도솔봉으로 이어지는 기암 괴봉의 12km 암릉 아래 산의 7부 능선을 따라 만들어진 둘레길이다. 전체 거리가 17.74km인데 4개 코스로 구분된다.

그중 4코스는 5.03km 평탄한 숲길로 걷기에 가장 좋다. 우리는 4코스를 걷다가 도솔봉에 오르기로 했다. 미황사에서 도솔봉까지는 편도 약 4km다. 미황사에서 가는 달마고도 4코스의 초입은 차량 한 대가 다닐 수 있는 폭의 길이었다. 처음 오르막길은 폭우 시 길이 파손되지 않도록 시멘트 포장이 되어 있었다. 곧이어 평탄한 길이 되자 마사토길로 바뀌어 걷기에 좋았다. 600m쯤 가자 달마산의 능선, 암릉길로 올라가는 길과 계속 달마고도로 가는 길로 갈리는 삼거리가 나왔다. 우리는 달마고도로 계속 나아갔다. 삼거리부터는 한 사람만 걸을 수 있도록 폭이 좁아지고 걷기 좋은 아늑한 아름다운 산속 숲길이 되었다.

1.5km 조금 더 갔을까? 산 위에서부터 돌들이 굴러 내려와 우리가 걷는 길의 좌우(위아래)가 온통 돌밭이었다. 암릉에서 떨어져 나온 자연 그대로의 날카로운 돌길(너덜길)이어서 조심조심 통과해야 했다. 나무가 우거진 숲길을 걷다가 너덜지대로 나오니 시야가 탁 트였다. 좌측 산 위로 멋진 바위 봉우리들이 보이고 우측으로는 수많은 섬의 산봉우리가 파노라마를 이루고 있었다. 시원스럽게 펼쳐진 풍경에 잠시 감동하여 멈춰 서 있기도 했다.

다시 숲길로 들어갔다. 5월 중순의 쾌적한 날씨에 아름다운 숲길을 걷자니 선계(仙界)에서 노는 듯했다. 평탄한 숲길을 걸으니 땀도 나지 않았다. 그래도 2km쯤 걷고 길가에 앉아 잠시 쉬었다. 일어나 조금 더 나아가니 미황사에서 3.27km 왔고, 도솔암까지 0.63km 남았다는 이정표가 있었다. 도솔암 방향으로 조금 더 가니 삼나무 숲이 펼쳐졌다.

삼나무 숲을 지나고 도솔암까지 남은 250m 구간은 완전히 다른 길이었다. 급경사 오르막이었다. 도솔암으로 오르내리는 길이지만 크게 손보지 않은 자연 그대로의 길에 가까웠다. 지그재그로 된 길을 계속 오르니 땀이 나고 숨이 찼다. 완전 급경사 길 250m는 결코 짧은 거리가 아니었다. 중간에 여자들이 쉬고 가자고 했다. 앉을 자리가 있지도 않으니 한쪽으로 비켜서서 숨을 돌리고 땀을 닦고 물을 마시며 잠시 쉬었다. 우리가 서서 쉬는 곳이 깎아지른 듯한 산의 측면 9부 능선쯤 되니 산 아래서부터 바람이 강하게 불어왔다. 땀을 식혀 주는 시원한 바람에 생기가 솟았다.

원기 회복을 하고 다시 오르기 시작하였다. 조금 더 오르니 길의 좌측 바위 아래 샘물이 솟아나는지 물통이 설치되어 있었다. 나중에 알아보니 이 샘은 일 년 내내 물이 마르지 않는다는 용담이었다. 바위산 꼭대기 바로 아래에서 샘물이 솟아난다는 자체가 신기하였다. 도솔암에 올라온 수행자들이 이 샘물을 마시면서 '저 고고(孤高)한 자리에서 수양을 하였겠구나.' 하는 생각이 들었다.

드디어 도솔암 가까이 다가가자 경사가 완만해지고 계단이 정비되어 있었다. 도솔암으로 진입하는 계단에 올라서자 멀리 해남의 바다가 펼쳐져 보였다. 아, 달마산 위에서 조망하는 바다라니…. 저 아래 바다에서 인도의 석선(石船)이 다가오는 듯 감동이 일었다. 도솔암에 올라 앞마당에서 바라보는 맞은편 달마산의 암릉은 참으로 신묘막측했다. 태곳적부터 온갖 풍상을 꿋꿋이 견뎌온 암벽과 우뚝우뚝 솟아오른 돌기둥이 장관이었다. 다른 어느 산에 올라서도 볼 수 없는 멋진 자연의 신비한 풍경이었다.

하산하면서 도솔암에서 내려다보던 삼성각에 들렀다. 그곳에서 바라보는 도솔암의 풍경 또한 멋졌다. 급경사의 내리막을 조심조심 내려오고 미황사를 향해 걸었다. 도솔암으로 오는 길에 두 사람씩 걷던 두 팀과 네 사람의 한 팀을 마주쳤는데 돌아가는 길에서는 아무도 볼 수 없었다. 달마고도를 걷던 사람들이 다 하산하였나 보다.

너덜길을 지나면서 확 트인 서쪽을 바라보니 해가 멀리 해남과 진도 사이의 수많은 섬과 바다 너머로 기울고 있었다. 숲길을 걸을 때는 볼 수 없었던 광경이었다. 길의 위아래가 온통 날카로운 돌 천지인 너덜길에서 각자 자리를 잡고 앉았다. 서쪽으로 점점 기울어지는 석양을 감상하기 위해서였다. 해가 완전히 지고 낙조가 드리워지는 멋진 광경을 보고 싶었지만 그렇게 마냥 앉아 있을 수는 없었다. 해질 무렵 산속의 숲길은 금방 어두워진다. 그 전에 미황사에 도착해야 한다. 아쉬움을 달래며 일어나 떨어지지 않는 발걸음을 재촉했다.

너덜지대에서 돌아오는 길은 산속 숲길이어서 점점 어두워졌다. 해는 완전히 진도 먼바다로 넘어간 모양이다. 미황사에서 600여m 떨어진 삼거리를 지나니 다행히 하늘이 가늘게라도 뚫려서 앞길이 희미하게 보였다. 우리는 눈을 크게 뜨고 조심조심 길을 더듬어 미황사 앞 주차장으로 돌아왔다. 하늘이 뻥 뚫려 있는 넓은 주차장만 빼고 사방은 온통 컴컴한 숲이었다. 주차장 가운데 어슴푸레 우리 차 한 대만 덩그러니 서 있었다.

주1) 해남 여행에서 빠뜨릴 수 없는 곳이 고산 윤선도(1587~1671) 유적지다. 녹우당에 가면 윤선도 유물전시관이 있다. 고산이 쓴 『어부사시사집』과 그의 증손자 공재 윤두서(1668~1715)가 그린 유명한 자화상 등 윤씨 집안의 많은 유물을 볼 수 있다. 윤씨 고택에 들어가 효종이 윤선도에게 하사한 사랑채를 볼 수 있으면 행운이다. 윤선도는 효종의 세자시절 스승이었다. 고산이 수원에서 살던 때 받은 집을 1668년 해체, 분리하여 배로 이곳에 옮겨와 재건축하였다. 옮겨 지은 지 무려 350년이 넘었지만 아직도 굳건하게 반듯이 서 있는 사랑채다.

집 앞에 500년이 넘은 은행나무와 뒷산에 500여 년 된 비자나무숲(천연기념물

제241호)은 중시조 어초은(魚樵隱) 윤효정(1476~1543)이 심고 가꾸었다고 한다. 뒷산이 좀 가파르지만 비자나무 숲을 오르내리면서 어초은 어른의 성품을 생각하고 그 뜻을 기려보자.

주2) 보길도의 윤선도 유적지에도 가봐야 하지 않겠는가? 보길도에는 윤선도가 가꾼 부용동 정원(원림)이 있다. 먼저 세연정에 가서 주변을 둘러보고 정자에 올라보자. 주변의 아름다운 자연경관에 둘러싸여 시간을 잊고 마냥 그 속에 앉아 있어 보자. 그가 거처하던 낙서재와 그의 아들이 공부하던 곡수당에 가보자. 낙서재 마루와 곡수당 옆 서재 마루에 앉아 하늘과 산과 자연을 만끽해보자. 앞산 꼭대기에 있는 동천석실에도 올라가보자. 보길도 부용동 정원에서 이리저리 산책하며 옛 선현의 발자취를 더듬어보자.

자연 속 숲길을 찾아서 Ⅱ

펴 낸 날   2023년 4월 21일

지 은 이   임석원
펴 낸 이   이기성
편집팀장   이윤숙
기획편집   이지희, 윤가영, 서해주
표지디자인   이지희
책임마케팅   강보현, 김성욱
펴 낸 곳   도서출판 생각나눔
출판등록   제 2018-000288호
주   소   서울 잔다리로7안길 22, 태성빌딩 3층
전   화   02-325-5100
팩   스   02-325-5101
홈페이지   www.생각나눔.kr
이 메 일   bookmain@think-book.com

• 책값은 표지 뒷면에 표기되어 있습니다.
  ISBN 979-11-7048-546-9(03810)

Copyright ⓒ 2023 by 임석원 All rights reserved.
· 이 책은 저작권법에 따라 보호받는 저작물이므로 무단전재와 복제를 금지합니다.
· 잘못된 책은 구입하신 곳에서 바꾸어 드립니다.